Isabelle Desesquelles

LÀ OÙ JE NOUS ENTRAÎNE

Roman

JC Lattès

Les en-têtes de chapitres sont extraits du roman de Tolstoï, *La Guerre et la Paix*, dans la traduction de Henri Mongault aux éditions de La Pléiade et de Bernard Kreise aux éditions du Seuil.

Maquette de couverture : Le Petit Atelier
Photo : Alain Laboile

ISBN : 978-2-7096-7072-2

Première édition août 2022

Les premières semaines après la mort de notre mère, je fixais le plafond, le soir, allongée dans le noir, et j'arrivais à l'isoler de l'obscurité, une forme se détachait. Je me suis blottie un nombre incalculable de fois dans nos retrouvailles, je ne croyais pas que cela arriverait, mais en parvenant à retrouver l'instant où je me jetterais contre son ventre et rien d'autre n'existerait, j'exhortais cette seconde à ne pas finir et je m'endormais.

La veille du 25 août 1976, je lis un énième Club des Cinq, je suis Claude, le garçon manqué, cheveux bouclés sur de longues quilles. J'ai l'âge de jouer à *1, 2, 3, soleil !* Courir, être éliminée si on ne s'arrête pas à temps, s'en amuser. Ce sont les jours d'un été comme les autres dans la maison du torrent, l'eau vive rosit notre peau de la glacer à ce point et c'est le bonheur. Dans Le Club des Cinq au début du livre la maman de Claude est à l'hôpital, Claude pleure, empêchée momentanément d'être heureuse. La mère guérit, bien sûr, et les Cinq font la fête. Tout est bien qui finit bien. À la dernière page Claude peut redevenir une enfant joyeuse, sa mère est sauvée.

Le temps d'arriver au bout de ma lecture nous avons quitté la maison du torrent, la voiture roule. Au volant, notre tante, nous étions chez elle. Arrivées à destination ma petite sœur et moi retrouverons nos parents et ce sera la fin des vacances. Hier, notre mère nous a fait plein de bisous dans le téléphone, des bisous volants qui vont vite, arrivent pile sur notre joue, ou dans l'oreille, c'est pareil, nous aussi on embrasse le combiné et on ne se rend même pas compte qu'elle a raccroché. Dans quarante ans je retournerai dans l'hôtel où nous attendions son appel cet été-là et où nous lui avons parlé pour la dernière fois. J'avancerai dans le couloir en intruse, comme si je n'avais pas le droit d'être là. Allais-je trouver un téléphone au bout, un combiné où passent les bisous ? Peut-être en marchant dans le couloir jusqu'à son étroite cabine, j'arriverais à me rappeler la voix de notre mère, l'entendre une fois encore. Mais non, j'ai oublié sa voix, ai oublié son rire. Je continue à faire des bisous dans le téléphone, à ne pouvoir m'en empêcher.

On arrivait toujours à l'hôtel un peu en avance pour son appel, être sûres de ne pas la rater, Dring Dring, on se précipitait, laquelle parlerait la première, l'aînée, la plus jeune ? Je me rappelle le grain de beauté posé sur la bouche de la fille des propriétaires, je le buvais des yeux, en aurais presque oublié la limonade dans mon verre en attendant la sonnerie.

Août 1976. Au bout de ce couloir, deux sœurs ont raconté à leur maman les menus évènements forcément extraordinaires de leurs vacances et on la retrouverait vite. Certainement on aura abrégé le dernier coup de fil, le lendemain on se parlerait en vrai et notre « Au revoir », il disait « À bientôt ». Il dure le « À bientôt », n'en finit pas d'être dur, et sa voix s'est éteinte. On a 6 et 8 ans, on vient d'apprendre que la vie est aussi un châtiment, on aura une maman toujours jeune et ce n'est pas heureux.

Ce jour d'août, les filles, nous roulons vers elle, vers notre père, notre chambre et les lits superposés dans l'appartement à Rouen. Je referme mon Club des Cinq avec un sourire qui circule en moi, le sommeil me gagne, je rejoins le pays des rêves, quelques heures de voiture et nous serons ensemble les quatre. Sauf que non, endormies à l'arrière on dépasse Rouen, dernier arrêt en Picardie. On termine la nuit dans le logement de fonction de la sœur de notre père, censeur d'un lycée derrière de hautes grilles. Le matin nous nous réveillons dans un appartement qui n'est pas le nôtre, notre tante nous annonce que notre mère est à l'hôpital. Enfin ! Ça y est, moi aussi je suis une héroïne ! Je suis Claude ! Je fais tout comme elle, je pleure. Quarante-six ans après je les sens encore couler mes larmes pour de faux, ma tricherie. Je ne suis pas du tout inquiète pour notre mère, je veux juste être Claude, être dans le livre. Je suis trop enfant pour en être vraiment consciente, il faudra des années avant que je n'accorde à la réalité de ne pas être une fiction que je modèle à ma façon. Je suis à demi redressée dans le lit, appuyée sur mes coudes, pas triste pour un sou, pensant aux réjouissances, ce soir, puisque c'est obligatoire je vais vivre ce que vit Claude. Mais avant il faut pleurer, simuler. Dès l'instant où le mot hôpital est lâché, je prends l'air accablé de Claude au premier chapitre et toute la journée je vais jouer avec, le doser. Je viens d'engager un duel avec le vrai et le faux, je copie Claude, imagine la fête pour notre mère à sa sortie de l'hôpital, et la journée passe. Ce que je déroule dans ma tête de gamine est encore tellement présent, l'intense joie, je suis à des lieues de soupçonner qu'à ce moment-là notre mère est déjà morte, et pas à l'hôpital. L'histoire que je me raconte est tout le contraire, j'exulte, lâche les brides à mon imagination, je ne pense pas une seconde à elle qui serait malade mais aux festivités, et comment on lui montrera notre amour qui a eu peur. Même pas grave ! Alors c'est vrai, la vie peut avoir les couleurs de mes lectures ? Je suis entrée dans l'histoire, je suis l'aventure – je fais tout comme Claude – et ma peine est un chagrin de papier, juste une question que les grands vous posent en retenant un sourire, « Tu as un gros chagrin ? » L'enfant hoche la tête, renifle une fois ou deux et il a droit à un câlin. Ceux de notre mère sont les meilleurs et le prochain qui nous attend le sera encore plus d'avoir beaucoup pleuré, j'exagère mes larmes, l'expiation de ces minutes est l'écriture.

Toute la journée, secrètement ravie, je vais faire semblant d'être malheureuse et le soir venu, le chagrin cessera pour de bon d'être une question douce, ce sera moi toute la vie. Un socle. Les heures à imaginer la joie de nos retrouvailles alors qu'elle était morte, la frontière dangereuse, fascinante, entre réalité et fiction, sont un viatique. Par tous les moyens je n'aurai de cesse de franchir la limite du vrai et du faux, sans forcément le démêler.

Pourquoi ne nous avoir rien dit dès le matin ? On a jugé que c'était à notre père de nous l'apprendre, personne d'autre. Et dans cette histoire de Claude et d'une maman à l'hôpital, vient d'entrer un papa qui arrive pour la fin. On peut imaginer ce qu'aura été pour lui cette heure de route depuis Rouen, à regarder droit devant ce qu'il aurait à nous dire. Je ne l'ai jamais trouvée révoltante cette journée blanche, j'ai trouvé que c'était beaucoup d'amour, et quelle épreuve encore pour un jeune homme, notre père a tout juste trente ans, et nous voilà les trois à genoux devant un mur. Là où il n'y a qu'un plafond il nous demande de regarder le ciel et on lève la tête. J'ai contracté dans cet instant un amour total pour l'homme qui a dû le vivre, et ne s'est pas dérobé. Il en reste une trace indélébile.

En voyant notre père on a d'abord un élan de joie mais on le sait déjà, quelque chose ne va pas. Qu'est-ce qu'on fait ici ? Elle est où maman ?

On s'agenouille et il nous dit sans nous le dire que c'est fini nous quatre. On veut bien croire que le ciel est un plafond, et on apprend à prier on ne sait quoi. Maman ? De ne pas vraiment mourir d'être au ciel ?

On est son bébé et sa grande chérie et adieu mes jolies ? L'admettre ce serait comprendre le désespoir dont on n'a pas idée, quand le sien n'a même pas été diagnostiqué. Tant de jours suivront, ils s'effaceront mais pas nos genoux sur le sol, coudes appuyés sur la banquette, un lit d'appoint dans le bureau de l'appartement de notre tante où désormais nous habiterons, les deux sœurs. Les dix années suivantes, j'éviterai d'entrer dans ce bureau, je ne l'aime pas. Je passe devant une dizaine de fois par jour pour aller de ma chambre à la cuisine, au salon, ou atteindre l'entrée, en éprouve systématiquement un malaise. Pendant des mois, notre père, quand il viendra nous voir en fin de semaine, dormira là, sur cette banquette, sous ce plafond où, pour nous apprendre qu'on ne verrait plus notre maman, plus jamais, il a trouvé cela : un ciel plein d'elle. De quoi attraper un torticolis à fixer ce qui n'existe pas. Il me semble encore sentir son grand corps rassurant entre nous. La banquette est étroite, on se cognerait le nez au mur si on jouait à la bagarre comme dans le lit de nos parents le dimanche matin, mais ça c'était l'enfance d'avant. On n'est plus dans Le Club des Cinq. Éjectée de la bibliothèque rose je n'aurai de cesse de revenir aux livres, irrésistiblement attirée par les histoires les plus tragiques.

Plus tard, je serai injuste envers notre père, et même déloyale, mais pas une seconde je n'aurais pu un tout petit peu moins l'aimer. Il a fait un ciel de l'indicible et aura réussi à me faire croire que notre mère était quelque part, montée on ne sait trop comment si haut. Elle ne tomberait pas, de cela nous pouvions être sûres et aussitôt, les filles, nous avons grimpé sur cet espoir, nous y sommes accrochées.

À la source il y a une famille, les deux sœurs et nos parents. Les filles on n'a pas idée que nous pourrions les perdre, pas l'âge de le soupçonner ni de l'imaginer. Notre père continuera de vivre mais on n'habitera plus jamais sous le même toit, quelque chose est fini qu'on ne rattrape pas. Notre mère fera plus que mourir, elle est interdite.

Il y a un jour d'été, ce qu'il a provoqué, il y a la réalité et ce qu'elle a produit, une romancière. Cette histoire pour de vrai, nos parents, ma petite sœur et moi, je n'ai pas arrêté de la réécrire, et notre mère en a été moins interdite.

Aujourd'hui, dans la famille de fiction je demande les filles, Rachel et Paulina. Leur père, Louis, est né en Corse, où je les imagine. Je demande la mère, Zabé. Ils auront un chien, MyPrecious, les deux sœurs joueront avec. L'ai-je vraiment cru qu'en les enracinant de l'autre côté de la Méditerranée, il y aurait assez de distance entre nous et je pourrais les raconter sans risque ? Ils m'entraînent où je ne pensais pas écrire.

Comme si cette famille de papier m'arrachait une vérité. Nos deux histoires ont grandi côte à côte, unies. Sous une impulsion venue d'eux – évidemment de moi – et elle relie tout. Elle crée le livre, organisme vivant doté d'un cœur battant et ses deux ventricules, le réel et la fiction.

« Que ma vie se reflète dans la leur
et que leur vie se confonde avec la mienne ! »

Sirène, le mot finit par s'imposer. Pas une queue de poisson mais un son. Il agace l'oreille, on dirait un ongle qui accroche et on se résout à le couper avec les dents. Une sirène, plusieurs, approchent, et plus elles se rapprochent, plus elles aboient avec MyPrecious le chien. Les sirènes ne passent pas, elles ne continuent pas leur chemin, elles s'arrêtent et ne s'arrêtent pas. Tout comme les gyrophares, ceux des ambulances et des voitures de police.

Il faudrait se lever mais elle n'a pas bougé le petit doigt, elle ne va pas commencer, c'est trop tard, tout ce qui était son enfance a été tiré à bout portant, seule la peur circule dans le petit lit, dans la maison, partout à l'intérieur.

Les portes claquent, des allées et venues, une accélération de l'attente, avec un vacarme sur le silence et ce qui était suspendu se remet en marche. Sans fonctionner. L'haleine chaude de MyPrecious, leur chien remue la queue, il approche du lit, est le premier à la trouver, content d'abord. Parce que sous sa langue, il sent sa peau vivante ? MyPrecious s'immobilise, il gémit à présent, s'il jappait, s'il lui faisait fête, elle pourrait croire qu'elle n'est pas avec la mort dans l'autre petit lit. Elle ne va pas ouvrir les yeux, ne pas voir, c'est ne pas croire, et ça n'aura pas existé.

Une panique entre dans la chambre, n'arrête pas de répéter « Rachel ! Paulina ! » Rachel et Paulina, leurs prénoms rarement l'un sans l'autre tant les deux sœurs vont ensemble, toujours dans le même ordre, onze petits mois seulement les séparent, et pendant quelques semaines chaque année elles ont le même âge. Rachel *et* Paulina, pas *ou*.

À travers les fenêtres de la chambre, la lueur des gyrophares continue de tourner sur ses paupières, elle n'entend plus les sirènes mais un cri en pleurs. Elle va mettre une chanson dessus et pourra s'endormir, croire que ce n'est pas arrivé. Elle cherche loin, très loin le plus doux qui ne s'arrête pas, fredonne dans sa tête les paroles berçant leur enfance qui veut vivre, être encore un refrain. *« La belle si tu voulais, la belle si tu voulais, nous dormirions ensemble, nous dormirions ensemble. »* Le soir avant de dormir, une maman chante *Aux marches du palais* à deux sœurs qui seront toujours ses petites filles et cet air le leur rappellera. À peine Rachel et Paulina sont-elles couchées, Zabé entonne les couplets, tout en écrivant sur le cœur de chacune de ses filles la première lettre de leur prénom, un sésame pour le pays des rêves. Zabé commence par l'aînée, le R de Rachel, avec une ascension en ligne droite et à un moment, après une hésitation à gauche le doigt fait une boucle, un petit ventre bien dodu qui se tient sur deux jambes, de travers mais d'aplomb. Leur mère continue avec le P de Paulina, le même geste au début mais arrivé en haut, pas d'hésitation et cette fois le ventre dodu s'arrête en chemin, la peau de la lettre bien tendue sur une seule jambe. Zabé embrasse longuement les minois ensommeillés, « Jusqu'à la fin du monde, jusqu'à la fin du monde. Faites de grands rêves. » Elle le leur murmure, et referme la porte jusqu'à demain. Demain ? Elle est où maman ? La chanson est finie, je dois ouvrir les yeux.

« Ne te marie jamais, jamais [...] *tant que tu n'auras pas cessé d'aimer la femme que tu as choisie, tant que tu ne l'auras pas percée à jour, sinon tu te tromperas cruellement et irrémédiablement. »*

— Je pars.

— ...

— J'emmène les filles.

— Ne fais pas ça !

— Je reviendrai les chercher avant qu'il fasse nuit. On s'arrangera Louis, tu pourras les voir. J'ai pris un appartement à Sartène.

— Zabé, ne m'enlève pas les petites, tu...

— Je ne leur ai encore rien dit, on ne peut pas contin...

— Elles sont dans leur chambre, viens. Viens avec moi, on va leur demander ce qu'elles veulent.

— Louis, s'il te plaît.

— On va leur demander où elles veulent vivre et on va voir.

On va voir ? Rachel et Paulina ne veulent rien voir du tout, elles dorment. Dorment en écoutant tout. Depuis des semaines elles se préparent à ce que ça barde, à être expulsées du cocon, déchiré le cocon ! Elles ne sont pas des larves, ne sont plus des petites filles, presque des jeunes filles, 12 et 13 ans. Elles pourraient avoir chacune leur chambre mais les deux sœurs préfèrent rester dans leurs lits superposés, elles s'y sentent comme des jumelles, et se protègent.

Depuis le début des grandes vacances, dès que leurs parents se parlent, les filles sont sur le qui-vive. Rachel et Paulina se font plus petites dans leur lit, elles remontent le drap sur leur tête, elles ont essayé l'oreiller mais n'entendaient plus rien et elles veulent entendre.

— On ne va pas leur demander de choisir Louis !

— Je vais changer, Zabé. Je changerai.

— Tu le sens pas que la peur est là, qu'elle ne nous quitte plus ? Tout le temps. La tienne, la mienne, celle des filles, la peur de toi, mon amour.

Ça fait bizarre d'entendre « mon amour » dans cette phrase. Avant leur mère ne pouvait pas s'adresser à leur père sans mettre des « mon amour » partout, toujours elle exagère, mais là son « mon amour » ne fait pas le même effet. Elles savent déjà ce qui va suivre. L'aînée dans le lit du dessus tend le bras vers sa sœur couchée dessous, les deux se donnent la main, pressent leurs doigts et leur peau qui se touche fait barrage à ce qu'elles entendent. Rachel et Paulina veulent et ne veulent pas écouter, elles n'en parlent jamais, ça ne servirait à rien. Tant que leurs mains arriveront à se joindre, tant que l'accélération de leur respiration sera la même, elles pourront se dire que ça va aller, que ça ira.

— Salope !

La porte claque.

— Zabé, reviens !

Le moteur tourne. La voiture dérape, une odeur de pneu brûlé entre par la fenêtre de la chambre, elle prend la place de leur mère qui est partie. Depuis deux mois c'est toujours la même scène, ils sont à table ou dans le salon et le calme se fait virer.

— Pardon Zabé, pardon. Zabé !

Louis crie mais il ne bouge pas, ne court pas après la voiture, et dans moins d'une minute la porte de la chambre des filles s'ouvrira. Leur père va encore les serrer trop fort dans ses bras, il les aime et il leur fait mal, les filles ont l'impression d'être dans une enveloppe que l'on n'a pas le droit d'ouvrir.

Elles se lâchent la main, font semblant de ne pas être réveillées, Rachel et Paulina se mettent en mode dormant comme elles l'ont confié à LaPoupée. D'accord, elles n'ont plus l'âge de jouer à la poupée, alors elles en ont fait leur confidente et à l'occasion leur troisième sœur, puisque leur mère a été claire, si elles en veulent une il faudra l'inventer.

Ce jour reste suspendu dans un vide qui n'a pas de fond. Et les cinq doigts de la main d'une gamine entrelacés à ceux de sa sœur n'y changent rien.

Zabé a attendu le retour de la chasse de son mari pour l'informer de la rupture. Louis chasse souvent avant l'aube, en toutes saisons, uniquement sur leur terrain et il protège leur terre quand tout dort encore sur ses deux oreilles et cette fois les filles ne font pas semblant. Le « Salope » du père asséné à leur mère depuis le début de l'été a usé leur quatuor jusqu'à la corde. L'injure reste la même mais récemment elle a pris une autre tournure, ce n'est plus un mot que l'on jette, quelque chose y est suspendu, une menace. Zabé n'est pas un lapin mais elle détale, elle reviendra chercher Rachel et Paulina en fin de journée, les emmènera. Et après sera différent ? Les filles ignorent si elles ont le droit d'être heureuses de quitter leur père, si c'est bien. Il y a un âge pour tout, même pour faire mal à ses parents, 12 et 13 ans c'est encore un peu tôt.

Louis a ouvert la porte de la chambre, il n'est pas entré finalement, il vérifie. Quoi ? Les filles ne savent pas trop. Qu'elles dorment ? Sont dans leurs lits superposés devenus trop petits ? Pour la rentrée il devait leur en fabriquer des plus grands, il ne s'y est pas encore mis et on est fin août. Depuis deux mois leur père n'en a que pour ses « Salope », en est débordé.

Il reste un long moment à les regarder, Rachel et Paulina comptent dans leur tête, elles arrondissent à une minute. Il referme la porte, reste derrière sans bouger, elles continuent de compter pour se rassurer et le temps se coince dans plein d'endroits de leur corps. Estomac, poitrine, gorge, cerveau. Et les rires, c'est le corps encore ?

Les deux sœurs reconnaissent les bruits dans la cuisine, le petit-déjeuner est prêt, il faut se lever, sortir de la chambre où elles ne dormiront pas ce soir. Leur père doit bien se douter qu'elles ont tout entendu, mais elles le savent il ne leur dira rien de tout qui va changer. Chacune cherche dans la chambre ce qu'elle voudra emporter. LaPoupée bien sûr, grande comme une peluche de foire, leur mère l'a gagnée à celle d'Ajaccio juste avant la naissance de la cadette, elle est devenue LaPoupée des filles, a longtemps été plus haute qu'elles. Les deux sœurs aiment bavarder avec, elles continuent de la faire parler à leur place comme quand elles étaient petites. Encore quelques mois et Rachel aura la poitrine de LaPoupée qu'elle convoite, elle l'a tant désirée, espérant la métamorphose. Quitte à se faire mal, tirant sans relâche sur des bouts de seins, ils poussent si lentement les paresseux. Paulina en est à deux boules dures de la taille de l'ongle de son pouce, c'est décourageant, elle a du mal à croire qu'elle rattrapera sa sœur. LaPoupée, elles la préfèrent un peu nue, les cheveux déployés sur des seins si hauts, si fermes, si ronds, on en rêve. Avoir les mêmes anglaises que LaPoupée reste un de leurs vœux les plus chers, on appuierait sur leur nombril et leurs cheveux descendraient jusqu'aux reins. Depuis quelques semaines ce vœu a été remplacé par : « Que papa arrête de dire le mot horrible à maman », elles espèrent qu'il se réalisera et pas dans dix ans. Alors LaPoupée elles l'emmènent ou elles la laissent ? Leur père sera moins seul. Si elle reste en sacrifice, il sentira peut-être que ses filles l'aiment, même en suivant leur mère. Et s'il reportait sa colère sur LaPoupée, la traitait à son tour de Salope ? Elle ne pourra pas se défendre. Les filles ont rebaptisé leur père, ce n'est plus Louis mais Luiiii. C'est décidé, elles ne laisseront pas LaPoupée, pas à Luiiii.

Deux petites filles ne le savent pas encore mais l'enfant qu'elles sont va mourir. Ce soir avant minuit leur maman aura mis fin à leurs jours. Les sœurs et leurs parents ne seront plus jamais ce qu'ils ont été, une famille. Ils n'auront été qu'une bulle de savon, une fine membrane, on souffle dessus, elle prend forme, s'arrondit, grossit et s'échappe, monte au ciel. Légère, la bulle n'est que lumière, elle attrape toutes les couleurs, elle n'a pas besoin d'être parfaite ou énorme, juste de ne pas éclater, ou elle sera un émerveillement arrêté en plein vol.

Ce jour d'août 1976 les deux sœurs on se lève avec une excitation, ce soir nous retrouvons notre maman. Hier on lui a téléphoné de l'hôtel de la limonade et il y a des bulles déjà avant qu'une sonnerie ne nous donne la voix de notre mère. Chaque fois en sortant de l'hôtel je caressais la pierre polie du lavoir le jouxtant, je touchais quelque chose de doux et de ferme, caressais le lisse et le solide, quelque chose qui ne bougerait pas, rien ne l'entamerait, ne pourrait le fendre. La pierre toute d'un bloc, usée, lissée par les milliers de hanches et de cuisses des femmes qui se sont penchées là, appuyant leurs corps pour laver, nettoyer, tenir leur rôle, et leurs reins accusaient une charge lourde, je n'y pensais pas alors, ma main allait et venait sur l'usure d'un roc.

— Gros bisous maman. Et gros bisous à papa.

— Je vous attends les filles. Rentrez vite !

— Ouiiii !

— Au revoir mes douces chéries.

— Au revoir !

Il n'y a pas eu d'adieux. On est trop petites pour participer au ménage de la maison des vacances et c'est l'été que l'on ferme aussi. On va retrouver nos lits superposés mais avant je profite du lit bateau à l'étage de l'ancienne ferme, je m'y sens comme dans un berceau, son montant en chêne c'est du solide, et même si je n'en suis pas encore consciente j'aime ce qui dure. Plus tard, on chante en canon dans la voiture, et une fois terminé mon Club des Cinq je m'endors à l'arrière sans me rendre compte que l'on prend une autre direction, on ne rentrera pas chez nous. Ni aujourd'hui ni jamais. J'étais à rêver et notre mère est morte. Nous venons de basculer dans notre deuxième enfance. La première s'achève sur une jeune femme enfermée dans une salle de bains et elle se vide de son sang.

L'impensable on l'écrit de toute façon et, avec un peu d'imagination, on en fait ce que l'on veut, ce que l'on peut. Te chercher, brûler, t'inventer sous mes yeux, je l'ai fait livre après livre, et dans ce roman de Zabé, Louis et les filles, l'histoire bifurque. Je remonte à la source, un mot m'échappe, des heures je vais le chercher. Il contient l'enfance arrachée un jour d'été, il m'est venu alors que je préparais le dîner, je pensais le retenir sans avoir à le noter, l'ai perdu. Toute la nuit je le cherche, convoque des images, je l'ai sur le bout de la mémoire, le retrouve avant l'aube, je le tiens, je m'assoupis et le perds une seconde fois, je m'acharne, ne fais qu'y penser et il reviendra. Avant qu'une autre journée ne s'achève il est là : Indéfectible. Qui ne cesse d'être, de durer. Éternel, constant, continu, habituel, immuable, impérissable, inébranlable, inaltérable, inépuisable, indestructible, indissoluble, ineffaçable, inlassable, sempiternel, intime, solide. Cet instant. Un trou sans fond. On peut jeter dedans tout ce que l'on veut, ce ne sera jamais assez, l'enfance ne laisse rien passer.

Il y a quarante-six ans une petite fille a commencé à écrire dans sa tête où l'on est deux, l'enfantôme et moi. Elle est l'enfance abolie qui vous hante. Une mère se tue, elle tue l'enfant en vous. L'enfantôme, elle, a refusé de mourir. Ses petits bras ont enserré tout ce que je suis, ils ne m'ont pas lâchée, et pendant une seconde je peux le croire, on est aussi légère qu'une bulle qui ne crèverait pas. L'écrire, c'est aller à la source.

L'enfantôme ne dort jamais, nul sommeil pour elle, nul répit, elle élucide la nuit.

« Je suis réel parce que vous y croyez. Et je le serai tant que vous continuerez à y croire. » Une jeune veuve aime un fantôme, qu'importe qu'il soit mort et elle mortelle, on désire qu'ils se rencontrent, on attend qu'ils se retrouvent. On ne veut pas qu'ils redeviennent ce qu'ils ont été, l'existence sans l'autre. Et celle ou celui qui nous manque manquerait à notre vie. Il y a dans *L'Aventure de Mme Muir* adapté

par Joseph L. Mankiewicz le plus émouvant des serments. Elle allume une bougie, le fantôme la souffle, la rallume, rien désormais ne pourra l'éteindre, leur flamme ne redoute aucune tempête. Partout le fantôme est là, et quand il entre dans la lumière, c'est Mme Muir qu'il éclaire.

Il faut écouter nos fantômes, entendre ce qu'ils nous disent. Lorsqu'un autre devient pour nous unique, que l'on veut le garder, on se garde soi. Garder ce qui disparaît, c'est l'œuvre d'une vie, c'est notre enfance.

Dès l'instant où, sous ce plafond, notre père nous a appris que nous aurions une maman impossible, l'enfantôme me chuchote « Je suis là. » Et nous regarderons ensemble un ciel qui ne se voit pas.

À trente ans j'irai chercher les étoiles dans le Sahara, elles seront la rencontre d'un corps céleste, notre mère, et de l'atmosphère terrestre, l'enfantôme et moi.

En m'installant plus tard dans une maison située dans le triangle noir, quelques kilomètres carrés où le ciel est si pur, on le qualifie du plus étoilé, je me rapproche encore d'elle, un firmament. Je continue de percer la nuit, de chanter *Aux marches du palais* dans une chambre d'enfant ; penchée sur le visage de mon fils dans la pénombre, je suis cette petite fille accueillant les rêves que sa maman lui promettait. Mon front touche le front de mon garçon, je veux tout voir de la vie nouvelle.

J'ai appris tôt que les étoiles filantes même éteintes depuis des lustres continuent d'exister dans cette distance qui les sépare de la Terre.

— Mais alors papa c'est pour ça qu'un humain mort va dans le ciel, pour continuer à vivre ?

Je n'y pense pas en cette fin août 1976, trop écrasée par le ciel, ce qu'il est devenu, je l'écrirai dans quarante ans dans un roman. À la petite du livre, son père répondra :

— Oui, tu as raison... il vit avec les étoiles. Il faut faire attention avec nos morts, parfois ils prennent tellement de place, on en oublie les vivants.

Toute matière qui s'approche de trop près d'un trou noir tombe dans un gouffre piège au centre duquel se trouve ce qu'un scientifique appellerait une singularité. L'endroit où densité, gravité et espace-temps sont infinis. L'enfantôme s'y est installée, je l'y rejoins souvent, on est bien.

« Peut-être après tout ne se trompait-il pas tout à fait, qui aurait pu discerner, dans pareille confusion, le réel de l'imaginaire. »

Louis est né en Corse, Zabé non. Leur terrain ce sont des hectares et des hectares, à l'écart de tout, « Sauf de la beauté », leur mère n'en revient toujours pas de vivre ici. « Regardez les filles, la Méditerranée est comme un ciel en plus. » Dès qu'il y a à s'émerveiller Zabé est aux premières loges, et elles vont quitter ce lieu ? Louis retourné à la chasse, sa femme à Sartène pour la journée, les filles s'occupent. Paulina se réceptionne bien droite sur ses pointes après un entrechat et Rachel récite une poésie *« quand il aperçoit la proie, c'est un sport, une chasse, une aventure, une escalade, un destin, une libération, un feu, une lumière. »* Un poème par cœur chaque jour, leurs devoirs de vacances imposés par leur mère. Pour elle la poésie est ce qui emmène le plus loin, elle l'affirme : « À côté les bottes de sept lieues sont des tongs ! » Paulina vient de rater sa demi-pointe, son dos la lance, ses chevilles ne suivent pas, elle a le tournis, sans Rachel elle serait tombée. Épaules jetées en arrière, menton levé, Paulina n'a pas encore appris qu'un port souverain part de plus bas, bassin basculé vers l'avant, pubis tendu vers le ciel et une gamine l'est, dressée pour danser. Elle aurait aimé traverser en grands jetés une pièce tapissée de miroirs, se lancer dans un grand écart aérien, la gracieuse, mais la professeure de danse l'a assez répété, « Elle n'est pas douée. » L'apprenant, Zabé a illico désinscrit sa fille du cours et a brisé en deux la baguette dont « la frustrée sadique » faisait usage sur les gambettes des apprenties étoile, leur mère le claironne dans tout Sartène. Résultat Paulina danse pour LaPoupée et Rachel. Le chignon de la cadette piqué de fleurs d'aubépines en feutre est une pelote de pétales sans épines, elle tente une arabesque et sa grande sœur vient à bout du poème, *« Qui ose comparer ses secondes à celles-là ? Qui en toute sa vie eut seulement dix secondes tigre ? »*

Cela fait trois jours que Louis est à l'affût du même sanglier, un autre qui lui échappe, le cochon a eu le temps de labourer tout le terrain, effrayer les ânes, il a renversé le rucher, si on le laisse faire il retournera les cinquante hectares, il a déjà saccagé l'emplacement où Louis a commencé à remonter les murs des deux bergeries destinées à être des gîtes. Il les louera, ça aidera à payer les études des filles. À l'idée d'avoir des locataires, même temporaires, même à plusieurs hectares de leur maison, Zabé est plus que réticente mais comment s'y opposer ? Avec ses traductions elle ne ramène pas assez d'argent, elle passe des mois dessus, lamentablement rémunérée. Traductrice de romans russes. Pendant ce temps Louis boucle des chantiers, coule des chapes en veux-tu en voilà. Que son mari paye presque tout ne l'embêtait pas tant, mais depuis que les insultes pleuvent, dépendre de Luiii, pas question. En quelques semaines tout s'est détraqué qui avait l'air d'aller. La voix mauvaise est arrivée pile le premier jour de l'été, Louis a voulu faire une surprise à sa femme en rangeant la maison, que chaque chose soit à sa place puisqu'elles ont une place. Leur mère partie au marché de Sartène, les filles ont aidé leur père « à rendre une vieille maison toute jeune » et les voilà les trois à quatre pattes, faisant la poussière avec des mines de conspirateurs. Les deux sœurs furètent partout, sous les meubles, dans les coins, et même en haut de l'armoire où Paulina réussit à monter perchée sur les épaules de sa sœur. Rachel vacille... ouhhh là, elles ont bien failli se casser la margoulette, mais non, encore un effort et la plus jeune atteint le haut de l'armoire. Elle trouve une poussière colossale, éternue, un nuage de sale retombe, voulant y échapper Rachel perd l'équilibre et les voilà les deux, les fesses par terre, recouvertes de poussière. Paulina tombée de plus haut pleurniche, pour elle ce sera trois granulés d'arnica et pour l'aînée l'engueulade invariablement. La plus jeune ne laisse pas Rachel se faire disputer à sa place. « C'est toi papa qui nous as dit que les choses, on les fait bien ou on ne les fait pas ! Heureusement que j'y ai été là-haut. Il y a plein de poussière depuis avant que je suis née, depuis avant que tu es né toi ! » Elle a réussi, leur père sourit. « Garde bien tes granules d'arnica sous la langue. Vous nettoyez l'entrée les filles et j'enlève la poussière qui reste, ça vous va ? » Typique, leur père s'emporte et après, un agneau, il veut être gentil d'avoir été injuste. Ce n'est jamais bien méchant, les filles lui pardonnaient tout avant les Salope.

Ce que Louis découvre aurait pu rester encore longtemps inaccessible, il tombe sur ce qu'il n'aurait jamais dû trouver, coincé entre le mur et un angle de l'armoire. Au premier coup d'œil, il sent ce pincement du bonheur d'un homme qui n'en revient toujours pas que sa femme l'ait choisi, pas un autre. Même quinze ans après leur rencontre Louis regarde Zabé avec les yeux d'un amoureux tout neuf, émerveillé que sa femme lui ai dit oui, et les filles sont nées. Après ils n'ont pas arrêté d'être heureux, les quatre, sa famille. Un dernier coup de chiffon et Louis s'assied pour regarder tranquillement la photo arrivée là-haut il ne sait trop comment, tant mieux finalement que la petite soit grimpée. Une photo d'avant la naissance des filles, il a reconnu la coiffure de Zabé quand ils se sont rencontrés, sa tresse ramenée sur une épaule. Elle allaitait Rachel, la petite l'agrippait sans cesse, la maman a coupé la tresse, dommage, mais quand sa femme décide quelque chose, mieux vaut faire avec. Zabé part deux heures à Sartène et déjà elle lui manque, Louis se penche sur la photo pour sourire à sa femme d'avant qui est toujours bien la même, il n'en voudrait pas d'autre, et puis... tout se casse la gueule. Quelque chose ne va pas avec la photo, quelque chose de... « Non ! » Il l'a dit à voix haute, avec une panique, les filles rappliquent, « Qu'est-ce qu'il y a papa ? Papa qu'est-ce qu'il y a ?! » Fini de rire, voilà ce qu'il y a. Plus de rire, plus de femme, et il n'y a plus de famille. Il y a Louis, personne. Il se lève, bouscule sans le faire exprès les filles et Paulina se retrouve encore les fesses par terre. Cette fois, la petite ne pleure pas, elle regarde son père sortir de la pièce, la peur vient d'entrer dans leur maison. La voix mauvaise se pointe aussi sec, elle s'installe, prend ses aises, les filles détesteront voir leur père parler tout seul, comme si elles n'existaient pas, comme s'il n'avait plus de filles. Et de sa bouche pleine de douceurs vont sortir des horreurs.

Après le « Non ! » paniqué de leur père, Rachel a saisi l'aspirateur, il faut qu'elle s'occupe et elle ne sentira plus le froid, le bonheur est gelé. L'aînée s'escrime sur le tapis, arrive à le rendre propre. Ce que Louis voulait, le grand ménage, Rachel et Paulina vont le terminer et Zabé sentira leur amour encore plus que d'habitude. Si les filles continuent la surprise, la joie reprendra ses droits et quand leur mère rentrera tout sera comme avant.

Zabé a vu le boulot, la maison comme un sou neuf, elle a compris la surprise, a aussitôt fait des « Youyous », elle a applaudi comme une petite sœur que Rachel et Paulina auraient pu avoir si elle n'était pas déjà leur mère qui ne grandit pas et les fatigue. « Arrête maman ! » Leur mère tape sur ses fesses, voudrait bien taper aussi sur les leurs pour rire, et vas-y qu'elle leur claque des baisers, on se demande où elle en trouve autant. Quand Louis est là, il réclame sa part, les filles regardent leurs parents s'embrasser mais de loin. Est-ce qu'on peut être gêné des yeux ? se demande Paulina alors qu'au même moment Rachel pense, « Qu'est-ce qu'ils sont heureux mes yeux de pouvoir voir notre papa et notre maman s'aimer ».

La poussière va tout recouvrir, même les baisers. Louis s'est enfermé dans la chambre, il refuse d'ouvrir à sa femme.

— Il s'est passé quoi là les filles ?

Leur mère les accuse ?

— On n'a rien fait maman !

— Qu'est-ce qu'il a votre père ? Louis ? Louis, tu m'ouvres ?

— On a juste suivi sa surprise. T'es heureuse maman ?

Silence de leur mère. Paulina continue.

— On a même nettoyé ce qui ne se voit pas.

— Qu'est-ce qui ne se voit pas ?

— En haut de l'armoire. Et je suis tombée et Rachel m'a fait grimper et...

— En haut de l'armoire ?

— Oui. Vérifie, y a plus de poussière, tu peux passer le doigt.

Leur mère se contorsionne sur la pointe des pieds pour atteindre l'angle en haut contre le mur, elle a un drôle d'air, qu'est-ce qu'elles ont fait de mal ?

— Allez jouer dehors, MyPrecious sera content.

Et Zabé les pousse vers la porte, elle est réussie la surprise !

— Louis, ouvre-moi.

Ça va prendre jusqu'au soir avant que leur père n'accepte de parler à leur mère. Même MyPrecious se fatigue, en a marre de jouer, une première. La fenêtre de la chambre est ouverte, les filles se postent dessous, elles écoutent, n'en perdent pas une. Tous les parents devraient le comprendre, ils ont beau dissimuler, feindre, mentir... les enfants savent.

— Salope !

Le premier vient de sortir, les « Salope » vont se bousculer, des injures qu'un homme hurle à sa femme.

Elles n'en veulent pas de ce mot entre leurs parents, s'écartent de la fenêtre comme elles reculeraient devant un serpent, les deux trébuchent sur MyPrecious assis dans leur dos, et voilà Paulina le cul par terre pour la troisième fois de la journée ! La porte de la maison s'ouvre, la voix mauvaise passe à côté des filles sans les voir, se dirige dans l'atelier de leur père.

— Il se passe quoi maman ?

— Rien.

— Qu'est-ce qu'il a papa ?

— Mes chéries...

— Tu lui as fait quoi ?!

— Chuuut, calmez-vous, ça va aller.

Ça ne va pas aller du tout et plus rien de leur famille ne sera pareil.

Été 1976, une petite fille perd sa maman, une vie souterraine commence en elle, l'enfant ne pourra plus s'en passer, ne le voudra pas. Découvrant le conte russe du petit poisson d'or pris dans les filets du pauvre pêcheur, elle voit dans ses écailles d'or les pages de chaque livre qu'elle lira. Pour être libéré le poisson propose au pauvre pêcheur d'exaucer son vœu, mais celui-là le remet à la mer sans rien demander. Longtemps j'ai cru que lire suffirait et j'allais à la recherche de celle qui manquait. Lire, lire, lire, était l'aventure véritable, je contenterais le poisson d'or et il continuerait de nager en rond dans ma tête, seulement il a eu besoin d'oxygène et il a fallu soulever les écailles, écrire. L'imagination triomphait, je l'aimais son triomphe, la vie ajoutée.

Roman après roman, je me suis emparée d'un jour d'été, j'en suis la captive consentante, exposer l'irréparable en pleine lumière. La bulle retrouvée. En y mettant Rachel et Paulina, leurs parents, je détourne le réel, imagine ce qu'il aurait pu produire. L'écriture, le mentir véritable ? Je me collette aux souvenirs, ne sachant ce que je toucherai chez mes proches et je les atteins. Qui le mesure ? À le redouter, on n'écrirait plus. La vérité est une guimauve que l'on étire, on la tord, elle prend toutes les formes, revêt l'apparence qu'on lui donne. Sur ma boîte aux lettres on ne trouve pas mon nom mais ces mots : De Pure Fiction. Tout un monde où je vis. Je suis maladroite, malhabile, « enchepée » – on me l'a suffisamment répété à l'adolescence et la vaisselle se brisait –, mais l'imagination je ne la laisserai pas tomber. Réalité et fiction sont des partenaires, pas des adversaires, je suis un pont suspendu entre elles. L'enfantôme est bien plus qu'une échappatoire romanesque et Zabé, ses filles, sont des strates ; à un moment ou un autre j'ai été elles, il n'y a pas de personnages, il y a des êtres nourris au lait du souvenir.

Deux sœurs ont rendez-vous avec un bonheur de maman. En disparaissant, elle a repoussé les limites d'un infini où nous aurions grandi. Je n'ai eu de cesse de me mesurer à ce manque, desserrer les serres, ne pas rester dans l'estomac de ce rapace, la peur. Une balle logée dans un crâne n'empêchera pas de vivre mais elle reste un danger, à défaut de l'extraire, on peut en prendre soin. Notre mère est cette balle, j'écris d'un ventre d'où l'on ne serait pas nécessairement, irrémédiablement, expulsé. Quelle plus grande présence qu'une absence qui vous hante ? Impérieuse et vaste notre mère ne me quitte pas. Elle a dynamité mes huit ans et ils sont là entiers quand j'écris. 8, c'est l'infini debout.

« De pure race russe, fine, mince,
elle semblait pourtant avoir des muscles d'acier
et cette précieuse énergie et cet entrain
que les chasseurs appellent le cœur. »

Comme métier plus tard, Rachel et Paulina veulent traduire des films. À Hollywood, évidemment. Elles laissent le russe à leur mère, décidées à perfectionner dare-dare leur anglais. Dès leur entrée en sixième, Zabé leur a conseillé de tout miser sur la première langue, les filles ont regardé les films sans sous-titres, lisant de courts romans bilingues, même LaPoupée s'est mise à l'anglais, elles lui font régulièrement la lecture, soignent leur accent. « Ramenez-moi un 20 au bac en anglais et vous pourrez avoir un 2 en maths. » Leur mère le pense vraiment. Ce qu'elles visent les filles ce sont les Oscars ! Elles travaillent leur anglais pour se l'offrir cette émotion. Leur mère visait le prince Mychkine, ça l'a menée en Russie à tout juste dix-sept ans.

En un été les deux sœurs ont appris à se débrouiller, et faire avec la voix mauvaise. Un père rien ne va plus et une mère à temps partiel, on devient autonome. L'école reprend dans trois jours, au moins d'habiter à Sartène elles ne changeront pas de collège mais ce sera plus compliqué pour courir dans le maquis avec leur père. Il les entraîne, vitesse et demi-fond, quelques fractionnés, à la fin de la course il y a la mer, sa fraîcheur. Pour y arriver, plonger dans la lumière, elles courent dans la foulée de leur père, tirent sur les bras pour aider leurs jambes à avancer, comme il le leur a appris. « Jusqu'au bout, les filles, jusqu'au bout, vous y êtes. Allez ! » Leur père ne se retourne jamais, ne les attend pas, mais il sait les encourager.

L'espace d'une foulée, les deux sœurs ferment les yeux, elles ont l'impression de gagner quelques mètres, d'avoir réduit la distance pour arriver jusqu'à leur récompense, la Méditerranée. La ligne de départ est Mathusalem, l'olivier millénaire, planté juste devant l'atelier de leur père. Même grands ouverts les bras des deux sœurs n'arrivent pas à en encercler le tronc. « Grandir auprès de cet arbre n'est pas du luxe, ça vaut beaucoup plus. » Leur mère les a élevées avec des phrases comme celle-là, les filles sentent à quel point c'est vrai, pourtant les trois ce soir auront quitté la maison, Mathusalem est battu. Rachel et Paulina ont des cuisses en béton mais pour couper le sifflet à la voix mauvaise, il faudrait qu'elles soient en béton armé.

Leur père a toujours un chantier de retard, il en accepte trop, même en bossant tout le temps il ne tient pas les délais. Ses mains en savent quelque chose, elles le démangent, la gale du ciment, c'est assez dégoûtant. Quant à Zabé, elle a toujours une traduction en cours, surtout, elle a Tolstoï. N'a jamais assez de temps pour lui. Tant mieux, Rachel et Paulina sont assez grandes pour aller seules à la plage, elles prennent des raccourcis et rejoignent à Tradicettu l'amoureux, un grand de quatorze ans, avec une ombre de moustache, pas ce qu'il a de mieux. Un pour deux, elles se le partagent, ne l'obligent pas à choisir et personne n'est triste. L'amoureux les distrait d'elles, il est mieux que l'ennui. Même si elles sont trop jeunes pour y songer, les filles se sentent moins incomplètes en l'aguichant. Avec l'amoureux, elles font des expériences, il veut bien être le cobaye, ils sont assez gosses pour faire semblant de ne pas savoir ce qu'ils font. La mer, après, ne suffit pas à les rafraîchir. La semaine dernière, Rachel et Paulina ont demandé à l'amoureux de s'allonger sur la pierre chaude, elles venaient d'observer le cœur des rapiettes sous leur peau de lézard, elles les coursent derrière les pierres, croient en avoir attrapé un et il s'échappe, leur laisse la queue entre les doigts, elles en font quoi ? Un petit tas au pied de Mathusalem. Les filles voudraient faire battre le cœur de l'amoureux jusqu'à le voir s'agiter sous sa peau comme celui des rapiettes. Un mot qui vient de là où est née leur mère, où elle ne les emmènera pas. Zabé n'a plus vu ses parents depuis qu'elle est partie en Russie, pas encore majeure mais vaccinée des siens.

Elle le sort souvent que sa famille c'est eux quatre, personne d'autre. Ce soir, une fois parties de la maison, ils seront quoi, tous ?

Elles font courir l'amoureux d'un bout à l'autre de la plage mais son cœur reste invisible, ils ont chaud, ils sont presque nus et ce presque les autorise à se coller, se frotter, leurs voix en sont changées. Retenir ce qui pourrait arriver. Maladroits, audacieux, ils sont sans limite, ne pensent qu'à ça qui n'est pas exactement faire l'amour, un engourdissement. Leurs gestes deviennent plus précis, ils ne laissent pas d'empreintes sur la pierre, la sueur et ce qui est sorti du garçon ont vite séché. Après ils goûtent, la mère de l'amoureux fait des gâteaux que Zabé ne préparera jamais, elle s'est attaquée à une autre cuisine, traduire *La Guerre et la Paix*. « Un éditeur finira bien par me suivre, si j'y crois assez ça arrivera. Il faut tout tenter, les filles, tout, ne jamais détourner les yeux de son rêve, vous vous en rappellerez ? » En plus de Tolstoï, elle doit accepter ce qu'elle appelle la traduction utile, mal payée mais c'est quand même de l'argent, « Les autres russes je les traduis sans rien lâcher mais ça reste leur livre, ma traduction de Tolstoï, ce sera aussi mon livre. » Pour gagner trois euros six sous, elle travaille pour deux maisons d'édition et il n'y a pas assez d'heures dans une journée pour respecter les délais, y travailler convenablement sans lâcher son grand écrivain, il décide de beaucoup. Zabé a même organisé la naissance rapprochée des filles pour ne pas avoir à y revenir, se laisser distraire, elle a mesuré l'intérêt d'avoir un deuxième enfant dans la foulée, les deux gosses s'occuperaient ensemble, a cédé au désir de paternité de Louis à condition de lui en déléguer l'intendance, et leur mère a tout son temps pour Natacha. Rachel et Paulina ont son âge au début du roman. Zabé leur en parle souvent, « Ce qui fait de *La Guerre et la Paix* un livre unique, c'est la grâce d'une jeune fille. Tolstoï est si sûr d'elle, après un millier de pages, il n'hésite pas à la mener dans une impasse, mais elle ne se laisse pas faire, elle est tellement vivante. »

Chaque fois qu'un texte s'ouvre à nous on est surpris, émerveillé. On suit une intuition, et la bousculade de pensées, de mots, de vie intérieure – une manne – coule de source. On pourrait presque croire que le livre s'écrit tout seul, et pendant quelques heures on le croit. L'impression d'avoir ajouté un turbo à un moteur grippé, ou que des ailes nous sont poussées. Ma ligne de chance ? Fictionner le réel. Le dissoudre dans une imagination débordante et ils font vase communicant. Le roman, traduction romanesque d'un drame vécu, avec un prolongement : ce qui aurait pu arriver. Tout ce que l'on se raconte.

En entrant dans les brèches du réel je pénètre dans un royaume presque infini. Écrire c'est s'emparer du presque.

Penser sans limite, comme un enfant quand on n'en a plus l'âge, vous agrandit. Ce supplément de vie invisible, souvent inaudible, est un refuge en soi. Réalité et fiction se défient, elles se complètent en un va-et-vient permanent, je puise dans l'une, dans l'autre, et quelque chose en moi fait son œuvre.

Depuis mon premier roman il y a vingt ans, je raconte la faillite d'une enfance, ce que l'on en fait. J'aimais ce cache-cache, que l'on ne sache pas. Et le livre refermé, on se demande ce qui est vrai, ce qui est faux.

Zabé, Louis, et les deux sœurs ne me laissent d'autre choix qu'écrire frontalement notre histoire. Parce qu'à les suivre je me suis approchée trop près de tout ce qui n'a pas été ?

Plus je fouille dans leur vie que j'imagine, plus ils m'enjoignent d'écrire la disparition. Un silence que l'on a mis dessus.

En franchissant une frontière poreuse, je saute au-dessus d'un vide, touche au rivage du réel, je m'y serais enlisée sans les livres. Et s'il était une terre ferme sous mes pieds ? Notre mère y est ensevelie. Pour l'atteindre j'ai recréé tout un monde, l'enfantôme y règne, elle est une mémoire sans tain, ce n'est pas moi qui la vois c'est elle qui me regarde. À l'enfantôme je n'ai eu de cesse de murmurer « Sauve-toi » et peut-être elle le sera. Elle le sera ?

« Sept ans plus tard, l'océan démonté de l'histoire avait regagné ses rives. »

Il est sans limite le dernier jour ensemble il y a huit ans. Douze heures, le temps écoulé après que notre mère a démarré en trombe et son retour à la maison plus tard que prévu. Entre le réveil le matin dans nos deux petits lits et la nuit a fini par tomber. Chaque seconde, depuis, je les vis comme un compte à rebours et tout a explosé.

Douze heures, la durée d'un vol New York-Ajaccio si j'ai ma correspondance à Nice et voilà que j'ai vingt ans.

J'ai pu avoir une place dans un avion avant que les vols ne soient annulés, les aéroports fermés. Je fais partie des 130 000 Français en déplacement à l'étranger autorisés à rentrer en France avant qu'un virus ne nous assigne à domicile. Je ne retourne pas en France, je retourne chez nous, à Tradicettu. C'est une panique inédite à JFK, on veut tous retrouver notre marigot. Les passagers, moi la première, avons préféré ne pas risquer d'être arrêtés demain à des frontières barrière. Toujours je remettais le retour à Tradicettu, je n'en voulais plus de notre mère. La paralysie annoncée me pousse à revenir, trop déjà m'a échappé, je ne supporte pas de ne pas contrôler ce qui m'arrive, et ce qui arrive est incontrôlable, j'ai besoin d'un abri, n'en vois d'autre que celui où j'ai grandi. La petite fille que j'ai été me le réclame, si je dois rentrer, c'est maintenant. La recherche de sa tanière concerne manifestement des millions d'humains, on se bouscule dans tous les aéroports de la planète pour monter dans un avion. Sur les écrans d'affichage au-dessus de nos têtes, les destinations s'affolent, ce sont des kilomètres de files d'attente, nous tous suspendus à un battement d'ailes de chauve-souris, pas la meilleure année pour avoir vingt ans.

Je viens de planter l'équipe d'un film qui se passera volontiers de moi. En fait, c'est Le Producteur que je quitte, il a préféré rester à New York, ne pas s'éloigner de son film en post-production. De ne pas l'avoir sur le siège à côté j'ai l'impression d'avoir l'avion pour moi, pourtant il est bondé, beaucoup de passagers n'ont pas embarqué. Ceux arrivés sans billet, sans réservation, avec des gosses qui n'ont pas l'âge d'attendre des heures debout un futur qu'on leur a déjà bien amoché. Si ça pouvait nous rendre plus humain avec les enfants fuyant autrement pire mais on les vire, ils se noient et on laisse couler ? Zabé ressassait, « On s'ignominise voilà où on en est, des renégats de notre humanité. »

Aéroports saturés sur tous les continents, trafic paralysé, hécatombe généralisée, l'équilibre bien sûr se rétablira, les misérables seront encore plus malheureux. Avant de monter dans l'avion, j'observe dans la salle d'embarquement les détresses au coude à coude, les révoltes de notre mère sont inscrites en moi. Sans cette épidémie combien de temps il m'aurait fallu avant de rentrer à Tradicettu ? Sa propagation a rendu clair mon désir. Les autres engouffrés dans l'avion qu'ont-ils laissé qu'ils veulent retrouver ? Je ne sais même pas si MyPrecious est encore de ce monde, si on fera la course. Inutile de lui lancer un os ou un bout de bois, on se lançait nous. Notre chien aussi, Zabé l'aimait de travers, pour mériter sa caresse il aurait fallu que MyPrecious poursuive un loup, qu'il sorte tout droit d'une partie de chasse à la lisière des domaines du tsar. On aimait l'écouter nous raconter la traque où Natacha et son frère Nikolaï suivent le chien Karaï le long des domaines de la Couronne. *Taïaut ! Taïaut !*

Hier dans la librairie française près de l'hôtel Pierre où Le Producteur séjourne à New York, je suis tombée sur la traduction de Zabé de *La Guerre et la Paix*, je l'ai aussitôt achetée. J'avais déjà son exemplaire annoté à chaque page, elle me l'a donné il y a trois ans avec une lettre dedans, toujours pas ouverte, et je n'ai plus reparlé à notre mère. J'ai gardé les deux Tolstoï en cabine, ils tiennent à peine sur la tablette. D'avoir lu les réflexions, digressions, interrogations dont notre mère a recouvert son exemplaire, le travail préparatoire à sa traduction, j'ai l'impression de ne pas avoir arrêté de dialoguer avec elle. Zabé me l'aura laissé pour que je la lise entre les lignes, sache bien qui elle est, quelle mère elle n'a pas été. Son exemplaire a vécu, il est plein de lignes brisées qu'elle a tracées, les traits partent du texte et au bout il y a son écriture, elle a marqué le livre.

J'ai appris qu'en russe l'ordre des mots est libre dans la phrase et elle a toujours le même sens. Notre histoire on peut la raconter dans le désordre, ce qui est arrivé est arrivé, on ne peut pas le changer, la réalité de ce qui s'est passé.

Le pouvoir des livres. Notre mère y croyait plus qu'en elle. Elle l'a écrit en gros et c'est là sous mes yeux : « *Les livres comprennent tout de l'irrémédiable solitude. En viennent à bout ?* »

Cette interrogation lui ressemble, bien plus qu'une traductrice, j'ai trouvé dans ses notes ce qu'elle n'a pas eu le temps de nous dire, ce que l'on n'aura pas vécu, deux sœurs observées à la loupe d'une maman. J'enlève sa lettre, la glisse à la même page dans le livre neuf, je la lirai avant d'atterrir, découvrir ce qu'il y a dedans qui m'aura attendu. Laquelle de nous deux, adulte, aurait gardé LaPoupée ? Une question parmi d'autres restée sans réponse. Trois ans que je n'ai vu notre mère, ne lui ai pas parlé, je continue de l'accorder au pluriel et je te perds un peu moins ma sœur. En m'adressant mentalement à toi, cela me donne l'illusion que nous sommes deux, et les filles continuent leur vie quelque part, dans ma tête. J'évite de dire Maman qui me fait mal, ai opté pour Zabé. Une maman est là quand on a besoin d'elle, et si c'est une question de vie ou de mort, le moins que l'on puisse est de lui en vouloir.

Le premier à qui j'en ai voulu, mais pas plus d'un quart d'heure est notre père, il faut remonter bien avant le dernier été, à nous deux les filles on n'avait pas dix ans. Les dimanches commencent en toquant à la chambre de nos parents, on les trouve dans une pénombre striée des raies d'argent passant entre les volets, une atmosphère particulière, Toc toc, toc, deux bouts de chou dévorent l'ombre, interrogent d'une même voix, « Maman ? Papa ? », toujours dans cet ordre, on entre dans le lit de son côté à elle et notre mère nous serre comme si on était revenu après un siècle, son index tâtonne jusqu'à notre cœur, il trace la bonne lettre, jamais elle ne se trompe, elle sait quelle fille elle a. Dans le lit sous le drap il y a une odeur qui n'est pas un parfum, on respire par la bouche, ce que je fais maintenant quand j'entre dans une boucherie. Une journée formidable commence, sans école ni devoirs à faire, arrive le dîner, on n'en peut plus des œufs à la coque du dimanche soir, redouter le coup sec de la petite cuillère pour détacher le chapeau, on a mal pour le poussin dessous. Pour l'imagination, on n'est pas les dernières, devant des coquetiers instables on gagne du temps, soi-disant on beurre nos mouillettes. On a chacune une poule, Grisette et Poulette, on ne l'a pas dit à LaPoupée, qu'elle ne soit pas jalouse. Deux frangines le soir dans leurs lits superposés s'ébouriffent de leurs murmures. Gagner quelques minutes sur la nuit, rire encore à bas bruit, ce chatouillis, on en est électrisées, on n'a aucune envie de dormir ! On l'étire notre rire, on le muscle, à en avoir des courbatures, « aux zygomatiques, quelle gymnastique, ça rime hein les filles ? » Oui maman. Plus tard elle nous mettra en garde contre le rire sec du prince André et du vieux Bolkonski, un rire aphone, quand celui de Natacha est un traîneau tintinnabulant, avec ou sans neige il glisse et on fond.

Arrive un dimanche on n'en peut plus de la petite cuillère comme une hache sur la coquille, tout le monde est couché même nous qui nous levons, l'une tire la chevillette, l'autre fait le guet, faut voir nos bobines. On libère les poules, qu'elles aillent pondre ailleurs et on revient vite à l'intérieur d'où on n'aurait pas dû sortir. On a fait un carnage, Grisette et Poulette zigouillées par le renard. On retrouvera tout juste leurs ailes, là où on mettait nos mains dessous bien au chaud il n'y a plus qu'un froid. On ramasse les morceaux, « pas de quoi en faire une fricassée » commentera Zabé. Notre père nous colle une gifle, la seule qu'il nous ait donnée, on s'en remettra vite, et on remplacera les poules par un crapaud charmant ; éprises de sa peau de vieillard fossile, on se donne des frissons en appuyant du bout des doigts sur son corps de contemporain des dinosaures. Le crapaud nous tourne le dos, bon qu'à montrer ses fesses, il marque son territoire, on évite de peu le pipi. Il a peur et on s'en amuse, on est le grand méchant loup.

Dans une heure, quand le soleil d'un été brûlant et doux basculera dans le soir bien entamé, je pourrai attraper les doigts de ma petite sœur, ce sont les mêmes étoiles dans le ciel. Couchées dans l'herbe nous regarderons main dans la main des ombres criblées de lumière, jusqu'à sentir la terre nous avaler. Enfants, nous faisions des concours de mains de vieillards. Chacune son seau, on plongeait nos mains dans l'eau, on attendait, jusqu'à sentir les ridules se former et on comparait nos mains de vieilles, les doigts mordus de rides imaginaires, ce sont les plus légères. On prenait des voix de crécelles, des voix de sorcières, on se moquait de la peau gaufrée, des crevasses, on riait, c'était à celle qui serait la plus ratatinée, peut-être qu'on se faisait peur aussi. Maintenant, sur nos mains il y a des fleurs de cimetière, nous nous fanons, mais je contemple ma sœur et continue d'être un rire d'enfant. Pendant des années, à chaque fois que je la regardais, je cherchais les traits de notre mère, partout sur son visage, sur son corps, c'était flagrant elle était sa fille bien plus que moi. Je me suis persuadée que notre père l'aimait mieux parce qu'en ma sœur il retrouvait notre mère. Chaque fois que nous allions chez nos grands-parents maternels, l'enfantôme encaissait les « La plus jeune ressemble tellement à sa mère. » *Sa* et plus *leur*... Ma sœur avait ce pouvoir d'incarner une morte, l'écrivant, je réalise à quel point cela aura pu être terrible pour elle, un fardeau. L'émerveillement cousu à la douleur quand elle entrait dans une pièce, et chaque fois que l'on se regarde, on ne peut pas se voir, on est l'absente. La contemplant, c'est notre mère toujours que je regarde, j'en suis fascinée, la retrouver à ce point en elle. C'est au-delà de leur ressemblance, notre mère est là dans la forme de son visage, dans ses os, mais bien plus qu'un physique, j'ai sous les yeux le passage du temps et je regarde vieillir celle qui n'est plus. Maman tout le temps. Dans la peau de ma sœur elle se flétrit tout doucement, elle est tellement vivante.

Ma sœur a maintenant vingt ans de plus que n'aura eu celle qui nous a portées, elle a dépassé la mort. Je vois que notre mère aurait continué d'être belle, je l'ai sous les yeux, pourrais laisser les miens sur ma sœur des heures et des heures, vraiment. Elle a compris je crois ce qui se passe en moi, accepte d'être admirée et scrutée, je la détaille, jusqu'à leurs pieds identiques. À huit ans les miens n'entraient déjà plus dans les chaussures de notre mère minuscule avec son mètre cinquante, il a fallu trouver autrement comment mettre mes pas dans les siens.

Dans une de ses dernières lettres pour nous, elle termine par : « Isabelle n'oublie pas d'embrasser notre bébé tous les soirs, et toi le bébé fais aussi des câlins à notre grande chérie. » On n'a pas oublié. Il a pu y avoir un continent entre nous, on a fait comme notre mère nous l'a écrit. On est si différentes et pourtant semblables à partager la même temporalité avec un avant, un après, un jour d'été les sépare, il nous unit de façon irrémédiable. Régulièrement nous sommes en désaccord, voire opposées, hostiles pendant une seconde, mais ce qui nous occupe c'est cet amour particulier que nous nous portons, on sait que c'est là, que l'on y puisera. Ma sœur, la première, a recréé sa bulle, nous étions adolescentes elle y pensait déjà, y pensait à tout prix, être mère ; pour ses deux filles elle vaut dix maîtres Yoda.

« Elle avait l'impression que devant ces yeux lumineux qui pénétraient jusqu'au tréfonds de son cœur, il n'était pas possible de cacher la vérité [...] *»*

Louis a laissé Zabé choisir le prénom des filles, Rachel avait l'air important pour sa femme et Paulina sonne un peu comme Natacha. Pour leur chiot elle propose MyPrecious, les filles applaudissent, elles ont tellement regardé *Le Seigneur des anneaux*, elles le visionnent sans sous-titres, appellent à tout bout de champ « MyPrecious ! » et se persuadent de faire de l'anglais renforcé. Louis regarde le soleil ou le vent ou le sel ou la mer chahuter la chevelure de ses trois amours et il est le plus heureux des hommes. Qu'importe si sa femme n'est pas corse, elle est Zabé, ça vaut tout. Des trente premières années de sa femme avant leur rencontre, il ne sait pas grand-chose, excepté qu'à l'âge où les demoiselles commencent à faire des bêtises avec les garçons, Zabé est partie en Russie pour se rapprocher de ce Mychkine, résolue à parler russe, vivre russe, Zabé Tolstoï pour les intimes ! Fille au pair à Saint-Pétersbourg, elle a appris le français à des gosses de bonne famille, s'occuper d'enfants l'emmerdait mais avec eux elle perfectionnait son russe, jusqu'à le maîtriser suffisamment pour être libraire, vivre au milieu des livres. Elle en parlait et sa voix changeait, s'adoucissait comme une lumière que l'on baisse, on jette un voile dessus révélant des ombres que l'on ne soupçonnait pas. « J'avais les clés du trésor. Quand on m'a permis de faire seule la fermeture de la librairie, je prolongeais le temps des livres, j'éteignais les lumières et dans le noir, ils continuaient de tout éclairer. Je me frottais à leur titre, collais mon nez à leur tranche, ce sont de fortes caresses. »

Nous avons appris à lire en déchiffrant les pattes de mouche de notre mère, un bon exercice, elles débordent du texte de Tolstoï. Zabé cherchait à voix haute, faisant feu de tout bois. Parfois une de nos réflexions d'enfant l'orientait, elle nous en était reconnaissante. On essayait de suivre, c'était des histoires qu'elle nous racontait, comme celle de Sofia la femme du grand écrivain, elle aimait son mari férocement, excessive elle aussi. Dans son journal, Sofia Tolstoï écrit, *« Si je pouvais le tuer puis le recréer exactement identique, je le ferais avec plaisir. »* Zabé l'a recopié à la main sur la page où le prince André agonise. Sa pire blessure, la trahison de Natacha. Commentaire en rouge de notre mère : *« Et André Bolkonski se transforme définitivement en colin froid. »* Elle développe : *« Amour jaloux de Sofia Tolstoï = Alexis Karénine = le prince André = Louis = fureur = tragédie. »* Le tragique, c'est qu'elle l'ait provoqué.

On est sonnées par les bribes de discussions déchirant le couple qu'ont été nos parents. Luiiii injuriant notre mère la Salope, et nous les curieuses on finit par ne plus vouloir entendre leurs histoires de grands, elles nous rendent malheureuses, distillent une inquiétude dans l'été. On avait un père chasseur et il braconne notre mère. Les Salope réitérés, suivis de leurs conciliabules nous laissent deviner qu'elle a dissimulé un élément toxique de son passé qui a tout empoisonné. Elle croit d'abord s'en protéger en bougeant encore moins de leur chambre dont elle a fait aussi son bureau, tout y est agencé, ritualisé pour la gestation et la traduction d'un chef-d'œuvre. Notre mère vouée à son Graal, une Guerre et elle veut la Paix. Toujours à des textes d'auteurs russes émergents, à nous de respecter ses horaires à la maison, elle travaille de leur lit, devenu un lit-bureau. Elle exagère Zabé ? « Oui j'exagère et je me coupe de ce qui me tracasse, m'encombre, l'excès me distrait de moi-même, pas vous les filles ? » On a vite pris le pli de ne pas lui répondre.

Notre père a le syndrome des artisans, accepter systématiquement les demandes de travaux. Trop de dalles à couler, des propriétaires rarement contents venus du continent pour contrôler, il met les bouchées doubles, mère et filles on en profite pour filer à la plage, trois paires de pieds alignées sur le rivage, fesses au sec. Ce sourire d'une maman avec le reflet de la mer dansant au coin de ses lèvres pour y poser tous les baisers d'une enfance qui ignore qu'elle peut être foudroyée. Arrivées sur la grande plage de Tradicettu, on marche entre les rochers et le maquis, un chemin dans le sable jusqu'à Cala Barbaria, ses reflets violets, les Maures y ont fait main basse sur nos ancêtres et leur sang s'est incrusté dans la roche jusque sous la mer, donnant à la crique cette teinte belle et redoutable. On se juche sur un rocher bien rond, bien large, un granit solide sans aspérité et on n'aura pas mal aux fesses assises dessus en maillot de bain. « Il a presque une peau de bébé. » Zabé en fait une nouvelle histoire, son mari s'en raconte une tout autre, étalée la fée. Une femme malheureuse, elle lui dit quoi à son mari ? Salaud ? Pourquoi ça sonne différemment ? On peut le mettre en majuscule SALAUD ne fera pas une salope, même minuscule.

Je conserve les lettres de notre mère, plus exactement des photocopies recto verso, remisées dans son album photo grossi de ses mots. Je n'ai pas compté combien j'en ai, elles sont une liasse pliée en deux, datent toutes de l'été 1976. Les fois où je les ai lues tiennent sur les doigts d'une main, toujours avec une réticence, du bout des yeux, elles me chamboulent, leur contenu est un amour ancré. Son écriture demande à être déchiffrée, pas loin d'être illisible, pénible. Ses lettres sont pour nous, les filles, et adressées à notre tante quand nous étions dans la maison du torrent. Dans chacune elle l'écrit : on la retrouverait vite. Sur la suite qui arrivera, aucun avertissement, pas un mot.

Avant de les relire, en extraire la substance, je les laisse sur mon bureau plusieurs jours, me prépare à les affronter. Ce seront des jours violents à n'être qu'elles qui me font mal, enfermée volontaire avec ses lettres, qu'elles me dominent pour mieux les pénétrer, les sortir de leur invisibilité. Inaudibles elles l'ont été tant d'années, il m'arrivait de penser que si la maison brûlait, je laisserais tous les livres pour elles.

Été 1976 la canicule sévit. Nous sommes dans la maison du torrent avec nos parents, non pas à la fin mais au début des vacances, notre tante arrivera plus tard. On est les quatre de la bulle et les filles on est un peu vaches, un peu vipères, on ramène les premières à l'étable, on éloigne les morsures des reptiles avec un bâton. Sur le sentier menant à la fromagerie gaffe aux orties et à tenir droit le pot au lait. On s'adonne aussi au théâtre, récolter quelques pièces des grands après notre spectacle, deux sœurs colorient en rouge foncé des feuilles de papier et font couler le sang. On mange avec les doigts de la viande grillée découpée à même la bête entière, on fait caca au fond du jardin et pipi la nuit dans un seau, on se lave debout dans l'évier, on est notre enfance. Pourtant sans ces béquilles, les photos, et une lettre destinée uniquement à notre tante, j'aurais oublié notre séjour nous quatre, et l'été commençait. Notre mère écrit « *les bassines d'eau chauffées au soleil, pour le bain des gosses et notre toilette, sans savon l'eau servira à arroser chaque soir. Les capucines sont belles* – elle questionne notre tante – *tu sais que nous les mangeons en salade chez nous ?* » Non je ne le savais pas, et c'est un peu de son enfance en Algérie que je trouve à me mettre sous la dent. Elle est autrement proche dans ces découvertes encore que je fais d'elle quarante-six ans après sa mort.

Nos parents rentrent à Rouen, les filles on reste dans la maison du torrent avec notre tante. Notre mère commence et termine sa première lettre dans la voiture sur le trajet du retour – elle aimait poser ses pieds déchaussés sur le tableau de bord, se sera fait un appui de ses genoux – « *Dimanche. Précaution conseillée avant la lecture, s'asseoir et lire à tête reposée. Mes douces chéries, vous voyez je vous écris alors que nous venons de nous quitter, je suis si désolée de vous avoir vues pleurer. Il y a un bouchon (le 1*er *!!) alors je vous écris et je posterai la lettre aujourd'hui comme ça vous aurez la surprise peut-être dès demain.* » On lui répond aussitôt – lui écrire n'est pas une corvée – et probablement penchée sur notre feuille on sent encore plus comme on l'aime. Chaque jour nous amène une lettre d'elle, « *Mes bien chéries, j'ai reçu ce matin votre 2*eme *lettre. Pascaline, dans le décorama on dirait que c'est toi la petite fille qui court après le papillon, je te serre fort sur mon cœur pour te dire merci. Isabelle nous fait de beaux comptes rendus, je crois que tu seras comme moi ma chérie pour ce qui est de raconter.* »

Dans une lettre destinée uniquement à notre tante, j'en prends pour mon grade. « *Tu verras combien Isabelle est pénible, insolente, maladroite (2*eme *crise d'opposition) nous essayons d'être patients mais surtout sois ferme avec elle, c'est un service à lui rendre.* » J'en éprouve un pincement puis rigole, le portrait est plutôt juste, toujours d'actualité !

« J'espère que tout va bien sur la montagne ? J'ai été si heureuse de vous entendre mes douces. Je vous embrasse aussi fort que je vous aime. » Nous sommes ses douces, nous sommes ses chéries et elle l'écrit souvent, nous sommes, les filles. Parfois elle vanne notre père, me donne à lire le couple qu'ils ont été quand elle écrit moitié à notre tante, moitié à nous dans une même lettre. *« Gilles se met au bricolage, il a réussi à poser la tringle pour le rideau !!! »* Dans sa première lettre sur la route, après un troisième bouchon, elle note, *« Nous venons de passer le col du Berthiand en seconde, ce qui fait râler Gilles. Nous ne voyagerons plus de nuit car Isabelle ne peut dormir (faute de place où ranger ses longues jambes) ((Elle a encore grandi et me dépasse d'une pointure de chaussures !!)) »* Je n'ai jamais pensé à faire de double parenthèse, j'adopte immédiatement les siennes. Les prochains trajets en voiture, je monterai devant, à sa place, j'aurai tout loisir d'étendre mes jambes. C'en est fini de dormir, à moi désormais de rester éveillée pendant que notre père conduit même s'il ne me le demande pas, je ne le laisserais pas seul dans la nuit.

Au détour d'une lettre, je lis, *« La Corse c'est merveilleux, vivement que nous y soyons l'année prochaine. »* En y emmenant mon fils, été après été, il me semble offrir à notre mère ce qu'elle n'aura pas vécu et un peu de son sang aura bronzé dans cette île, sa beauté chaude ; jusque dans les femmes de mon roman.

Notre mère nous écrit d'une époque où l'on donnait un rendez-vous par courrier, *« Pourrez-vous être samedi à l'hôtel, nous appellerons à midi au téléphone. La fin des vacances approche, mes douces chéries, le courrier met tant de temps à parvenir que je pense que cette lettre sera la dernière que je vous écrirai, mais il y a le téléphone et surtout vous revenez bientôt. Je vous embrasse aussi fort que je vous aime.* » En-tête, Jeudi, j'en déduis qu'il s'agit du jeudi 19 août. Chaque fois elle note le jour de la semaine – pas la date – et joint des baisers, une formule tendre avant de signer. Dès la première lettre elle nous l'écrit.

« *Je vous aime plus grand que le ciel.*

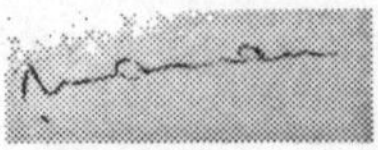 »

Ce n'est pas que mon cœur cogne, il me cogne.

À notre tante célibataire chez qui nous habiterons pendant des années mais cela personne ne le sait encore, notre mère écrit, « *Alors Michèle, réellement, aimerais-tu être mère de famille ? Ce n'est pas facile, n'est-ce pas ?* » Son « *réellement* » me laisse sans mot. À moins de penser que l'on est toujours rattrapé par la réalité.

« Est-ce possible que cette main, ce visage, ces yeux, tout ce trésor de beauté féminine qui m'est étranger, est-il possible que cela devienne mien pour toujours, et soit à moi comme moi-même ? »

La vision de Zabé nue sur le ventre à même le sable reste le point fixe de Louis. Avant elle, il en a pétri des assurément mieux pourvues, ses mains en étaient pleines de leurs formes qu'il croyait préférer, à les caresser il y ponçait ses cals, leur rugosité plaisait à ces dames. Dans le coin, il n'y en a pas eu un pour lui envier une femme toujours le nez dans ses livres, à griffonner, et elle y gagne quoi ? Pas un rond. Avec ça l'air de ne pas être tout à fait là, ou qu'on la dérange. Une femme tison, à la toucher sans la réchauffer on se brûle les doigts, Louis a dû aller chercher loin l'étincelle et elle a été leur foyer. À l'image du pauvre pêcheur russe, il a attrapé dans son filet un petit poisson d'or, a attrapé le rire de Zabé quand elle jouit comme elle pleure. Au début, Louis n'était pas franchement à l'aise de trouver sa femme au lit matin midi et soir avec interdiction de la déranger, et elle mi-bravache mi-provocante, « Je me la coule douce, c'est ça ? »

On ne peut plus concentrée sur le texte, les fesses à l'air sous sa chemise d'homme empruntée à son mari. La nuit tombée, les deux dessinaient un autre paysage, à la fois neuf et ancien, ils n'avaient qu'à tendre le bras et toucher l'ombre de leur arbre passant par la fenêtre. Sa ramure les soirs de haute lune entre dans leur lit, et tout change encore.

Zabé l'a vite constaté, traducteur, ce n'est même pas la dernière roue du carrosse. De quel carrosse parle-t-on ? Des clopinettes, 1 % sur les ventes du livre, c'est encourageant ! Les filles osent espérer qu'à Hollywood les pratiques seront différentes. Comment elle fait leur mère pour continuer à soupeser chaque mot, chaque intention, surtout l'infime ? Les éditeurs n'en ont pas grand-chose à faire, « Ne vous tracassez pas pour la traduction, simplifiez. » Emballé c'est pesé. Zabé carbure à la littérature, l'inlassable émerveillement de la découverte, ce qu'elle partage le mieux, elle en revient presque douce de ce pays sans limite. Jusqu'à ce premier jour d'été, Louis est tombé sur un os tellement gros, MyPrecious s'en étranglerait. À ruminer sa découverte, le mari de Zabé en a perdu le sommeil, il a l'impression d'avoir les nerfs dans une machine à laver bloquée sur la fonction essorage. Pour que ses nuits cessent de l'embrumer, arriver à s'endormir de nouveau aux côtés de sa femme, il se fait planter des aiguilles dans le corps. Rachel et Paulina ne sont que présent, pour elles le futur n'a pas une minute et le passé quelques heures, elles sont encore des enfants, maintenant suspendues à une intonation de leur père, même un coureur automobile n'anticiperait pas davantage les virages. Au besoin elles se transforment en statue de sel.

Après une journée les mains dans le plâtre, à faire du ciment collé à la bétonnière, Louis a pris l'habitude de les plonger dans un seau de glace, comme les boxeurs, une idée de Zabé, piochée dans un livre, « Ça marche pour ceux qui donnent des coups dans des sacs de boxe, pourquoi pas pour toi, tu l'étales, non, le ciment ?! » Les blagues de Zabé la détendent, c'est déjà ça, et les articulations de Louis désenflent. Rachel et Paulina le demandent à LaPoupée, « En plongeant la tête de papa dans un seau de glace, on la neutraliserait la voix mauvaise ? » Si elle s'en était prise aux filles, leur mère les aurait mises à l'abri dans la seconde. À quel point une maman supporte l'inacceptable sans empêcher la suite ?

À la mort de notre mère – une fois acté par les uns et les autres qu'étant un homme et bien jeune, notre père ne serait pas le mieux placé pour nous élever et ferait bien de se consacrer à sa carrière – notre tante s'est avérée la seule à pouvoir nous accueillir ensemble les deux sœurs et on ne serait pas obligé de nous séparer. On avait perdu notre mère, perdu beaucoup de notre père, on est devenu le bouclier l'une de l'autre.

Notre tante n'avait pas prévu d'avoir d'enfant, on vivrait avec elle dans l'appartement de fonction du lycée où elle travaillait. On ne sait pas trop quoi nous dire, on nous vend comme un prodige que l'on aura chacune notre chambre ; terminé les lits superposés de l'appartement à Rouen. On habitera à deux cents mètres de chez nos grands-parents paternels, ils veilleront sur nous quand notre tante sortira tard du lycée. On n'était pas du tout prévu dans sa vie au-delà de la quinzaine de jours l'été à la montagne et on a été un temps plein, pendant dix ans elle nous a élevées. Elle a fait ça, s'occuper de deux orphelines déboussolées, même si on essayait de ne pas le montrer, pas tout de suite. Souvent je pense à cette femme de trente-cinq ans n'ayant pas planifié d'être mère et du jour au lendemain deux gamines débarquent dans sa vie, avec beaucoup encore à leur apprendre. Elle s'y consacrera, m'en donnera le tournis des tables de multiplication, nous enseignera bien plus. Si je devais isoler une chose, ce serait notre tante nettoyant nos chaussures à pointes après les cross et ça a duré des hivers, on était deux à se crotter, il y en avait de la boue, on retrouvait nos pointes propres, épongées, brossées, séchées, pour la prochaine course. Je crains de ne l'en avoir jamais remerciée. Après une semaine professionnelle bien remplie, elle s'attelait le week-end à des piles de repassage, je n'ai jamais repassé un vêtement de mon fils, me contente de tirer sur les manches, les jambes des pantalons pour les défroisser. Elle a tant fait. Surtout, elle était là. Notre tante a continué de nous emmener dans la maison du torrent, de nous garder avec elle pendant les vacances, nettement moins les siennes. Elle est une femme comme certains rochers, rugueux à l'extérieur et tendre au fond si on parvient assez loin. Elle continue de se raidir quand on la touche, notre père lui a emboîté le pas, ou alors c'est moi l'agitée, l'insatisfaite, qui n'en ai jamais assez avec mon avidité de tendresse, d'attentions, n'en finissant pas d'être vibrante et vibrionnante. Notre père est notre tronc, notre tante une femme tempête comme il y a des lampes tempêtes, je la vois comme ça. Question de caractère et d'éducation, les deux ne font pas de sentiments, pas trop de place pour cela dans leur enfance. Mais soir après soir pendant des mois, la sœur de notre père est venue nous border tour à tour dans nos chambres, elle a chanté à deux petites filles *Aux marches du palais*. Dans trois décennies cet air deviendra pour mon fils « La chanson de mamie Gisèle ». À quel point cela a compté, continuer de l'entendre avant de faire le noir et je regardais le plafond. *« La belle si tu voulais »*, oh oui je le veux ! *« La belle si tu voulais, nous dormirions ensemble »*, s'il te plaît maman on dormira ensemble encore ?

La différence entre le conditionnel et le futur, tu ne la connais pas petite fille. La lumière est éteinte, ce n'est pas la voix de notre mère, c'est une voix qui est là. Notre tante chante pour nous ce que l'on a toujours connu et ça n'a pas de prix. Dans la chambre rose puis la chambre bleue, elle s'assied sur le bord du lit, sa voix ne lui ressemble plus ni ce geste de replacer une mèche sur notre front ou on l'aurait dans les yeux, elle n'est pas notre mère, elle ne l'a pas remplacée, il n'en a jamais été question, elle est celle qui nous aura emmenées encore dans le royaume de la belle comme dans la chanson. C'est fini les petites mains qui se cherchent dans le noir mais grâce à notre tante ils sont encore là tous les chevaux du roi.

Parmi les lettres de notre mère, je trouve trois dessins. Sur le premier, elle a dessiné un cœur, sa main aura tremblé il a l'air de frissonner, elle l'a agrémenté d'une ronde de fleurs sans couleur, la photocopie noir et blanc n'en a gardé que des pleins et des vides. À l'intérieur, on dirait une dentelle, autant de vaisseaux recroquevillés. Dessus elle écrit, *« Mon cœur est plein d'amour pour mon tout petit »*. Je comprends que le dessin est pour ma sœur, *notre bébé*, notre mère me le rappelle régulièrement dans ses lettres. La pointe du cœur s'appuie sur un *Je t'aime*. Le *Je t'aime* est bleu, repassé au bic. Parce qu'il s'effaçait ? Le deuxième dessin est un arbre. De part et d'autre du tronc, je lis, *« Ma grande chérie sait que cet arbre vient d'un soleil pour sa pauvre maman gelée. Mille baisers »*. Je le regarde mieux. Un palmier. Et derrière, un ciel crayonné. Était-il bleu ? On dirait que l'arbre est frigorifié, coupé de ses racines, comment pourrait-il vivre sans elles ? Je pose ma main sur le troisième dessin, sur la main de l'enfantôme. J'appuie à la jointure de son poignet de l'épaisseur de mon pouce aujourd'hui, je revis cet instant où une petite fille a posé sa main gauche sur la feuille et de ma main droite, j'en faisais le tour, m'appliquais. Encore un peu je sentirais le chatouillis de la pointe du feutre le long de ses doigts, dans chacun elle a dessiné un labyrinthe.

L'année des deux ans de mon fils je lui lis *L'Arbre sans fin* de Claude Ponti. *« Plus loin que très loin, le feuillage est bleu, presque invisible. Ça s'appelle le ciel. Grand-Mère l'a dit.* » La grand-mère meurt, elle est là et il n'y a plus personne, la petite enfant du livre se cache dans sa maison secrète, une chanson la guide et elle pourra le dire à voix haute, *« Je n'ai pas peur de moi ! »* Elle a grandi.

Mon fils écoutait, il insistait, « Je ne pourrais pas la voir un tout petit peu mamie Gisèle, même juste une fois ? »

Quelle sorte de mère je suis pour assister avec ravissement à l'invasion de mon tout petit par une morte vivante ? Et elle continue de se promener en nous qui serons elle encore. Je devais faire attention, ma morbidité heureuse avec le temps nécessitait d'être partagée avec parcimonie. Ma morbidité heureuse c'est d'écrire.

« Il portait en lui son projet comme une chose étrangère et redoutable. »

— C’est un lent processus la pétrification. Vous imaginez les filles ? Ce bout de bois enterré, sans oxygène, et il ne meurt pas.

— Il ne sent pas le moisi papa ?

— Pourquoi il sentirait le moisi ?

— On l’a appris en sciences et vie de la terre, la putréfac...

— Pé-tri-fication pas putréfaction !

Le bois pétrifié rien ne lui est arrivé. Une mère dépose son bébé sur la plage avant marée haute et s’en va. Une autre se gare sur les rails, sa fille sur les genoux avant le passage d’un TGV. Un père étranglera ses garçons de quatre et six ans. On en est pétrifié, on n’est pas un bout de bois. Certains gardent tout ce qui les violente, ils ne peuvent pas faire autrement, ils cuisent dans leur jus, à l’étouffée, un couvercle sur la tête, ne veulent surtout pas le soulever ou l’épouvante ne ferait qu’une bouchée de ce qu’ils sont devenus, ils sont carbonisés. Les femmes fracassées sous une volée de coups, laissées sur le carreau, finies à coup de talons, ne sont pas, non, *une qui aime ça.* C'est beaucoup d'impuissance. À se défendre. Impuissance et on cogne, les femmes maltraitées qui en mourront. Une femme, un enfant, battus jusque sous la table où on va les chercher roulés en boule ne trouvent aucun coin où se cacher, et même ils les évitent, persuadés qu'on n'en sort pas. La terre n'est plus la terre et une famille se détraque. Toute son enfance, le père de Louis l'a battu comme plâtre. Devant la centrifugeuse, à touiller le ciment, il se revoit tout petit jeté contre un mur ou une chaise, mains ouvertes en signe de paix, sans pouvoir se défendre. Jusqu'à cette chasse… et son géniteur y est passé, le jeune Louis n'en est pas revenu de la cartouche dans le bide de son père, s'être bousillé lui-même le maladroit. Un sanglier, le cuir épais, et la balle ricoche, retour à l'envoyeur. Mourir lui a pris un moment. Le père a réalisé que son fils ne bougerait pas, ne tenterait rien. A-t-il compris qu'il n'y avait rien à faire ? Le sang paternel faisait un glouglou doux à entendre, le gamin avait dix-sept ans, à cet âge, la colère, le ressentiment sont des rapides, on se briserait dessus. Un bon vétérinaire son père, les bêtes l'aimaient à ce qu'on disait, faut croire que Louis et sa mère n'en étaient pas. Quand l'autre avait tapé un peu fort, elle ramassait son fils, y allait sur la pointe des pieds, sortait de la poche de son tablier un quignon de pain dont elle avait compris qu'il était le morceau préféré de son enfant, même si Louis n'aurait osé y prétendre. À table on se taisait, à la chasse on se taisait, partout si le père était là un silence écrasait tout en vous et on avait besoin d'air. Le père, le fils, nés sur des terres dans la famille depuis... Mathusalem. Le véto philosophait, « Locataire on l'est déjà de sa propre vie. » Sa dernière chasse lui aura donné raison, un ultime gargouillis plus abondant et Louis l'avait regardé trépasser sans faire un geste, il n'aurait pu le sauver. Il avait d'abord laissé filer la bête, il n'allait pas en plus la manger. Ce qu'il a abattu c'est du boulot pour dix, il en a fait des piscines, et le pourtour qui va avec – ils osent appeler cela une plage – quand la Méditerranée est là sous vos fenêtres. Il a foré, marteau piqué, les copains ronchonnent, le lui reprochent, il pourrait y mettre de la mauvaise volonté. Louis s'est spécialisé dans la chape pour intervenir seul sur les chantiers le temps de la pose et du séchage ; quand les autres corps de métier se pointent, il n'est plus là.

Le lendemain de la mort de son père, le jeune Louis a été pris d'une envie de courir, de voir jusqu'où il pourrait aller, il découvre que son corps peut endurer sans en être démoli, le goût de l'effort à la limite de la souffrance sera sa force. Des heures à courir, établir non pas un record mais une distance entre son enfance et l'homme qu'il devient. Il récupère vite, un cœur neuf, des muscles solides, pas un jour sans courir, même après le sexe avec Zabé. Elles lui coupent les jambes leurs siestes fameuses d'amants tout neufs et à la naissance des filles il ne lâche rien, continue la chasse et la course, continue de plonger les mains dans le plâtre et le sang des sangliers, continue de crémer le dos de Zabé allongée sur le ventre, ferme et ouverte, réclamant qu'il appuie fort, plus fort, mains bien à plat comme une râpe, et immanquablement il procure à sa femme la volupté attendue, la peau ne ment pas.

Et maintenant chacun de son côté dans le lit et une existence où courir ne les emmènera nulle part ? Avec en prime les mains bandées pour réussir à travailler, ça le démange à en chialer. Il a sa dose de béton, va remonter les deux bergeries, en fera des gîtes d'un bon rapport, il lèvera le pied, ses mains vont guérir, il gardera sa femme et dans leur lit les aubes au goût d'avant reviendront, le jour pourra passer, ils ne bougeront pas, recommenceront. Ça c'est quand il est à mi-course, les endorphines font leur boulot, qu'il s'arrête, elles se reposent, et tout est fini.

Ç'aurait dû être un été comme les autres. Pour Louis, une cavité souterraine à consolider à l'entrée de Bonifacio, pour Zabé un énième livre à traduire, et les filles se gardent toutes seules. Au programme, apprendre à danser à MyPrecious et faire répéter son anglais à LaPoupée, sans oublier les bains de mer, les courses à pied qui ne sont pas des vacances et l'enfance n'a pas de fin.

Chasser pour Louis n'est pas un passe-temps, ce n'est pas non plus une passion, sa passion c'est Zabé. Tout comme la course à pied, la chasse le libère d'une tension accumulée, d'une mauvaise fatigue, chasser l'emmène loin. Aucun essoufflement même après des heures à guetter sa proie, et le petit nuage noir dans son crâne s'évapore, ou crève à l'instant de faire feu. Louis ne cherche plus à enlever les éclats de sang sur ses bottes, elles ont fini par s'assombrir, il ne les voudrait pas autrement. L'angoisse n'arrête pas de fouiner dans son cerveau, y fouiller comme dans une malle que personne n'a ouverte depuis des siècles et on ne sait pas sur quoi on va tomber.

Ces dernières semaines, il se réveille après un mauvais sommeil, cherche quelque chose de sa femme, peau, haleine, cheveux, une certitude d'elle dans le lit. Au retour des chantiers, il court, trouve une raison à la journée qui vient de s'écouler, elle l'a conduit jusqu'à cette bonne foulée, il accélère, dépasse un cortège de doutes, les cinq premiers kilomètres se font sans plaisir, puis les endorphines arrivent, elles le galvanisent, il a trouvé son souffle. Il court seul ou devant les filles, s'interdit de se retourner et pas question de ralentir sauf pour les fractionnés. Il leur apprend à éprouver leur endurance, y trouver un bien-être, se le gagner et on l'attend. Même au volant, Louis continue de leur parler course, « Les virages vous les prenez serrés. Sur une piste, tenez la corde, les filles, vous gagnerez des mètres. » Démonstration à l'appui, Louis accélère en plein virage pour mieux adhérer au sol ou on dérape. Le virage que Zabé vient de les obliger à prendre a de quoi leur faire quitter la chaussée.

Les filles se plantent exprès devant leur père, ses yeux colère, elles ne savent pas sur quelle planète il est au juste et le constatent, aucun vide ne paraît assez grand pour arrêter son regard, elles pourraient tomber dedans. Ce n'est pas un acupuncteur qui pourrait y changer quoi que ce soit.

La première séance a suivi la découverte de la photo, encore une semaine et ce sera la fin de l'année scolaire, Louis a récupéré Rachel et Paulina au collège, elles font leurs devoirs dans l'entrée et il se fait piquer. Évidemment les filles sont surtout concentrées sur ce qui se dit à voix basse derrière les tentures, comme une prière que l'on fait. Leur père chuchote, elles ont appris à écouter ce qu'on veut leur cacher.

— Je ne dors plus, c'est fini le sommeil. Il est deux heures du matin, je suis une ampoule qui n'arrête pas de clignoter.

— Vos selles elles sont comment ?

« Qu'est-ce que le vélo vient faire là-dedans ? » chuchote Paulina à Rachel. Du coup, elles n'entendent pas la réponse.

— Vous avez essayé des exercices de respiration simple quand vous vous réveillez la nuit ?

— Franchement pfff... Une ampoule électrique ou tenez, une pelote à épingles. Je suis la pelote, j'ai la tête piquée d'épingles, comment je fais pour travailler ?

— Il va falloir vous détendre. Relevez vos manches et le bas de votre pantalon, jusqu'aux genoux. Allongez-vous. Si je pique là, ça vous fait mal ? Oui ? Et là ? Non ? Très bien. Encore une, encore une autre, c'est bientôt fini, celle-là et on y est. Essayez de dormir, je reviens dans une quarantaine de minutes. Votre organisme a besoin de sommeil et vous lui refusez, on va travailler dessus, apaisez-vous. Je vous laisse une couverture de survie, la température de votre corps va se refroidir.

À tous les allongés, l'acupuncteur répète « Je suis à vous » et il repart faire des textos, donne rendez-vous à des chèques. Il a endormi leur père. L'unique fois où les filles l'ont entendu ronfler. Après la première séance, Rachel et Paulina ressentent l'énergie entrée avec eux dans la voiture, leur père regarde tout le temps dans le rétroviseur, comme s'il était prêt, ça y est, à semer la voix mauvaise. Elles le croient. Les séances suivantes, les aiguilles n'auront plus aucun effet, ce sera encore moins que du surplace, l'acupuncteur ne fait pas le poids devant Luiiii. Il aurait fallu planter les aiguilles directement dans les cordes vocales, piquer la voix mauvaise comme une bête enragée qu'elle est. Leur mère fait le dos rond, ce n'est pourtant pas son genre, la faute aux livres qui l'accaparent, font écran ? Ou la faute à son fatras intime ? Les deux sœurs en appellent à LaPoupée, « Si maman ne dit rien c'est que ce ne doit pas être si grave d'être une Salope. » Elles ont une mère pas ordinaire, peut-être que ça va avec. À écouter Luiiii, Zabé est la fautive, mais les filles ne veulent pas écouter Luiiii !

L'acupuncteur n'a rien pu sur mes nuits sans sommeil, je n'ai rien cédé aux livres. Insomniaque je dors peu, pour lire, lire encore, lire plus. Et écrire. Dès lors que je dors plus de cinq heures, mes muscles, mes nerfs me donnent l'impression d'avoir été repassés, bien pliés, comme si on avait ajouté dans mon système un bouchon d'assouplissant ! Et tout en moi se détend. « Tu vis chez toi comme dans un musée », constatait il y a des années un proche. Je n'ai pas un millimètre d'espace mental pour une autre pagaille, ou contrôler en permanence mon désordre intime serait bataille perdue. Le fouillis chez les autres ne me dérange pas, je trouve cela exotique, mais dans mon espace c'est alerte rouge. De savoir où sont rangés les éléments du quotidien annule le risque d'en être encombrée, je n'ai pas une minute à consacrer à ce que l'on égare… la disparition. Ce qui est en vrac dans ma tête je le convoque quand j'écris, délice alors du tumulte prolifique, et je le renverse comme on nettoie à grande eau. Feuillage, prairie, crête, semaison, les livres sont un monde, j'aime avoir chaud avec eux et ne plus avoir peur, ils m'acceptent et le chaos dans mon être. Est-ce qu'un roman sort nécessairement d'un séisme ? Je prends soin du mien, substitue à son épicentre d'innombrables textes.

VirginiaHenryCharlotteHonoréEmilyFiodorMargueriteMarcelClariceJack, j'écris dans leur marge et le ciel est transparent. Je cherchais une clairière, c'est l'arbre du prince André juste avant qu'il ne rencontre Natacha que je trouve. *« Regardez-moi donc je suis engourdi et noueux, tel qu'on m'a fait, tel je reste, mais je suis fort, je ne fais pas semblant. »* Les oliviers de Louis dans le roman sont les oliviers de notre mère née au milieu d'eux en Algérie. Ils sont les oliviers des étés en Corse avec mon fils et son père. Je suis à la fois, Zabé, Rachel et Paulina, Natacha *« amoureuse et admirative d'elle-même »* et je me sens percée à jour.

J'imagine une famille, Louis, sa femme, Rachel et Paulina, et les vrais, nous quatre de la bulle, s'écrivent en moi, me débordent, je l'accepte. Le roman cette fois ne pourra tout contenir qui est nous. Dans la fiction je poursuis ce qui aurait pu arriver, imagine un drame qui n'a pas eu lieu. Je déchiffre des Post-it, les miens et ceux de Zabé, rejoins une gamine et l'enfantôme, mon double, mon prolongement, l'étreinte insatiable.

On saute dans le passé comme on jouerait à la marelle. Au bout il y a le ciel.

Je croyais que c'était un conte la caverne d'Ali Baba mais non, elle existe dans chaque ville, village où l'on trouve une bibliothèque. Pas besoin de sésame, on y entre sans frapper pour prendre ce que l'on veut ou presque. Ce que je veux ? Des livres. Et pour sept jours ils sont miens. La bibliothèque où je m'inscris entre l'âge de huit et douze ans était au siècle précédent la propriété d'un collectionneur de camélias. Son parc est une possibilité de beauté dans une ville en partie rasée en mai 1940. À mesure que j'approche de mon bien, l'emprunt auquel j'ai droit, deux livres par semaine, la splendeur d'une nature cultivée il y a cent ans continue d'infuser. L'émotion heureuse à marcher vers les livres. De me le remémorer, l'émerveillement n'a pas bougé, il est une zone de calme en moi. Je suis dans le ventre de la baleine.

Ma tante me déposait en voiture à l'entrée du parc, je continuais seule comme une grande jusqu'aux livres. Est-ce que la petite fille se faisait belle pour eux ? Approchant du bâtiment, j'accélérais ou ralentissais le pas ? Mes yeux, je m'en souviens, cherchaient les cygnes glissant sur le bassin, un surplus de féerie. *Les Cygnes sauvages* d'Andersen, le conte préféré de mon enfance. L'histoire de onze jeunes princes et leur sœur Élisa, assise sur un petit banc de cristal elle s'amuse à regarder un livre d'images dont le prix égale celui de la moitié du royaume, mais l'histoire prend une autre tournure, ils perdent leur mère et sont bannis. Ploc ! Plus de bulle. Je cours sur un fil, à un bout ce qui est vrai, à l'autre ce que j'en fais, un roman.

Ma stupeur à découvrir qu'il existe une maison uniquement pour les livres demeure. Dans toutes les pièces et jusqu'au plafond ils en sont les hôtes, l'endroit est de belle proportion, les parquets cirés, les échelles en bois s'accordent aux fenêtres. Encore aujourd'hui dès l'instant où je respire un parfum de bois ciré je suis immédiatement transportée dans la pièce claire où j'entrais hardiment, son odeur de chiffon doux. Je serais incapable de dire un mot des humains que j'y croisais, ils ne comptent pas, il n'y a rien d'autre que les livres. Jusqu'au collège, son CDI, et la première librairie où je travaillerai l'été de mes 17 ans, la bibliothèque d'Emonville est le monde où je veux vivre.

J'ai toujours cette ivresse de charger mon sac de livres dès l'instant où je m'éloigne de mon antre, continue de bénir le poids au bout de mes bras quand je sors d'une librairie, d'éprouver la joie sans pareille d'une gamine quittant la bibliothèque avec dans les mains deux inconnus, deux amis. Est-ce qu'il peut tout nous dire un livre ? Et on est moins mort, on a une longueur d'avance, on souffle un peu. Un livre ne vous abandonne pas.

Je dois à notre mère d'écrire, contre elle, tout contre, quelle ambivalence. Sa disparition est mon point fixe. Je la regrette et l'en remercie. Les livres sont un remède et Natacha un antidote.

On est jeune, en bonne santé physique si ce n'est moralement, on est mère de deux petites filles qui vous adorent, on a un toit, un mari, des parents, un travail que l'on aime et on se suicide ? Bipolaire. Notre père a fini par en faire une raison de la mort de notre mère. Ce serait une explication ? Elle arrive tard pour celle diagnostiquée bipolaire post mortem, à voix basse, bien avant que ce trouble mental n'occupe le devant de la scène.

Je n'ai cessé de réfléchir à ce qui n'est pas un choix, mais disons un acte. Je comprends notre mère, n'ai jamais varié là-dessus, la comprenais déjà enfant, incapable de lui en vouloir, je ne l'ai jugée ni faible, ni courageuse, je ne la juge pas. Je suis avec elle. C'est à moi que j'en veux, j'ai beau me raisonner, analyser, m'analyser, je m'en veux de ne pas avoir été assez. Assez importante, assez intéressante, assez précieuse, notre vie, les filles, contre la sienne. Elle nous aurait élevées et ne se serait pas tuée. Nous n'avons pas su être ses raisons de vivre, même pas une bonne raison, la mort était une solution, nous non. Je le mesure éminemment ce n'est pas si simple. Toute la vie n'est pas assez et on veut mourir. Ce que l'on était, des enfants, n'a pas suffi, ne l'aura pas retenue ? Je mélange tout, le vrai son suicide, le faux, c'est de ma faute. Quel fardeau elle a laissé, une peur orpheline, comme on le dit d'une maladie, contractée in utero à bouffer ses anti-dépresseurs.

Se tuer est l'état extrême de la vie. La dernière extrémité pour en finir de mourir chaque seconde de son existence qui n'est pas une vie. On ne sait que faire d'autre qu'en finir avec soi et on n'y pensera plus. Juste trouver un repos, quelques minutes, et tant pis tant mieux si elles font une éternité. On ne doit rien à la mort, surtout pas de vivre.

« À qui est destiné cette épreuve ?
L'épreuve d'un homme
qui ne comprend pas toujours
pourquoi l'on se moque de lui. »

Zabé veut emmener les filles et ce serait aussi simple ? Tôt ce matin avant que sa femme ne lui annonce qu'elle le quittait, le sanglier lui a échappé, Louis est revenu le chercher, cette fois il ne le loupera pas. Il ne chasse plus en groupe, c'est devenu trop facile, la tuerie, il l'exècre. Louis choisit un arbre avec des branches basses où grimper, préfère une fourche assez large pour s'asseoir, avoir un peu de confort s'il doit rester coincé là longtemps posté à cinq mètres du sol, pas plus haut mais assez pour que son odeur échappe au cochon. Avec les bonnes chaussures, faites à son pied, pouvoir compter dessus si dans le face à face avec la bête il a besoin fissa de remonter dans l'arbre. Un bref instant, proie et chasseur partagent la même peur, et finalement la détente, aucun triomphe. Louis aurait honte de jeter au sol des grains de maïs pour attirer une proie, c'est bon pour ceux de la ville ou alors la toute première chasse d'un gamin à qui on veut donner la bête. Son père l'a fait pour lui et pendant une minute ils ont été heureux ensemble. Louis est à bonne hauteur sur cet arbre, comme ses nouvelles ruches quand il leur fait prendre l'air au-dessus d'Olmeto. La fraîcheur du torrent chatouille les racines des châtaigniers, il s'arrête un moment les pieds dans l'eau qui vous file entre les doigts, pendant qu'à côté les abeilles travaillent, les arbres sont tout riants, le miel est une récompense dans la bouche. Ce que les abeilles lui donnent c'est la surprise, qu'il y ait ou pas de miel à la fin, il ouvre les ruches et quoi qu'il y trouve, Louis s'est fabriqué son histoire. Il est comme un gosse que l'on n'aurait pas battu. Son père prenait le martinet et sans arrêter de frapper, il ricanait, « Je t'avais prévenu fiston, une menace c'est rien qu'une mayonnaise qu'a bien monté, elle tient toute seule. » Un dernier coup et le père demandait à son fils de ranger le martinet à sa place, qu'il le retrouve facilement la prochaine fois. Le véto lui reprochait de lire à plat, le roman posé sur une table, il estimait que c'était bon pour ceux qui ne savent pas tenir un livre, et après comment on se tient dans la vie ? À l'en croire, on ne faisait pas d'études à lire comme un qui ne comprend pas les mots, et vas-y pour une baffe. Alors ses abeilles, elles sont la bonne odeur du vivant, y a plus d'humiliation, que de la fierté. Au retour d'Olmeto, Louis s'arrête systématiquement face à la mer avant de prendre la route en lacet qui fonce dans le bleu, il la regarde toute petite et les arbres dominent tout.

Le chasseur se tient où il est le mieux pour attendre sa proie, hors de portée d'un animal qui le chargerait, hors de portée de sa famille. MA famille MES filles, c'est Louis ou Luiiii qui le dit… qui y est. La voix ne le lâche pas, un coup de fusil là-dedans et elle la bouclerait ? Oui, mais où viser ? Où ?! Il épaule et après ? La seconde avant de tirer, on la savoure si la proie s'est bien défendue, Zabé prend les filles et c'est Luiiii le méchant ?! Quelques heures encore et le soleil fera trembler les contours, ils ne seront plus aussi nets, le coup précis il doit le tirer sans tarder, en finir, après... après il saura quoi, il trouvera.

Trois jours que ce sanglier le nargue, Louis s'en est persuadé, s'il le tue il garde sa femme. Il saura bien la retenir, continuera de courir avec Rachel et Paulina, à les entraîner, sera ce père qui vous pousse à donner le meilleur. Quand il accélère, quand il entend le souffle des filles peiner dans son dos, il leur répète de s'accrocher, ne les autorise pas à rester à la traîne, jamais peut-être elles ne sont autant ses enfants. D'elles il n'exige rien d'autre qu'il n'ait exigé de ses jambes, de sa volonté. Rachel et Paulina allongent leur foulée, se redressent, ne décrochent pas dans les montées, il veut qu'elles sentent la persévérance dans leurs mollets et il aura transmis quelque chose à ses filles, mettre un pied devant l'autre, ne pas s'arrêter, même si on a mal, même si on n'en peut plus. « Accélère Paulina ! Soudée la foulée Rachel, soudée ! Allez les filles, on y est presque. » Elles l'écoutent, tiennent le rythme, deux tenaces, il ne leur laisse pas la possibilité d'être fatiguées, de ne pas avoir envie aujourd'hui, c'est un engagement la course, on va jusqu'au bout. Jamais il ne les met en concurrence, après si elles veulent gagner c'est leur affaire, il a remarqué que Rachel y pense pendant toute la course, arriver la première, mais Paulina ne se laisse pas faire, ne la laisse pas faire ; pourtant, que l'une trébuche et l'autre s'arrête aussitôt pour l'attendre.

La lumière est encore assez basse pour qu'au loin Louis devine le friselis des vagues. Tout à l'heure ils plongeront dedans tête la première et leur sueur deviendra la mer, ils avanceront de front, l'eau à mi-cuisse et on passe le ventre, il leur fera boxer la vague, elles verront ce que c'est boxer un vide. Il doit garder Zabé, l'empêcher de le quitter, et pour la énième fois Louis se rassure, d'abord, il tue ce sanglier, après il y a toujours quelque chose de tranquille en lui qui s'installe. Ils sortent d'où ces cartons qu'elle a remplis de livres ? Il doit penser calmement. Comme à la chasse. Ce foutu animal a fait assez de dégâts, il a sectionné les racines d'un olivier et même si Louis ne sortait qu'un litre de ses vingt-cinq kilos d'olives, il leur faisait quelques repas sur du pain frotté d'ail, le pourpier posé dessus, son casse-croûte du maquis, les filles et leur mère en raffolent.

Il sait où enfoncer la lame, tuer le cochon, et tout le sang qui rigole, de la vie bien épaisse, bien fluide, faut voir comme elle brille dans l'herbe, noircit la terre de ses rubis et c'est beau. On n'en perd rien de cette vie qui se barre, on la bouffe. Il y a deux mois tout allait bien, il n'avait pas de rival. Mais cette histoire de sa femme dure depuis longtemps. Le pire est qu'il n'y a rien à faire, il ne peut rien contre, a le cerveau ligoté par la jalousie, un putain de poison. Il aime une femme qu'était avec un autre quand il entrait dans son ventre et elle veut prendre les filles ? L'ennemi qu'il tue à la chasse, Louis le laisse mijoter dans son sang, seulement cet ennemi-là, il ne peut pas l'atteindre. Pas comme son grand-oncle qu'a eu droit à sa vendetta. Encore un qui ne disait pas grand-chose, le frère du grand-père, mais quand les yeux du vieux se posaient sur son petit-neveu, il lâchait, comme on confie un péché, « Il est sacrifié celui qui exerce la vendetta, il arrête net sa vie qu'il aurait. À la place il a eu celui qu'il voulait avoir. » Le grand-oncle le disait si bas, le petit Louis pour l'entendre devait tendre le cou vers la vieille bouche. La suite, son père la racontait les deux mains sur les épaules de l'ancêtre : « Parce que pour l'honneur il a pris une vie et que pour la prendre il a donné la sienne qu'il n'aura plus. Il est devenu une bête traquée, à fuir la justice qui ne lui aurait pas rendu justice. On ne le croirait pas mais jeune ton grand-oncle avait des boucles de chérubin, il ne les coupait jamais, les filles à ce qu'on disait en étaient toute chose. Il en a attrapé une bien gironde, le petit est né. Un beau gaillard, propret, il a eu vite quatorze ans et le gosse c'est pas les filles qu'il a attrapées, c'est la mort. Un bandit, ça rançonne, et pour cinquante francs que le petit a refusé de donner, on nous l'a tué. » Toujours à cet endroit de l'histoire, le père de Louis raclait sa gorge, appuyait un peu plus sur les épaules de l'homme qui avait perdu sa vie d'homme libre pour venger son enfant. Ni la chaise, ni le bonhomme ne bougeaient mais le plancher grinçait, et peut-être bien les dents du grand-oncle à ne pas les desserrer. « J'avais ton âge, Louis, quand l'oncle a disparu. Terré dans une grotte pour des années. Elle paraît longue la prescription quand on n'a fait que son devoir, et tous ici, même la police, on n'aurait pas voulu qu'il se fasse prendre. On ne comptait pas les années hein, on comptait les jours, et si un ancien mourait il insistait, qu'on lui dise surtout à mon oncle qu'il avait bien fait, qu'on savait ce qu'on lui devait pour le petit assassiné qui portait notre nom. La famille, elle avait changé de visages, de nouveaux vieux, de nouveaux jeunes mais l'honneur il ne change pas. Le jour où l'oncle est revenu, avec ce dos tassé à rester ramassé dans le noir, j'étais à Sartène avec les autres à le regarder traverser la place de l'église, et ses yeux... ses yeux... un lointain avec son fils encore dedans. Le gendarme qui l'avait pourchassé, toute leur vie mêlée par son crime, s'est avancé, a tendu la main parce que oui c'était fini, l'oncle avait payé, le fuyard avait donné sa liberté, il n'était plus un criminel, il avait fait son temps. La famille, les amis, on a entouré mon oncle, le bandit d'honneur, le père sans fils. Tous on est entrés dans le café, "Qu'est-ce que tu veux boire ?" on lui a dit, et sa voix qu'avait pas tant parlé a demandé une grenadine. "Une grenadine, hein, mon oncle ?" Quelque chose de sucré sans être fort, quelque chose de doux, il l'a bu lentement, en fermant les yeux. On a détourné les nôtres, tu comprends Louis, on l'a laissé redevenir le petit enfant qui buvait son sirop. L'oncle a posé le verre vide mais sans le lâcher, et sa main a serré, serré, on a cru qu'il allait le briser. Un instant ça a duré, pas plus. Il a rouvert les yeux, on le regardait et tous on chialait mais pas mon oncle, pas mon oncle. »

Louis racontera aux filles que c'est une chierie la vie. La jalousie s'accorde bien avec. Une saleté qui se répand, on passe l'éponge, seulement on n'arrivera pas à bien nettoyer. Le sommier, les poutres, le bol de café, le haut d'une armoire, la saleté s'insinue partout, impossible de s'en débarrasser à moins de s'arracher la peau à une écorce comme les bestiaux se débarrassent des mouches, pas de la plaie. Zabé a tout foiré, Louis ne peut rien contre, rien ! La volonté est inutile dans cette trahison et l'honneur est pris comme dans un plâtre qu'aurait fini de sécher, tout paralysé l'honneur.

Hier au moment de se coucher sa femme lui a sorti qu'il avait le regard hanté, qu'il confondait tout. Ah ouais ? Elle ne confond pas, elle ? Zabé a éteint et il est resté toute la nuit les yeux tournés vers un plafond qu'il ne voyait pas avec en boucle dans la tête une phrase de sa grand-mère, « Sais-tu mon petit que la chèvre corse, pas une barrière l'empêchera d'aller où elle veut, pas une clôture, pas un barbelé. Tu l'enfermes et le goût de son fromage change, il ne donne rien de bon, faut la laisser courir. » Sa femme n'est pas une chèvre et les filles ont intérêt de s'aligner sur MyPrecious, un chien ne quitte pas son maître.

Le sanglier ne vient pas, les mouettes sont là à ricaner au-dessus de sa tête, les premières elles sentent arriver la tempête, rentrent dans les terres, demain la mer sera démontée. Louis n'a jamais laissé un sanglier approcher trop près de leur maison, de toute façon les filles sont toujours en mouvement, le cochon les sent, et la nuit MyPrecious monte la garde. Les dégâts dans le terrain, les sangliers les font plus loin, cette bête-là plus qu'une autre. Tôt ce matin, Louis s'y est pris n'importe comment et l'animal lui a échappé. MyPrecious avait pourtant réussi à attraper sa patte arrière, seulement le sanglier l'a traîné dans un lentisque tellement touffu, impossible de tirer sans risquer de toucher son chien. Louis a été obligé de descendre de l'arbre, il a accroché sa veste, autant dire son odeur de ce côté du lentisque et le sanglier qui ne voit rien mais sent tout penserait tomber sur l'homme, il sortirait, foncerait et Louis l'attendrait, idéalement posté en retrait, l'abattre sans risque. Ils ont fait un beau boucan, le chien arrêtait pas d'aboyer et le cochon qui soufflait, terminé les grognements, il sentait l'homme prêt à l'atteindre. « Toi, toi, toi », Louis lui parlait comme il aime le faire avant de faire feu. Il respecte cette bête pas encore la sienne qui se défend, de savoir qu'il va la tuer, il voudrait presque la rassurer. Sauf que le fusil n'était pas chargé… sa femme lui gâche même la chasse, de penser à Zabé lui secoue les idées, les munitions étaient dans la poche de la veste sur le lentisque, et le sanglier a filé. Cette fois Louis ne le ratera pas, il visera la tête. Les cigales ont commencé de lui scier les tympans, leur crécelle peut bien être naturelle elle gagnerait à se taire. Il pense au verre de liqueur qu'il s'accordera ce soir, dire de bien terminer la journée, il remplira le verre de Zabé et tout sera oublié. On trinque, on déguste sans que cela fasse mal, pas comme en découvrant un secret plein de poussière, un secret qui lui dit, Tu ne vaux rien, un remplaçant, tu es un remplaçant. Une erreur que personne n'a choisie, ni ton père, ni la mère de tes filles.

Ce sanglier peut-être bien qu'il a gagné sa vie. L'homme et l'animal se sont assez reniflés, Louis aime que ce ne soit pas facile, il n'a pas l'impression de perdre mais d'avoir trouvé un bon adversaire. Il chasse pour ces minutes qui font des heures à attendre assis sur une branche le fusil posé entre les pieds, on devient arbre. Et Louis retrouve le goût des écureuils bien tendres que sa mère lui préparait, elle ajoutait des herbes, on mangeait le maquis. D'autres choses encore lui reviennent qui sont de la douceur, l'odeur des cendres le lendemain d'un méchoui, il s'asseyait exprès tout à côté pour rester dans le goût de la viande, il soulevait les cendres, libérait la bonne odeur de cochon grillé qu'a tourné sur sa broche pendant des heures, le petit Louis était à la manœuvre et il avait fait quelque chose pour la fête. On alignait les tables sous les oliviers, on célébrait une naissance, un diplôme, on trouve bien à se réjouir entre deux morts. Une grappe de bonne humeur de vingt, trente personnes, les vieux ronflotaient sur leur chaise et les femmes s'occupaient, à ranger ou nettoyer en disant des bêtises, on aurait cru des gamines à les entendre pouffer de rire. Louis ne reconnaissait pas sa mère, presque insouciante, mais il le savait, la femme riante qu'il préférait ne durerait qu'un soir. En desservant la table, elle lui donnait au passage une gentille tape sur le haut du crâne et ça ressemblait à l'écureuil qui fond dans la bouche sauf que cette caresse de la mère elle enrobait son cœur. On ne débarrassait pas que la vaisselle, on débarrassait aussi les anciens, à piquer du nez, ils auraient fini par tomber dans leur assiette. Les femmes leur installaient un coin au frais, avec des gestes délicats que le jeune Louis ne leur connaissait pas, ça donnait presque envie d'être vieux. Y avait plus que les mômes autour de la table, la flamme des bougies attirait les insectes, ils s'y brûlaient immanquablement les ailes, grésillaient lentement à feu doux dans une flaque de cire. C'était diablement beau leur agonie, elle faisait une berceuse. Au matin, Louis se pressait vers les frêles cadavres figés dans la cire froide. Recouverts d'une fine pellicule ils faisaient un tableau délicat, le gamin avait besoin de toucher, il grattait avec l'ongle, ne voulait rien abîmer. Ceux encore entiers, ailes déployées fixées dans la mort, étaient les plus beaux, le doigt de l'enfant passait dessus, il parcourait leur fin, retournait dans cet instant où il les avait écoutés mourir.

Avons-nous assisté à la mort à petit feu d'un être qui ne veut plus de sa vie ? Sur cette photo prise quelques jours après le suicide, on est trois, les filles et leur père, pour une éternité, et ça se voit. Notre mère est là au fond des yeux de *notre bébé*, ils sont pleins d'une peur qui ne comprend pas ou ne comprend que trop. Ma petite sœur a les épaules en dedans mais elle n'est pas un boxeur, elle a six ans, se tient comme si elle voulait fuir, s'en aller de tout ça. Les filles clouées sur place où on ne devrait pas être. Pour la photo on nous a placées devant un saule pleureur – ça ne s'invente pas –, ses branches pleurent tellement, elles cachent son tronc. Le nôtre de tronc nous retient, une main sur l'épaule de chacune, la mienne accrochée à la sienne lui demande sans oser – jamais je n'oserai le dire à voix haute – *« Surtout ne me laisse pas. Surtout, tu es là ? »* Ce que nous dit une photo que l'on regarde est bien différent de ce que nous dit une photo que l'on raconte. À l'écrire on fait plus que se reconnaître, on y est vraiment, on revient dans ce temps de la photo. On doit à une image, non pas de ne pas avoir oublié ou de se souvenir mais d'avoir la certitude que c'est arrivé, a existé, et continue d'être présent, on l'a sous les yeux. On le garde dans un album, on sait où on l'a rangé. De scruter une photo et y mettre des mots tout ce qui n'est pas dessus apparaît, même les sentiments cachés que l'objectif n'aura pas saisis remontent en nous, nous donnent encore à vivre ce qui nous animait alors. Ils sont comme une ouate au fond d'un coffret à bijoux et on y dépose ce qui est le plus précieux. Dans un regard, une posture que l'image nous tend, dans un vêtement, on retrouve notre humeur, pas le sourire que l'on a eu ou non le temps de la pose, ce qu'il y a dessous et se poursuit en nous, nous constitue.

Combien d'étés ont passé depuis le saule pleureur ? J'avais arrêté de les compter. Les filles, on est restées debout, on s'est appuyées, oui, sur notre tronc toujours là. Je regarde son visage émacié sortant d'un col à pelle à tarte, il tente un sourire, on voit qu'il va le chercher loin, il n'a pas l'âge d'être veuf. Je regarde droit devant et ça n'est pas bien gai, ce n'est pas le photographe que je fixe mais celle qui n'est pas là, ne sera plus sur aucune photo. Les mignonnes et le beau jeune homme on n'est rien que du faux sans elle, si on était une comptine nous n'irions pas au bois mais à la mère, cueillir le bonheur dans un panier percé, il serait rouge et coagulerait mais la bulle éclate. Ploc ! Elle n'est pas en savon avec son bruit mouillé et elle vous retombe sur le nez, vite, on en souffle une autre, il y a plein de bulles derrière. Ploc ! Ploc ! Ploc ! On en remplit un flacon, on ne les regarde même plus pourvu qu'il y en ait une qui tienne. Y inclure dedans notre mère qui êtes aux cieux est un jeu de patience.

« La terreur de perdre la vie, cette vie si jeune, si joyeuse dominait maintenant tout son être. »

J'ai fini par ne plus être assez grosse pour rester dans le service psychiatrique de Cochin, on m'a transférée dans l'Unité de Nutrition de Garches, j'y resterai plusieurs années sans vouloir croire que j'en sortirai un jour. Jusqu'à mes 17 ans je suis dans une autre bulle, l'hôpital. Je me fixe un poids à ne pas dépasser et j'arriverai à ne pas grandir sans toi ma sœur. Je me cale en songe contre un autre corps, le tien resté enfant et on dormait collées l'une à l'autre. Tu flottes sans te poser nulle part, t'atteindre je ne veux que ça, être aussi légère. Mon estomac rétrécit, je n'ai plus assez de forces pour mourir. Mes yeux voient sans voir mes mains de squelette sur le drap, les cuisses avortées dessous, je traque le moindre gramme en trop, toujours en trop sur la balance, ma pire ennemie. Les zinzins, les ralentis, les abîmés, les fracassés occupant l'un des vingt lits de l'Unité Nutritionnelle, je refuse d'en voir un qui serait plus maigre que je ne le suis, prête si je le pouvais à leur faire manger tout ce que je ne mange pas, il n'y en aura jamais assez pour eux, et mon estomac se dénoue. J'ai honte de la nourriture que je rêve de leur faire entrer dans le corps, honte d'être obsédée par l'heure des repas, quoi que je fasse elle revient et une tornade de colère, d'angoisse, emporte mes viscères. Je suis sous perfusion, je perds le contrôle, on m'oblige à m'alimenter.

Pourquoi hérite-t-on davantage des défauts et non du talent de ses parents ? Une voix ne parlant ni russe ni anglais débat avec moi en permanence, je redoute qu'elle ne devienne mauvaise. Tout prévoir devient un mode de fonctionnement, j'anticipe obsessionnellement, y trouve un soulagement. Le moindre événement quotidien est analysé bien avant de se produire. En me projetant je crois maîtriser celle qui m'échappe, une gamine fauchée net. J'aurais dû être à tes côtés ma sœur, comment grandir sans toi ? Au pic de l'anorexie, une image ne me quittait pas, mes intestins enroulés, complètement noués, entassés dans une petite cavité derrière mon front, coincés là, on ne pourrait les en sortir, à moins de les mâcher, les recracher pour s'en débarrasser, les enlever de mon corps et j'y serais arrivée, ne rien peser. Je ne me sentais la semblable de personne. La croissance retardée, l'aménorrhée, me réconfortaient, elles étaient le résultat de mes efforts, la preuve que j'étais un poids plume, mes doigts cherchaient le creux entre mes côtes, je maîtrisais quelque chose. J'avais tout le temps froid. Avant de monter sur la balance je me forçais à boire le plus d'eau possible, les flouer tous et on me ficherait la paix. Pour déjouer le gramme en embuscade, le perdre, j'échafaudais des ruses sans fin, j'étais entraînée. Un été entier, sans que personne à la maison n'en soupçonne rien, j'ai vomi la voix mauvaise, je m'en débarrassais derrière les figuiers, elle pourrait bien dire ce qu'elle voulait. Je mangeais des fruits, arrivais à ne pas être constipée, satisfaction de se vider. Les figues ont alimenté mes muscles, on courait, je ne me suis pas laissé doubler. Personne ne s'est douté de rien, maman me trouvait maigrichonne mais pour elle c'était la croissance, et je trompais un adversaire redoutable, la voix mauvaise. Même enfermée dans les toilettes, je la sentais rôder au-dessus de la cuvette, trop de papier utilisé, avait observé Luiiii.

On est à table, notre père s'adresse à nous trois mais c'est sa femme qu'il regarde. « À partir de maintenant, je compterai les feuilles pour essuyer ce que vous savez. » Les filles on était humiliées, qu'est-ce que ce devait être pour notre mère.

La veille de quitter l'Unité de Nutrition je regarde sur un écran télé que je n'allume pas si souvent le champion Usain Bolt. Huit fois médaillé d'or olympique, monté onze fois sur la plus haute marche du podium aux mondiaux, il s'effondre. L'homme le plus rapide de la terre n'aura pas été au bout de la dernière ligne droite et on lui propose un fauteuil roulant pour quitter la piste. La violence avec laquelle l'existence nous dit, Tu as été.

Quand je sors de Garches et j'ai dix-sept ans, Zabé me laisse son exemplaire annoté de *La Guerre et la Paix* avec les clés d'un studio rue Notre-Dame-des-Champs, elle passe quelques coups de fil, demande à ses connaissances de me confier quelque chose à traduire, pour commencer, m'aider. Elle m'appelait et aussitôt j'éteignais le téléphone, mettais une urgence à effacer ses messages sans les écouter, refusant de m'encombrer de quoi que ce soit d'elle. Mes premières traductions de film seront tout juste payées, je pensais à sa persévérance, ou est-ce qu'elle n'avait pas le choix ? Traduire Tolstoï, notre mère ne voulait rien d'autre, et on continue. On continue. Une de ses amies m'a donné à traduire un bout de film adapté d'un roman anglais dont elle avait acquis les droits. « J'ai partagé une chambre à Moscou avec ta mère ça fait un bail, on avait ton âge, j'étais imbibée de vodka à l'époque, ne pensais qu'à être l'herbe de bison ! Zabé était si sérieuse, elle m'impressionnait et puis elle a disparu... elle te racontera un jour. » Après trois scénarios de courts métrages traduits gratis j'ai pu travailler comme stagiaire sur un long, un film d'animation. Il a eu une vie en festivals, où l'on vide des verres et on rappelle que l'on existe, on trouve du boulot. J'ai reçu mes premiers cartons d'invitation ivoire avec leur sésame rsvp en petit caractère.

De grande anorexique j'ai voulu être grande tout court et fissa. Comme s'il n'y avait que du temps à rattraper, une urgence pour deux. On avait un rêve de petite fille et il n'avait pas changé. Hollywood. Tu es partout ma sœur, partout. On nous a souvent dit que l'on ne se ressemblait pas, on s'insurgeait, rétorquait que l'on avait le même père, la même mère, aujourd'hui j'ai tellement besoin de nous voir identiques, je n'hésite pas à tordre la réalité pour que rien ou si peu nous différencie. On ne passerait pas un ongle entre nous.

Avec mon père nous nous voyons une quinzaine de jours par an, par tranche de quatre jours max, nos tempéraments respectifs s'en accordent. Il y a la joie à se retrouver, elle nous fait un jour, les mois qui suivent je la conserve précieusement pour toutes les possibilités qu'elle recèle, une douceur avouée. On ne s'est pas vus depuis longtemps et les premières heures il n'y a pas à s'apprivoiser, l'amour prend le dessus, j'en profite, embrasse mon père plus fermement, lui balance un mot tendre, et un autre tiens ! Le deuxième jour, on mesure nos ressemblances, elles ne font pas forcément bon ménage, impulsivité, tempérament éruptif, caractère impérieux, qui s'y frotte s'y pique. À force nous avons appris un évitement salutaire. Et il y a cette dissemblance, le silence. Jamais notre père n'interroge, ne demande comment vont nos vies, il abrège les tentatives de conversations personnelles, les confidences, lui si bavard avec les inconnus. Je ne m'y fais pas, m'y prépare chaque fois, pour ne pas en être heurtée. Le mien de silence est celui d'une existence sans télévision, sans radio, sans réseaux sociaux, connectée, me semble-t-il, à quelque chose de plus vaste où j'entends mieux le monde. Son silence nous a séparés plusieurs années, je m'y prenais mal à vouloir le contraindre à en sortir, ne le supportais plus, ne le dépassais pas, l'ai fui. J'avais vingt ans et une poutre dans l'œil, je me trompais du tout au tout, pleine de reproches, je lui en ai jeté des pelletées au jugé. Il n'a jamais rejeté sa fille missile prête à fondre sur sa cible, je voyais dans son mutisme de l'indifférence, repartais de nos rencontres épuisée et déçue, déjà dans l'attente de la prochaine. On allait y arriver, en douceur, la douceur, il me semble que l'on en est plein l'un pour l'autre et qu'elle étouffe en nous. Il ne m'a jamais fait aucun reproche, a été un père évidemment pas exemplaire mais irremplaçable. J'ai fini par voir clair, suis devenue une inconditionnelle de nos brèves rencontres. J'ai demandé à mon père plus qu'à n'importe quel être et tellement plus qu'à notre mère.

Printemps 2021. Nous sommes uniquement les deux dans la maison, j'ai un carnet et un stylo, pas tant de questions, je n'aurai pas à les poser, il me devance, raconte. Mon père me surprendra toujours, le jour où je le pousserai dans des retranchements n'est pas arrivé et tant mieux. Il n'y a pas à l'interroger, il parle et nous emmène où c'était si important pour moi de retourner… quand j'étais leur jeunesse. Comme un enfant juste avant de réclamer à ses parents ce qu'il rêve d'avoir, j'ai répété dans ma tête les phrases pour lui demander de me parler de notre mère et le prévenir que j'en ferai un livre. J'en suis chamboulée, épuisée et soulagée, d'oser, forcer le silence. La crainte de le blesser, de ne rien en obtenir, la crainte non de ce que j'apprendrai mais de ce que je n'apprendrai pas, étaient vaines. Notre père, je le sais, récuse toute nostalgie mais il me suit dans cet horizon qui serait en arrière et ne serait pas derrière, m'y précède. Il parle avec une tranquillité émue, elle me fait un bien fou. Ces heures réconfortent immédiatement ma mémoire, elles s'y installent, la dénouent, elles sont la douceur attendue. J'ouvre mon petit carnet, c'est dit, c'est écrit. J'ai prévenu mon père, un texte suivra, le temps est venu.

« Ils doivent tout de même savoir à quel point j'ai envie de danser, combien je danse merveilleusement bien et comme ils seront heureux de danser avec moi. »

New York n'est pas Hollywood mais pendant ces deux semaines à l'hôtel Pierre j'ai cru m'en approcher. Avec mon vol retour, je repars à la case départ, je continuerai de voler mes fringues dans des dépôts vente de luxe, une adrénaline pour remplacer celle de la course. J'ai improvisé un dressing dans mon studio en superposant les cintres sur des barres de traction murale, ajoutées aux étagères de livres, les murs font le plein. Avant Le Producteur je me laissais ramasser par des amants interchangeables, comme on ramasse une pièce par terre sans y réfléchir, pour ne pas la laisser, la pièce ne nous appartient pas, on la met dans sa poche, même les centimes de peu de valeur et on croit avoir trouvé une pépite. Avec mes amants j'avais l'impression de contrôler quelque chose qui se passait dans mon lit et en moi. J'ai aimé être une convoitise, un énième s'ajoutait, je me soustrayais comme ces calendriers fixés à un mur dans leur boîte ouverte, un jour de plus, et on ôte une feuille.

Notre mère pouvait regarder la page vierge de son écran plusieurs minutes d'affilée, rester parfaitement immobile, et subitement ses dix doigts entraient en action, si on passait derrière la porte on souriait de l'entendre frapper les touches, on aurait une maman détendue à la fin de la journée. Elle travaillait dans son lit, moi je préfère m'installer dans les fauteuils confortables des bars des grands hôtels avec mes écouteurs pour les dialogues, je les traduis et n'embête personne, concentrée sur ce que j'entends. Si je bute, j'ai l'impression d'avoir le cerveau entouré de bandelettes de papyrus remplies de hiéroglyphes inintelligibles ou pire, ma tête est un coffre-fort que l'on fore et la mèche fait des étincelles. À l'inverse, si je fais un bond dans les sous-titres je me trémousse sur mon fauteuil 5 étoiles, je suis un serpentin de lumière.

La fréquentation assidue de soirées faussement privées dès lors que l'on est un butin pudiquement rebaptisé *nièce* m'a valu d'autres petits cartons d'un bon grammage, leur sésame gaufré. Chaque fois je confirme ma venue persuadée que l'on ne me laissera pas entrer, que mon nom ne sera pas sur la liste. Parce que je ne devrais pas être là mais dans la fournaise d'un été ? Et j'y serais restée.

Le Producteur porte des lunettes d'un autre temps, des carreaux épais, quand il les enlève son regard en est tout changé. Ce qui me dérange, c'est son toupet, quelques mèches qui lui restent, rassemblées sur le haut de son front et rabattues vers l'avant comme s'il croyait pouvoir cacher quelque chose, on en est gêné pour lui, le toupet est lamentable, je le vois bien ; il est celui-là avec un reste de cheveux où le gris ressurgit sous la teinture. Il est grand, a de grandes mains, de longues jambes, il est vieux. Il a les dents bien alignées, elles se déchaussent, moi pas. Il m'a d'abord proposé une figuration dans sa prochaine production, mon refus ne l'a pas refroidi, j'ai posé mes conditions, eu cette illusion, ai joué le jeu. En acceptant de le revoir, je savais bien sûr ce que j'allais céder en retour, mes quarante ans de moins n'ont pas eu l'air de le gêner. Le Producteur a été clair :

— Pour moi, moral ne s'accorde pas au féminin, uniquement au masculin. Et pour mon moral la fréquentation de jeunes femmes est recommandée.

J'ai apprécié le pluriel... à ma juste valeur, j'ai opté pour un fard pailleté sur les paupières et me suis présentée à notre premier déjeuner toutes jambes dehors. « Les fesses à l'air », aurait éructé Luiiii et dans la voix mauvaise nous ne reconnaissions ni notre père ni notre mère, encore moins la joie à diffusion fragmentée de leur rencontre mille fois racontée. C'était leur amour, c'était nous. Leur coup de foudre, nos parents nous le présentaient comme une garantie, on ne serait pas des enfants de parents séparés.

Leur certitude a muté, boulottant tout ce qu'un homme avait de bon. Zabé se consolait avec Tolstoï.

— Sept fois ! À sept reprises Sofia a recopié le millier de pages multi raturées de son mari. Il les appelait « mes vermicelles », lui en aura donné des plâtrées ! On continue de gloser sur le couple du tyran et de la jalouse, l'ambivalence de leurs sentiments dépendants. Gloser, vous savez ce que ça veut dire les filles ?

— Non maman.

— Vous ne lisez pas assez. Vous voulez faire de la traduction ? Commencez par avoir du vocabulaire. Sept fois, Sofia Tolstoï se cogne le manuscrit ! À la main ! Elle pouvait bien lui faire la guerre, il ne lui fichait jamais la paix ! Ils ont eu treize enfants. Treize ! Le cauchemar. Sans compter les bâtards de monsieur. Vous savez ce que c'est un bâtard ?

— Un chien ?

On avait une maman à hauts dénivelés sans paliers de décompression. Les doutes constants de Zabé, ses trouvailles, son accablement quand le texte original résiste, sa jubilation quand il s'offre, je les connais. Et les fulgurances, la quiétude que l'on éprouve, jusqu'à en être essoufflée comme après une course, et tout qui marche en nous. Il y a les heures fécondes et on trace dans le texte, avec l'impression d'être tous les grelots des rennes du père Noël.

— Quand vous traduirez les filles, ne reculez jamais devant l'obstacle ou alors on se casse les reins comme Frou Frou la jument de Vronski. Vous savez Frou Frou ?

— Non maman.

— Vronski ! L'amant d'Anna Karénine !

— Ah.

On haussait les épaules redoutant d'avoir un livre de plus à lire. Quoique pour deux gamines un amant était forcément intéressant. En deux clics sur Google, j'apprendrai que Sofia Tolstoï n'a pas hésité à noter le rêve où elle démembrait le fils illégitime de son époux, né d'une paysanne appartenant au domaine. Constatant à son réveil que le bâtard avait encore tous ses membres, Sofia conclut, « J'en ai été profondément déçue » et s'attaque à une poupée, la démantibule. Notre père, Luiiii, ne s'en est pas pris à LaPoupée.

On disait, « la chambre de maman », parce que c'était aussi son bureau. C'est là que notre mère lisait, là qu'elle mangeait, téléphonait à des auteurs ou des éditeurs, à des traducteurs, là qu'elle écrivait la langue des autres dans la sienne. Elle en ressortait les yeux enfoncés de fatigue, nous cachait sa déception quand les mots se refusaient. « Parce qu'à un moment ça arrive, le texte nous souffle tout. Vous voyez le maquis lorsqu'il commence à se couvrir de fleurs blanches ? Le ciste, le myrte font une voie lactée sur terre, eh bien quand le texte s'écrit en nous c'est aussi beau. » Ressemble-t-elle encore au ciel, l'intériorité de notre mère ? Le dimanche, elle mettait de côté les problèmes de traduction mais avant de partir à la plage Zabé nous lisait les passages sur lesquels elle avait travaillé pendant la semaine, elle ne pouvait s'en empêcher, et les filles on devait commenter, on la sentait s'animer, on devenait intéressantes, c'était parti pour le chaudron des émotions.

À côté notre père était reposant, on pouvait compter sur lui qui n'était pas encore Luiiii. Combien de matins, arrivant vingt secondes trop tard pour le ramassage scolaire, et voyant les phares du bus disparaître dans le premier virage, on revenait en courant à la maison ; sans un reproche, sans râler, notre père nous emmenait. Il appuyait sur le champignon, « On le double les filles ? » Il longeait le bus, le chauffeur levait le pouce, une onde de joie circulait entre les deux véhicules. Elle était encore plus forte quand nous courions collées à sa foulée, il accélérait, on n'attendait que ça. On a continué de courir même avec la voix mauvaise, un seul moyen pour l'éloigner, courir, et notre père arrivait à la doubler. Pour la semer on était prêtes à avaler les kilomètres, on faisait des pointes de vitesse, souffle coupé, on n'avait plus de jambes. Notre père avait des yeux derrière la tête, on s'acharnait à le suivre, rester sur ses talons, à un cheveu de lui rentrer dedans. On ne se laissait pas distancer, on aimait qu'il soit le premier, et les deux sœurs on se dépassait. En tenant bon, on s'encourageait, ce n'est pas si mal de se faire doubler, on y trouve un nouvel élan et hop, on repasse devant. On attendait de franchir cette ligne d'arrivée, la mer. Certains parents montrent des westerns à leurs enfants, notre père nous faisait courir, et les kilomètres ont anesthésié le danger. À la fin le shérif nous donnait une étoile, il y en aurait toujours assez dans le ciel. On reprenait notre souffle, grâce à nos accélérations, notre mère ne serait pas une Salope, la voix mauvaise se tairait, on l'avait empêchée de parler. À chaque pointe de vitesse on y a cru, la perdre, s'en débarrasser, on le voulait tellement.

On essaye d'impliquer MyPrecious mais il fait la sourde oreille, normal il est la voix de son maître, on est injuste, on est des enfants. On affabule, on se rassure, pas vraiment un conte et il y a un loup.

Notre mère est toutes les marches et le palais. En me demandant « La chanson de mamie Gisèle » avant de dormir, mon fils aura prononcé son prénom toute son enfance. Je me garde d'effacer le passé, on n'est pas une ardoise magique. J'expose au grand jour celle qui a existé, nous a précédés et elle continue d'être. De l'avoir agrandie comme on le ferait d'un cliché trop petit pour bien distinguer ce qu'il recèle, elle nous révèle. Avec mes Post-it noircis je trouve un espace à remplir, où vivre.

L'enfantôme me comble, je ne sais qui prolonge l'autre, elle est ce qui ne se voit pas et existe, elle était mon secret. Elle est nous. Un enfant qui apprend à courir et se jette dans vos jambes, on tourne, on tourne, à en perdre l'équilibre, on recommence, l'enfant grandit, il nous dépasse mais la sensation de son petit être contre le nôtre elle ne s'arrête pas. L'enfantôme me questionne sans cesse, elle n'a jamais sommeil ou tombe dedans trois, quatre heures et on se repose d'un qui-vive, on ne saurait s'en passer, ce sont des heures ajoutées et l'on est ensemble encore quand tout le monde dort. Un peu comme des extensions vous font une cascade dans le dos là où il n'y aurait que des mèches fatiguées, les insomnies sont nos extensions. Dans mes rêves je tombe, n'arrête pas de tomber, je ne sais combien d'heures ou de minutes, aux prises avec mille stratagèmes pour freiner ma chute mais je n'ai rien où me retenir et j'arriverais à me rattraper, mon être instable. Quel soulagement le réveil, ne plus être assoupie dans la catastrophe et je m'échappe de moi-même.

L'enfantôme n'aura cessé de vouloir aimer, songer, réfléchir, rire, se régaler, elle est enthousiaste, enflamme les matières décomposées d'un marécage. Elle est la découverte inouïe de sa présence la première fois où je regardais un plafond comme s'il était le ciel et notre mère.

Des années, on nous a servi pour toute explication un accident. En majuscules c'est plus intimidant. ACCIDENT. C'est de l'amour aussi. Je sais bien que ce n'était pas si simple. Quoi dire ? Ma sœur avait six ans. Ta mère s'est foutue en l'air ? Accident c'est pratique et on s'habitue à taire tout ce qu'il cache. Le mot suicide ne sera prononcé qu'après mon entrée au lycée quand j'oserai enfin questionner notre tante sur L'Accident. Je savais bien sûr, ai su dès l'instant où j'ai compris que notre mère n'aurait pas le même sort que celle de Claude. Loin d'être un mystère pour un enfant, l'adulte est percé à jour surtout dans ses silences.

Aberration de sa mort, aberration du zéro explication, j'ai toujours voulu en savoir plus, l'enfantôme me le réclamait, en avait besoin, et la petite fille que je reste en serait peut-être un peu moins coupable de n'avoir su la retenir.

Je n'arrive pas à me souvenir à quel âge mon fils a demandé pour la première fois, « Elle est morte de quoi mamie Gisèle ? » L'enfantôme m'interdisait de reprendre à bon compte L'Accident. Dans ma tête c'était des : *Ta gueule L'Accident !* Je m'y suis prise autrement. Mon enfant a demandé, redemandé, je l'ai laissé oser, ne l'en ai pas empêché. Invariablement, je répondais, « De tristesse. » Comme si ce n'était pas si grave, ai laissé passer une année. Il a insisté, j'ai développé, « Elle n'avait plus la force pour vivre. » *Pour*… pas *de* vivre. J'ai mis ça sur le compte du soleil, l'Algérie, l'exil, le folklore bien utile. Je ne pouvais me résoudre à lui inoculer le suicide d'une de son sang, la visualisation qui en découlerait. En définitive ce n'est pas moi qui le lui ai appris. Il a dix ans, c'est un 31 décembre, un apéritif de fête et cela sort de la bouche d'un des convives, SUICIDE, l'énorme mot, qui prend toute la place dans la tête d'un enfant. Je vois mon fils se raidir. Absurdement je pense, « Il n'a pas entendu, ça va passer. » Non, ça ne passe pas, bien sûr que ça ne passe pas. Il ne dit rien, je ne dis rien, n'ai pas longtemps à attendre ; au moment de le coucher, il répète ce qu'il a entendu, et on passe du *pour* à *de* : « plus la force *de* vivre ». Je mesure qu'il n'est pas si simple de tout dire. C'était il y a quatre ans et depuis j'attends qu'il me dise : « Mais comment ? Comment elle a fait ? » Suis surprise qu'il n'ait pas osé. Obtenir la réalité de sa mise à mort. Surprise ? Vraiment ? L'ai-je posée cette question ? Je ne sais ce que je répondrai à mon fils mais je ne le laisserai pas dans le noir, il n'héritera pas du tabou. Je continue de lui chanter *Aux marches du palais*, et ma mère n'est pas rien, je la convoque un peu trop souvent, elle aura été le membre de la famille le plus présent, j'ai essayé de ne pas en faire état plus que de raison ma déraison, ne pas la dire à voix haute, c'est entre l'enfantôme et moi. D'un métal en fusion, il sort une lumière, on est des électrons libres.

À l'opposé pour ma sœur se taire est sa manière avec notre mère. Une règle de sa vie. Elle me l'assénait il y a peu, « Je ne pose pas de questions » et bien sûr ça m'arrête net. Elle se retranche dans le silence au moins autant que j'ai besoin de le pousser dans ses retranchements. Arrêter le boucan intime. Probablement, ma sœur voit-elle notre mère comme des rapides où il ne fait pas bon se laisser entraîner, on n'en mesure jamais assez le danger. Les rares fois où nous évoquons notre bref jadis les quatre qui n'en finit pas de durer, je suis surprise de découvrir à quel point ses souvenirs sont précis, riches, bien plus que les miens. La mémoire est une bonde, je déborde de tout ce qu'il y aurait à dire, retrouver.

Tout aussi radicales nous avons réussi à ne pas nous opposer. C'est un beau présent, non, pour un père ? Si je le lui disais, il me fixerait sans rien dire, en se demandant quel prochain scud je vais lancer, quelle énormité. Ma sœur doit lui paraître reposante, j'en sors épuisée de tout ce que j'attends et n'obtiendrai pas d'eux. Ce n'est pas faute de me préparer à nos confrontations silencieuses, tourner autour du pot de l'amour rentré, je me raisonne, commence tout juste à comprendre que je n'ai pas forcément raison.

J'écris sur ce que nous ne nous dirons pas, je contourne l'obstacle, réponds à Emily Dickinson :

« Le Silence est notre seule crainte.
Il y a dans la Voix un Rachat –
Mais le Silence est l'Infini.
Il n'a pas de visage. »

Si, il en a un. Pour moi il en a un.

« Tout est-il vraiment fini ? se demanda-t-elle.
Comment cela a-t-il pu arriver si vite
et détruire à jamais le passé ? »

— Vous voulez savoir ce que je fais au lit toute la journée les filles ? Que je vous montre à quoi traduire ressemble ?

Et notre mère nous tend nos palmes, on a triomphé de la chambre-bureau, des deux dictionnaires bilingues, les trois unilingues russes, le dictionnaire français en ligne et en route pour la plage. Elle ne quitte pas ma mémoire la sensation de quand nous marchions toutes les trois au bord de la mer, des retrouvailles après six jours côte à côte sans être vraiment ensemble, le septième on avait le droit d'être ses enfants, da ! On crapahute sur des mastodontes de rochers, on palme avec masque et tuba, les bancs de sardines se faufilent, on dirait du mica qui irait prendre un bain avant de venir se sécher au soleil sur la pierre. On colle aux palmes de notre mère, on découvre une rangée chaotique de rochers à fleur d'eau, le soleil nous chauffe les fesses, que c'est bon. On est devant une anémone de mer comme nous n'en avons jamais vu, on n'a pas assez de la surface de notre masque pour l'y faire entrer entièrement. Elle a un nom, « la Mère des Anémones de Mer. Attention les filles ses tentacules sont vénéneux, urticants, les orties à côté c'est pipi de chat. » Elle a l'air moelleuse, est attirante, et on ne peut pas la toucher ? « Il faut en attendre autre chose. Elle vous brûle mais on y pense tout le temps, la retrouver. Traduire, écrire, ce n'est rien d'autre. » On est le bec dans l'eau sous notre masque étanche, nos mollets ont pris un coup de soleil, « Même avec les mollets cuits, on est déjà prêtes à y retourner, pas vrai ? Et tout ce qui va de travers reprend sa place, c'est toujours sens dessus dessous mais ça ne nous écrase plus. Avec Tolstoï c'est pareil. » On hoche la tête, on n'a pas tout compris mais on a l'habitude, et on se sent encore plus les enfants d'une femme qui, à sa manière, veut tout partager. Il y a du soleil sur nos lèvres, une pointe de sel, un amour de maman, on n'est pas du menu fretin devant la Mère des Anémones de Mer. On réfléchira à deux fois avant de toquer à la porte de la chambre-bureau, interpeller celle derrière, l'obliger à nous répondre pour entendre le son de sa voix et on la dérange. On ne lui en voudra pas de ne pas avoir le temps de jouer ou de cuisiner, de préférer être avec ses livres plutôt qu'avec ses filles. Il y a autre chose que l'on change, on ne nous fera plus manger d'anémone de mer. Pourtant on se régalait des beignets d'ortigaïes préparés par notre père, il ramenait des seaux de petites anémones, avait ses coins comme d'autres en ont pour les champignons. Les anémones dégorgées, notre père les roulait dans la farine, il les ébouillantait, l'huile sautait de la poêle, ses mains ne craignaient rien, l'épiderme déjà brûlé par le plâtre, on s'empiffrait d'assiettes de beignets et notre mère n'était pas la dernière à se resservir, elle avait la bouche pleine de « On mange la mer. » Notre père ne nous servira pas la Mère des Anémones de Mer. On raconte que l'on a changé de goût, on le gruge. Pourquoi lui cacher la vraie raison ? Pour avoir juste un secret toutes les trois, un secret de filles ? Ce n'est pas contre notre père mais Luiii le prendra mal, il ne supporte plus aucune cachotterie, surtout si Zabé est dans le coup, ça va nous coûter cher.

Une seule phrase peut être un poignard qui vous libère d'une entrave. « *J'ai beau avoir quarante-cinq ans, j'abrite en moi une jeune fille en larmes.* » J'ai trente-cinq ans, je lis *Dalva* et ce qui était à peine conscient ne le sera plus. J'écris avec l'enfantôme, je suis sa voix, elle est mon être sanglots, a le goût des larmes d'une jeune fille du Montana. Les livres sont sur terre ce que sont les cratères à la lune, les traces d'un mystère plus grand que nous. À Bari, il y a dix ans, des lycéens après avoir lu un roman dans lequel j'écrivais déjà une jeune existence marquée au fer rouge ont composé une chanson « *Je suis le fantôme d'un pauvre enfant* ». Eux aussi me donnent une clé, et on ouvre des portes, on en referme, on a beau frotter la clé, le sang reste, on n'efface rien. Toutes les familles ont leur cicatrice, parfois la plaie suppure, la blessure ne s'est pas refermée, elle nous rassure, nous façonne autant qu'on la façonne et j'atteins notre mère. Je veux être hantée.

La clé de tout, ce que l'on n'a pas empêché, sa mort, et elle nous a abandonnées. Ce risque, l'être encore, j'en ai un refus viscéral, aimer est bien plus qu'engager sa vie avec l'autre, c'est lui confier sa survie. Votre mère vous remplace par le néant, est-ce à dire que votre amour ne vaut pas mieux ? Si on n'a pas été assez bonne pour elle, pour qui le serait-on ? Et on s'abîme, on se punit, on est une moins que rien. Votre mère coule, vous coulez, elle se détruit, vous vous détruisez, ce n'est pas obligatoire mais à un moment ce peut être impérieux, faire comme elle l'adulte, surtout si on n'a plus l'âge d'être une enfant. Un tunnel sans fin avoir vingt ans ; pour en sortir on ferait n'importe quoi, on fait comme elle, on meurt au monde et on confond tout, on se réveille à Cochin, service psychiatrie. On fait les yeux doux à la folie, expérimenter ce qui pourrait mal se terminer a duré des années. Mon fils est né et il n'en a plus été question. Je n'allais pas lui enlever sa mère.

« Et bien oui, je me perdrais, je me perdrais, et le plus vite possible encore ! Ce n'est pas votre affaire. C'est à moi, non pas à vous que je ferai peur. »

Pendant sept mois j'ai accepté de retrouver Le Producteur à son hôtel. Avant, il y a les déjeuners en vitrine sur les Champs et on mange en devanture. Quelle fierté ai-je à vouloir être adoptée par les riches, les influents ? Premier déjeuner, Le Producteur se lève de table pour m'accueillir, j'en suis touchée, la cruche ; intimidée aussi, ce qui domine. Il me salue d'une inclinaison de la tête, ne cherche pas le contact physique et j'en suis – re-cruche – réconfortée. Cela ne se reproduira pas la galanterie. Homme galant, femme galante, il suffit d'une lettre pour avoir raison d'une vertu. Autour de nous c'est le même tableau d'autres vieux accompagnés d'une jeunesse qui jure dans le cadre et fait partie du décor, ces messieurs touchent à peine à leurs plats, se réservant pour un mets autrement plus tendre. Quant aux demoiselles, elles dévorent et se laissent manger des yeux, s'en sortent bien, croient-elles. Le Producteur et son toupet sont connus comme le loup blanc ici, *Taïaut ! Taïaut !* Choyée par ricochet, je me dégrade, ne l'ai pas encore compris mais le sais au fond. Il faut avoir une piètre estime de soi pour se mettre à ce point le doigt dans l'œil et toute la main. Cultivée, éduquée, endurante, vive, séduisante, frondeuse, une bonne prise, et cerise sur le gâteau, enfantine, une pas grand-chose, cela m'effleure et ne me quittera plus, la cruche a ses limites et elle déborde. Pour l'heure, elle jette son dévolu sur un loup entier sauce hollandaise, je vire la sauce et choisis à la carte, dédaigne de lire le menu du jour, quitte à me livrer que ce ne soit pas au rabais. J'additionne mentalement les calories, rends tout en sortant de table. Au 43 avenue des Champs-Élysées, pour ne pas me sentir un brouillon raturé plein de fautes, je me persuade être à Moscou invitée par Oblonski, le frère d'Anna Karénine. Zabé conviait régulièrement à notre table les Russes de Tolstoï, ils faisaient partie de la famille, on connaissait leurs goûts, ceux d'Oblonski le voluptueux, amateur de turbo, sa sauce liée. « Au début du roman, Oblonski de retour d'un énième adultère ne trouve rien de mieux à offrir à sa femme qu'une poire. Véridique les filles ! » On s'amusait autrement plus en compagnie de notre mère que sur une banquette cramoisie. Le Producteur boit peu mais sous ses verres fumés il est gris, les lunettes peinent à dissimuler la cuve en dessous qui les cerne. À l'issue du quatrième déjeuner, nous nous disons au revoir gentiment sur le trottoir. Il n'a rien demandé, rien promis et nous pouvons faire semblant l'un et l'autre qu'il n'y aura pas de donnant-donnant, je ne me prépare à rien de dévastateur puisque j'ai le choix. J'ai le choix, non ? Il a trois fois mon âge, on ne va pas ensemble, c'est visible, pourrait être risible. Il a de belles mains, je les regarde quand je n'en peux plus de son toupet. Il est marié, tient à me le dire, il doit avoir l'impression de moins tromper sa femme. Son alliance ne me dérange pas, au contraire elle me rassure, me protégera d'être sa chose trop souvent, son épouse me l'épargne. « J'ai besoin de quelqu'un comme vous à Paris. La post-synchro du film se fera à New York, on vous trouvera quelque chose à faire en attendant. J'habite en Suisse mais viendrai chaque semaine, on se voit, on fait le point. Vous me rendriez un grand service. » Le piège est grossier mais pour qui accepte d'être attrapée il y a mille raisons de se laisser prendre. L'ai-je vraiment cru qu'il y aurait quelqu'un pour veiller sur moi, et m'emmènerait vite où je veux arriver ?

J'avance sans savoir où je vais, finis par apercevoir l'enseigne La Trémoille, me concentre sur les cinq étoiles. Aucun homme à lunettes fumées dans les fauteuils crapauds du petit salon tendus de toile de Jouy. Je retourne dans le hall, croise mon air égaré dans un miroir, me reprends, intime à mon cœur de décélérer, je ne devrais pas être là, je le sais, pas la peine de s'affoler. Ce que je voudrais serait quatre étages au-dessus de ma tête ? Faire partie des bagages d'une première mondiale à Cannes et devenir la traductrice qu'on voulait être ? C'est Hollywood, c'est nous. Le Producteur doit penser qu'il a suffisamment mis les formes pour désormais profiter des miennes, il va devoir bien les chercher avec mon taille 34 et mon bonnet A. En me proposant de le retrouver à l'hôtel il a cru bon ajouter « Il faut savoir saisir sa chance ou la vie vous passe devant. » Il dit de ces âneries, c'est contagieux la cruche ?

Elle aurait pensé quoi Zabé de l'outre pleine de Viagra qui me passe et me repasse sur le corps ? Notre mère nous éduquait à sa façon, nos cahiers de cours la laissaient parfaitement indifférente. « Quand je traduis, je ne me mets pas dans la tête d'un auteur homme ou femme, je traduis un écrivain. Je ne suis pas une femme qui traduit, je traduis. Point. » Pour Zabé, l'écriture n'a pas de sexe, je suis en train de découvrir l'adjectif que l'on a collé aux nôtres. Faible. Sous Le Producteur je le suis, et à la peine. Comment la décrire la scène du lit ? D'un lit qui n'est pas le vôtre mais de tout le monde. Je ne soupçonne pas ce que je m'inflige, ne suis pas en mesure de l'évaluer, m'évaluer. Le Producteur recouvre mon corps du sien, j'en ai envie comme de me pendre, même ses pieds appuyant sur les miens me gênent. Je me fais l'effet d'un jardin exposé plein nord, pas un centimètre carré n'échappe à l'ombre. Je n'aime pas ce qu'il me fait. Pour m'allonger, me donner du courage, mes doigts cherchent la plaque d'eczéma en bas de ma nuque, un rectangle à vif sous mes cheveux, entretenu par la chaleur là-dessous. Passer le doigt sur ma peau gaufrée comme un de ces cartons rsvp, leur *Sésame, ouvre-toi*, m'apaise, je vérifie et je suis bien la même. Personne ne soupçonne mon petit carré de purulence, personne ne me connaît tout à fait et ne m'atteint vraiment.

Sur le marché de la chair fraîche les jeunes filles sont légion. Un numéro d'équilibriste, l'emporter sur qui vous soumet. On croit ne pas avoir froid aux yeux, on est de la boustifaille pour vieux, on n'a pas le début du commencement de la moindre compréhension de ce que cela fait de nous. Pour moi cela a duré un semestre mais de l'avoir accepté on passera notre vie ensemble la jeune fille de La Trémoille et moi.

« "Il y a longtemps que je t'attendais"
semblait lui dire cette gamine avec son sourire
qui resplendissait à travers ses larmes,
avec ses petites épaules nues, toutes menues [...] »

Nous atterrissons à Santorin, je retrouve la mer, pas la Méditerranée mais Égée pourrait être sa sœur. Je suis retournée plusieurs fois à La Trémoille, essayant de me convaincre que je sortais mes robes volées – elles ne me vont pas forcément mieux mais j'ai pris un risque pour elles –, leur faisais prendre l'air même si aussitôt arrivée dans la Suite, j'étais priée de les ôter.

Le Producteur me présente à Jacques, notre hôte, ils échangent un regard de maquignon, on m'estime, ils sont tellement prévisibles. Quoique défiguré, le village de Ia conserve un panorama à couper le souffle, Le Producteur le répète à l'envi comme si c'était lui qui était à couper le souffle. Je n'ai qu'une envie, crapahuter sur les rochers, dévaler seule la centaine de marches menant à Égée, la proximité de la mer après toutes ces années sans la voir m'aimante. Il y aurait un autre commencement alors ? J'escalade un éboulis de basalte, des résidus de sel en comblent les anfractuosités, je longe un miroitement. Une gamine de dos sur un rocher un peu à l'écart arrête mon regard, elle se tient entre la mer et moi, droite comme un I, elle a la même verticalité que le début du R de Rachel, le P de Paulina. Plus je l'observe, plus je nous retrouve les deux sœurs. Pas encore une jeune fille mais assez grande pour le vouloir de toutes ses forces. Une silhouette fluette, douze, treize ans à en juger par ses omoplates, pas de hanches mais déjà un maillot deux pièces et son petit volant sur les fesses. Que lui raconte-t-il qu'elle voudrait être, le petit volant ? Qu'a-t-il déjà réchauffé et fait trembler en elle ? Avant d'étrenner son maillot, elle aura fait comme nous, se sera regardée dans une glace en pied à la dérobée. Je renoue avec le trouble à sentir son corps réclamer on ne sait trop quoi, donne à la petite le visage d'une de son âge qui n'aura pas grandi. Je ne sais ce qu'elle contemple si longtemps qui l'attend, un coup de vent fait danser sa blondeur, elle a un nid de lumière sur les épaules, il se déverse dans son dos, ses cheveux légers font la course sur sa peau, c'est à celui qui rigolera le plus. J'aimerais lui promettre qu'aucun eczéma ne s'y nichera, et ça vous démange, on se gratte, on l'envenime, momentanément soulagé. L'espace d'une seconde la gamine a un mouvement excessivement féminin, elle est belle à croquer… et dire qu'on le prend comme un compliment. Je vois encore ma main prendre *Tendre est la nuit* sur l'étagère du studio. La toute première phrase que j'aurai soulignée dans un livre, « *Rien qu'une fille perdue sans autre adresse que la nuit d'où elle venait. Je me suis retrouvée dans ces femmes heureuses de vivre dans un monde d'hommes ; elles préservaient leur personnalité à travers les hommes et non en s'opposant à eux.* » On trouve matière à vivre dans les romans, je m'engouffre dedans et me sens plus humaine, plus vraie. Ils sont le chas et je suis moins une aiguille perdue dans une botte de foin ; je lis, et j'y arrive, être au monde. Notre mère avait raison, un seul livre peut parfois tout changer. J'étais en colère et pour la punir, j'ai d'abord dédaigné son grand écrivain. Il a fallu Le Producteur, nos cabrioles, pour que je me tourne vers Tolstoï comme vers un secours.

Les trois jours ont passé vite, je ne suis pas redescendue en bas de la caldeira et on repart demain. Dernier dîner, il y a Jacques notre hôte, le couple que nous ne formons pas Le Producteur et moi, et il y a Esther. Elle dénote dans notre petit groupe, non pas qu'elle soit comme la vue, imprenable, mais elle a desserré le licol que Le Producteur ne peut s'empêcher de passer autour du cou de chacun chacune. J'ai tout fait pour être remarquée par Esther, elle pose sur moi un regard bienveillant, amusé, je m'en contente vu les circonstances, soulagée de ne pas être jugée. Esther est surtout restée enfermée à écrire une nouvelle mouture d'un scénario destiné – quelle surprise – au Producteur. Elle a toujours un carnet et un crayon à portée de main, elle y note une phrase, une idée qui trouveront plus tard leur place. Elle se voit comme une voleuse d'abandons, peu lui échappe dont elle fait toute une histoire. Comment ne me rappellerait-elle pas quelqu'un ? Elle a l'âge de m'avoir eue très jeune, pourrait être la petite sœur de Zabé.

Le sien de grand homme c'est Balzac. « Aujourd'hui, n'importe quel abruti dans une maison d'édition expurgerait ses manuscrits de propos jugés sexistes. Qu'une femme vienne à le défendre, elle serait traître – que dis-je, traîtresse – à la cause. » L'impression d'entendre notre mère et de pouvoir en sourire. Jacques opère un quart de tour dans son jacuzzi, il fait des remous et sort une énième énormité : « Balzac, ahhh la Sanseverina. En sorte, la première cougar de la littérature. » Personne ne le reprend, à quoi bon. Je décide de faire mon intéressante. « Balzac oppose Esther la courtisane à la Rochefide dans *Béatrix*, cette dernière ne se vend pas, elle se laisse acheter. » Le Producteur retire ses pattes comme si j'étais contagieuse ! Jacques compte les bulles, Esther est séduite. Il est l'heure d'aller se coucher.

Impossible de dormir, l'impression que le plafond est planté d'aiguilles et qu'un acupuncteur manchot tourne dans la chambre. Je compte les heures, sors du lit comme si j'allais commettre un crime, je ne dois surtout pas réveiller Le Producteur et j'échapperai à son érection matinale. Je rejoins Esther assise sur le parapet de la terrasse, on observe l'ombre en train de pâlir, elle a sur les cuisses un faisceau de petits vaisseaux éclatés, on dirait les filaments d'une méduse, on ne se regarde pas, on ne se parle pas, on est l'aube. Le dernier petit-déjeuner a du mal à passer, pas à cause du Producteur, grâce à Esther. Je ne veux pas la perdre, parviens à ne pas le lui dire. Quand le soleil a pointé, quand sa lumière au bord de la mer est montée jusqu'à nos jambes nues, je me suis penchée, elle a voulu me retenir, son bras est passé devant mon buste, je me suis penchée encore, de ployer ma nuque, mes cheveux ont suivi, mon eczéma que nul n'a touché, voilà ce que je pouvais offrir d'intact à Esther.

Je redoute l'appel que je dois passer. Avant de remonter à la source, je dois prévenir ma sœur, je ne pourrai pas commencer sans lui en parler ou j'aurais l'impression de nous trahir. Il y a cette certitude, je ne reculerai pas. Je sais qu'elle ne le souhaite pas, ne le souhaitera pas. J'en ai lancé des perches, à chaque nouvelle histoire que j'ai faite de la nôtre transformée, dissimulée dans la fiction. Jusqu'alors nos deux volontés s'y retrouvaient, la sienne à tout contenir, la mienne à avancer masquée. Il ne s'agit plus de taire celle que l'on a tue, même entre nous. Je vais disséquer le silence, et heurter ma sœur, je l'appelle la boule au ventre.

— Ce qui est arrivé, je veux l'écrire. Même mon roman me le réclame, je le savais avant de le commencer. La fiction ne suffit plus. C'est comme lorsque j'ai lu, lu, lu, lu, à un moment il a fallu écrire. Tout était là en moi qui attendait. Depuis des années. Je sais que c'est ta limite, c'est pour ça que je ne l'ai pas fait, je croyais que c'était pour papa mais non c'est pour toi que je ne l'écrivais pas, et toi tu seras toujours là.

Ma sœur ne dit rien, elle n'a pas à me rassurer, et la vieille panique reprend le dessus, je continue, parle des dessous du romanesque, de la répétition des instants à en être tenaillée, déchiffrer le passé. Lui enlever sa guirlande de non-dits, ça ne me quitte pas, déranger les souvenirs. Ma sœur me rétorque de l'écrire mais sans le publier, qu'est-ce qui m'y oblige ? Et ça s'arrêtera là.

— Justement non ! Tu vois bien les livres des autres écrivains, quand tu les lis, ce qui leur est arrivé, tu vois bien pourquoi tu as envie de les lire, ce que tu y trouves, la force que c'est parfois quand l'histoire est vraie. Même si elle n'a rien à voir avec la tienne, mais tu le sais, l'écrivain l'a vécue, et on est avec l'auteur au-delà de où on serait. Quand ça nous dépasse. Ce n'est pas le nombril, on s'en fiche du nombril. C'est maman. Obligatoirement maman. Toujours, toujours, je raconte ça.

Ma sœur rétorque qu'elle a bien assez d'images à mettre dessus, elle veut les garder pour elle, refuse de me suivre où je vais. Je me dis qu'on fait comme on peut avec notre passé, et nous sommes à deux extrémités. Ça lui serait insupportable de le triturer comme je le fais. Ne pas vouloir savoir, bien sûr c'est son droit, et l'opposé tout autant le mien. Chacune a sa façon et je veux le croire, notre mère ne nous désunira pas.

— C'est là. Là ! Des centaines de Post-it noircis depuis des années, tout me le dit. Voilà ce qu'elles provoquent Rachel et Paulina, je nous ai cachées derrière elles mais ça ne suffit plus, tu comprends ?

— Je ne pourrai plus te suivre si tu vas là, le lire serait trop dur. Il faut que tu arrêtes de toujours touiller le passé.

Elle me le répète :

— C'est trop dur.

— C'est maintenant, je dois le faire. D'une manière ou d'une autre c'était déjà là. Cette fois je m'en suis approchée trop près.

Jusqu'à aujourd'hui j'ai fictionné le danger, notre mère, et je pouvais l'écrire qui je suis. En appelant ma sœur je mesurais qu'elle ne me dirait pas, « Vas-y. » Je l'appelais pour qu'elle sache, qu'il n'y avait plus à vouloir ou ne pas vouloir. De prononcer Maman au téléphone – à cinquante-quatre ans ! – pourquoi cela me coûte tant ? Pourquoi ce n'est pas naturel ? Je dois l'écrire. C'est tout. Elle répond :

— Je ne veux pas, je ne veux pas, je ne veux pas mais ne peux pas t'en empêcher, je n'en ai pas le droit.

Ma sœur si loyale, si droite, dont j'admire la sagesse et je m'y fortifie, ne me donne pas une autorisation que je n'espérais pas mais elle vient de me le dire, elle n'a pas le droit de m'en empêcher. On est là où un livre naît en vous, on ne peut l'en empêcher. Je vais l'écrire cette histoire. Ce qui est arrivé ma sœur l'a muré en elle, j'en serais emmurée de l'étouffer, ce serait comme réenfouir des fouilles que l'on n'a eu de cesse de découvrir. On est notre chagrin. Ce que l'on en fait, ce qu'il fait de nous, et que l'on a fait d'elle, notre mère. Je veux que le silence parle, qu'il parle et me dise.

C'est au-delà d'hésiter ou pas, ni que ce soit plus fort que moi, c'est nous, les filles. Le coup que je vais porter à ma sœur, ce qu'il pourrait provoquer, je vais en être obsédée. Le mal que l'on fait à nos proches qui nous ont le plus aimé et nous liront, se reconnaissant parfois à tort à chaque ligne. À leur tour ils interprètent et même s'il y a de l'amour à les écrire, ils se trouvent inévitablement déformés, exploités, incompris. En écrivant sur soi, on écrit sur eux, rien ne nous arrête, on n'écrirait pas sinon. Ce que nos livres produisent sur nos proches, ce qu'on leur ôte, est-ce une liberté ? D'être ceux qu'ils sont, et croire ce qu'ils croient, une idée que l'on a de soi, je n'aimerais pas ça. En modifiant la version qu'ils ont d'eux, on touche à des secrets, leurs souvenirs, à bien plus qu'ils ne voulaient dire. C'est le ver dans le fruit un écrivain pour sa famille. Il fait son trou, creuse, il bouffe tout, les humeurs, le noyau et il laisse les pépins. On a altéré, flétri ce qui était beau ou voulait l'être, était en train de mûrir. C'est notre interprétation contre la leur, on parle la même langue mais on ne se comprend plus, aucun traducteur n'y fera rien, on a grossi, déformé, on s'est emparé de ce qui nous appartient et leur appartient, le vrai subjectif. Les livres sont une boule noire, elle fait tomber toutes les quilles ou on ne tiendrait pas sur les nôtres. L'écrivain est cette mèche allumée sur un baril de poudre, la famille.

« Plus elle était heureuse, plus elle sentait le manque de quelque chose. »

Elle était entamée et blonde, sa peine était trop grande pour Louis mais il a su écarter les tentacules gluants du chagrin avec son amour tout neuf, et n'a eu de cesse de les soulever un à un, Schlaaak ! Il a cru les avoir coupés sauf que non, les tentacules du chagrin ont des racines profondes. Nos parents ont fait ventouse mais ils n'ont rien empêché et l'enfance a été coupée en deux.

Du rocher qui prolonge notre maison on voit la Méditerranée, il est suffisamment plat, suffisamment large pour y mettre une table basse, deux chaises, ce granit est le coin des apéros, la beauté à 360°. Les filles on s'asseyait par terre, et les quatre on regardait le soleil se coucher au fond de la mer. Je ne sais si notre mère nous a mal aimées, je sais qu'elle nous a fait du mal. En Corse, il arrive encore que l'on enterre le placenta du bébé au pied d'un arbre et l'enfant grandira avec des racines reliées à la terre comme au ciel.

« C'est toi
Placenta
Le miroir
Le double noir qui se cache[1]. »

Nos deux placentas sont enterrés au pied de Mathusalem. Front contre son tronc, on se sentait de la même écorce. Avec sa terre, notre père nous donnait quelque chose que même Tolstoï n'aurait pu nous offrir, non seulement notre mère l'admettait mais elle le soulignait, on lui était reconnaissantes de laisser notre père coiffer au poteau son grand écrivain. Et il s'est mis à répéter que notre famille était un malentendu, « On n'est rien que du faux pour toi Zabé. »

Jusqu'à ce dernier été notre mère n'a rien laissé paraître, si ce n'est un rire un peu forcé, elle n'était pas si bonne comédienne mais il nous allait son rire, on s'en trouvait plus vivant, et pour rien au monde on ne l'aurait changé. Elle a bien caché son secret et il a dynamité notre famille. Selon son humeur, notre mère nous donnait des versions différentes de ses années russes, experte à en modifier les contours, les étirer, laissant de grands blancs ou les comblant, se coupant, traductrice d'elle-même.

Sa vie d'avant nous, elle la rejouait en trois actes comme il se doit. D'abord l'enfance. Elle ne

1. Extrait d'un poème de Dumè Colonna.

craignait pas les invraisemblances, se contredisait, s'en sortait par une énième pirouette, il lui arrivait tellement de choses, elle savait captiver son public, on embarquait à bord d'elle. À vouloir nous épater elle s'embrouillait, nous embrouillait, « Mais maman tu nous as dit le contraire la dernière fois. » On n'hésitait pas à l'interrompre, « Bon il faut qu'on aille se coucher, il est tard, on a école demain. »

Avec LaPoupée on rejouait maman, l'imitant on dramatisait encore plus, on raffolait du divorce de ses parents, à cause de son frère même si elle était enfant unique. Un demi-frère précisément, né la même année qu'elle, le même mois, d'une femme qui n'était pas notre grand-mère. Divorce éclair aux torts exclusifs du grand-père éjecté de l'histoire. Et pour la petite Zabé huis clos avec une mère vaccinée des hommes. Invariablement la nôtre concluait, « Dès que j'ai pu, j'ai fichu le camp. Pas de chez elle, d'elle. » Elle avouait deux fiancés avant notre père, n'hésitait pas à en détailler les qualités puisque c'était pour de faux. D'abord Corto Maltese, un romantique qui va avec caustique, un homme fidèle à son unique et il a plein d'aventures. Le deuxième fiancé était un prince, *L'Idiot*. Notre mère le rencontre à seize ans, elle le relit, décide de le rejoindre, elle sera fille au pair à Saint-Pétersbourg et fait un détour par Mychkine, une ville située au nord de Moscou dans l'Anneau d'Or. Il y est question d'un prince mais il n'a rien à voir avec Dostoïevski. Qu'importe, elle est dans Mychkine ! Son épopée russe peut commencer.

Acte II. Décor L'Hermitage. « On contemple un chef-d'œuvre et le Temps en est tout changé. » Avec Rembrandt, la *Holy Family*, on y voit une mère abandonner son livre pour veiller sur son enfant. Au-dessus d'eux un ange crucifié. Ou est-ce la mère qui est crucifiée d'avoir dû arrêter sa lecture pour s'occuper de son gamin ? La jeune fille au pair parle sans arrêt aux trois petits dont elle a la garde pour les occuper ou les faire taire et elle invente des histoires. « Je les amusais avec mon russe littéraire appris dans les romans du xixe siècle. » Elle découvre dedans les us et coutumes des salons de l'aristocratie où Tolstoï a grandi. Une discussion pouvait commencer en russe, bifurquer vers le français, revenir au russe et ainsi de suite. « Tolstoï en a écrit la partition en jouant sa propre musique dans ce début magistral de *La Guerre et la Paix*. La mélodie d'une phrase à l'autre, le passage du russe au français et l'inverse, ne doivent rien au hasard. Ce n'est pas une simple conversation de salon mais une entrée en matière dans un immense roman qu'il nous donne à lire. Cette soirée il la recrée au point que l'on y est, on la vit. » Notre mère s'enthousiasmait, nous en lisait de larges extraits, on était sommées d'écouter. Dans sa traduction, elle a fait le choix de laisser in extenso les passages écrits directement en français par Tolstoï en conservant ses erreurs et le lecteur entendrait sa voix. Elle s'en explique à la fin de la préface, a une image : un fruit cueilli et mangé directement sur l'arbre, même taché, même abîmé, pas rincé, ne sera jamais plus savoureux.

Elle est heureuse la jeune Zabé, elle est un fruit vert qui mûrit. Le moindre argent économisé est la promesse d'un nouveau livre, de progrès en russe, d'immersion dans son monde créé de toutes pièces, un patchwork assemblé par les écrivains. Les enfants dont elle s'occupe finissent par aller à l'école ; bilingue, ne respirant jamais mieux qu'un livre entre les mains, la jeune Zabé est une habituée de la librairie Podpisnye Izdania, une des plus anciennes de Saint-Pétersbourg, « Vous vous rendez compte les filles, elle a résisté au siège de Leningrad ! » Elle dévalise le rayon poésie, Tsvetaeva et Akhmatova seront les premières qu'elle essaiera de traduire et puis non, elle cale. Elle m'a laissé leurs poèmes sur l'une des étagères du studio avec au milieu Pasternak, *Ma sœur la vie*. Je passe devant et le titre me dit qui je suis. Qui je suis ?

Dans mon dos quand j'écris il y a l'album photo de notre mère, une gamine et ses cheveux tirebouchonnés en Algérie. Plus on avance dans l'album, plus elle est filiforme ; sur la dernière page elle est au cimetière. À côté de son album, il y a le mien annoté par elle et il s'arrête net. J'ai continué avec ceux de mon fils, les ai légendés comme notre mère le faisait. On n'en sort pas de cet amour parents-enfant, le lien monstre, il est plein de peur, la possibilité de la perte. Dans le deuxième album au milieu des photos de mon fils, on trouve *Le Tombeau des secrets* découpé dans un magazine, illustration macabre gravée dans ma tête sarcophage. On y voit une silhouette féminine dans une robe longue, assise sur une banquette mains croisées. Elle n'a pas de tête. À la place il y a un cercle noir, une ombrelle funeste, elle m'évoque la roue d'un paon en deuil. Le sang afflue sous la robe et il est sans visage. En 1930, René Char publie un recueil de poèmes, il y inclut douze photographies déclinées en autant de photomontages de Paul Eluard et André Breton.

Il y a une infinité d'instants avec mon petit que je serais incapable de dater ou préciser, mais *Le Tombeau des secrets* est un marqueur indélébile. Nous sommes l'hiver 2009 un dimanche après-midi, le photomontage est en pleine page de l'hebdomadaire que je suis en train de feuilleter, mon fils a deux ans, il est sur mes genoux, que se passe-t-il en lui pour qu'il y voie ce qu'il va me dire, ressente à quel point cette image nous foudroie. Elle est pour lui une interrogation, « Mamie Gisèle ? » et pour la première fois mon enfant prononce son prénom.

Dans nos albums photos, alors que nous passons, les deux sœurs, de l'état de bébé à celui d'enfant, notre mère nous fait parler. Une petite fille est allongée sur le ventre, nue, les bras en appui sur un couvre-lit, elle a sur le pied un grain de beauté qu'elle enlèvera dans trente ans, a le visage de l'enfant qu'elle portera. Son sourire comme si elle n'osait pas, tant d'années après je le bois à longs traits. La photo est en noir et blanc, notre mère a écrit dessous au feutre orange, « *La longueur de mes jambes impressionne beaucoup maman.* » Dessus il y a un papier cristal, il s'intercale entre les pages. Je copie notre mère, c'est mon tour d'écrire pour mon fils. « *Maman lit sur le canapé. Moi aussi je veux lire et quand je vois cette image, je reconnais la mère de ma maman. C'est tout elle et je l'appelle, « Mamie Gisèle ? » Je la vois comme ça.* » Quand un souvenir a froid on le recouvre ? Moi je le déshabille, l'ausculte, l'ouvre en deux, je ravive des braises, mets au chaud tout ce qu'a de vivant un souvenir que l'on transmet, c'est un legs. Juridiquement, un mort n'est pas une personne, c'est un bien. Poétiquement, la mort serait un bien. L'enfantôme.

« Et, loin de s'atténuer, le sentiment d'attente, d'attendrissement devant l'inconcevable, allait toujours croissant. »

Plus que le récit de son enfance, l'histoire préférée de Zabé était ce qu'elle appelait : mes années libraire. « Un soir Podpisnye Izdania allait fermer, je n'ai pas réussi à m'éloigner du rayon poésie. Derrière une des bibliothèques, j'avais remarqué un petit bureau, une femme allait et venait de cette encoignure aux rayons, elle paraissait avoir l'œil sur tout, une pile de travers, un vide sur une table, un carton resté en dessous, je l'entendais vérifier si telle nouveauté en rupture la veille avait été réceptionnée, j'avais observé que si elle aimait trouver un livre à sa place, elle n'aimait pas les chercher. » La femme a d'abord refusé tout net de la recruter, maugréant qu'elle lui serait plus utile en continuant de lui acheter des livres. Le lendemain la jeune Zabé est revenue à la charge et la femme lui a donné sa chance. L'apprentie libraire a appris ce qu'est un fonds, un réassort, une rotation, les retours, la valeur d'un stock, à le faire tourner, ne pas le faire valser, « Le mot Process n'était pas encore entré dans les rayons. Un titre plus fragile, on le défend coûte que coûte et il devient aussi le livre du libraire. J'ai tellement lu. C'est un passage de témoin, transmettre un livre. Sa course peut ne jamais s'arrêter, partout sur la planète et à l'intérieur d'un être. Il en reste obligatoirement quelque chose. » Elle régnait sur la Pochothèque, n'avait jamais assez de temps pour lire et dépiauter les textes, elle rêvait farouchement. Ce que notre mère aimait le plus à Podpisnye Izdania ? Choisir le nom d'un de ses auteurs favoris et se planter devant. Avant d'être libraire elle lisait des écrivains morts, en découvrant les vivants elle s'est autorisée à traduire, persévérer. « C'est bien aussi de suivre les auteurs qui n'ont pas fini d'écrire, se dire que lorsque l'on aura tout lu, il y aura un prochain livre. » Elle affirmait qu'une pointeuse est un affront pour un libraire. « On quitte la librairie, on lit jusqu'à pas d'heure chez soi, la nuit attendra. Dans la journée ce ne sont que des fractions de secondes additionnées, un titre, le dos d'un roman, la première page d'une nouveauté, ce n'est que rentré chez lui qu'un libraire parcourt vraiment la librairie où il retournera le lendemain avec un nouveau texte à conseiller emporté la veille à la maison et il commence sa vie de livre. Il saura où le ranger, lui trouver la meilleure place, le conseiller. Il commence par en commander deux qui deviendront dix, vingt, on vend un livre, on offre quelque chose qui ne s'achète pas. »

Une habituée de son rayon, une adolescente balbutiante passait ses mercredis et samedis après-midi dans la Pochothèque, notre mère s'est mise à l'attendre, « J'écrivais des petits mots sur mes livres préférés et je pouvais m'absenter de mon rayon, ils parleraient pour moi. J'ai remarqué que la jeune fille repartait systématiquement avec l'exemplaire au-dessus de la pile, elle embarquait mes mots, je me suis mise à soigner mon écriture, cette jeune fille le méritait. » Elle racontait et un sourire du passé continuait de flotter sur ses lèvres. Il y avait le vieux monsieur revêche, lecteur éclectique, son jour c'était le vendredi, la libraire avait intérêt à être disponible quand il arrivait. « Grâce à ces rencontres une journée tient debout. Je les ai conseillés pendant des années sans soupçonner qu'ils étaient le grand-père et la petite-fille. Une veille de Noël, je les ai vus entrer ensemble, ils cherchaient un cadeau pour la mère de la demoiselle, pendant une seconde je me suis sentie de leur famille. »

Avant de regarder un film, notre mère nous recommandait – nous imposait – de ne pas en lire le résumé, idem pour les romans. Qu'un lecteur dans la Pochothèque s'avise de lire au dos et Zabé le lui prenait des mains ! Elle conseillait de lire la première page ou le premier chapitre et on saurait. Interdit de poser les yeux sur « le derrière des livres », on le disait pour rire, on gloussait. Le dernier jour à la librairie, elle a demandé à rester seule avec eux, les milliers de livres. « Un à un j'ai baissé les trente-sept interrupteurs, je savais quelle bibliothèque chacun éclairait. Des murs de livres ont été plongés dans l'obscurité, leur présence s'en est accrue. Je leur ai dit au revoir dans le noir, leur recommandant de faire attention, de ne pas céder leur place, ou pour mieux revenir, je les ai remerciés. J'allais sortir, fermer la porte… je suis retournée dans la librairie, leur ai demandé de me garder avec eux. Dans quelques mains qu'ils soient nous irions notre chemin, je le leur ai promis. »

Podpisnye Izdania était fréquentée par nombre d'éditeurs et d'écrivains, notre mère les conseillait, elle s'est mise à traduire sans rien en dire les débuts des livres des auteurs qu'elle croisait. Jusqu'à ce que l'un d'eux lui suggère de traduire le sien, il prévoyait de se rendre en France, voulait en profiter pour démarcher un éditeur avec une version française si elle acceptait de s'y coller, au moins les premiers chapitres. La jeune Zabé lui a demandé de revenir à la pause déjeuner, dans son casier elle a récupéré une cinquantaine de pages, les a tendues à leur auteur. L'histoire a fait le tour du petit monde des lettres de Saint-Pétersbourg, la libraire française était lancée. Grâce aux pages traduites, l'auteur a trouvé son éditeur français, depuis il a écrit une dizaine de livres tous traduits par notre mère, également la traductrice attitrée de trois autres romanciers russes publiant régulièrement, elle aime suffisamment leur univers, une exigence qu'ils ont. D'abord en secret, puis ouvertement, croyant à sa chance, elle s'est attelée à *La Guerre et la Paix*, a fait vie commune avec Tolstoï. Notre mère bigame sans que cela ne dérange notre père et il a épousé Zabé Tosltoï.

On est tous une poupée russe avec à l'intérieur une autre version de nous-même. Et puis une autre, une autre encore, elles s'emboîtent, jusqu'à être de la taille d'un pouce, du moment que l'on se trouve, s'y retrouve. Dans ma poupée russe il y a Zabé, décortiquant *La Guerre et la Paix*, essayant de traduire ce que ce roman qui contiendrait tous les livres dépose en nous, leur limon. Tolstoï écrit son besoin « *d'apprendre, d'apprendre, d'apprendre* ». Zabé est la mère que j'essaie de ne pas être quand, à chaque mot, je suis Rachel et Paulina. « *Découvrir en soi le sentiment de la fiction* », personne ne l'aura mieux l'exprimé que Pietro Citati dans son texte consacré à l'écrivain russe.

Lire un jour entier est rare, lire la nuit, un état. Je multiplie le temps alloué et il n'y a pas de limite, je franchis ce qui pour beaucoup est une réalité : la nuit est faite pour dormir. Disons que je dors en lisant.

Cela aurait pu mal commencer les livres et moi, m'avoir à ce point induite en erreur avec Claude qui rit et Claude qui pleure, une maman malade pour de faux, et je me calque dessus, confonds tout. Je m'extrais du réel, m'échappe où ça ne va pas si mal, dans un monde au pluriel, si puissant, trois sœurs et leur frère, enfant, en ont fait leur royaume, Glass Town. À douze ans je rencontre Jane Eyre, puis ce sera CatherineHeathcliff, je ne peux les dissocier. Les jeunes Brontë ont l'âge de l'enfantôme. Dans l'aurore têtue de mon enfance, il y a Jane Eyre sans sa mère, il y a David Copperfield sans sa mère, ce chagrin originel nous constitue, il fait une vie entière. J'écrivais déjà je ne le savais pas. Jane et David prennent sur eux ma peur, et si enfant on me voit toujours un livre à la main, c'est un secret bien gardé où ils m'entraînent. Plus tard il y aura Martin Eden, croyant choisir sa vie il ne choisit que sa mort. Il y aura Faulkner et *Les Palmiers sauvages*, texte fondateur. J'ai vingt ans, je suis à l'aéroport de Djibouti, il n'y a plus d'Afrique, de vol retardé, de chaleur, il y a, *« Entre le chagrin et le néant, je choisis le chagrin »*. Ces mots sont une réponse à Martin Eden, à Jack London, à ma mère.

Des nuits sans sommeil je sors rompue, avide de noter tout ce que la nuit retient et délivre, *« En discussions avec mon indomptable conscience »*, Anna Akhmatova me le souffle.

Je porte ton joug, lui dis-je,
Tu sais depuis combien d'années.
Mais pour elle il n'y a pas de temps,
Pour elle, il n'y a pas d'espace dans le monde.

L'enfantôme ne dort jamais. Elle m'épuiserait si je ne puisais en elle ce qu'est le jour. Avant de me coucher je regarde le noir criblé d'étoiles et le ciel me retient. Je me revois fixant le plafond à huit ans, j'attendais. On met tout ce que l'on veut dans l'attente, je demandais au plafond combien de temps ça allait durer l'absence, je croyais réellement que ma prière sans autre Dieu qu'elle, notre mère, l'atteindrait. Réell*ement*, vrai*ment*, comme si le réel et le vrai portaient leur mensonge. Je finissais par m'endormir, ne pensais le lendemain qu'à reparler au plafond, et il me répondrait, il n'allait pas disparaître, un plafond n'est pas malade, n'est pas maigre, il n'est pas triste, il ne bougerait pas, j'étais sûre de le retrouver. C'était rassurant et j'aimais lui parler. Les quelques mois où cela dure, à l'âge où les enfants traînent à se mettre au lit, j'attendais impatiente de me coucher et il y aurait une lueur, j'établirais un contact. Notre mère descendrait de son ciel, atterrirait en douceur dans mon lit, et je lui prêterais mon oreiller. Ce n'était pas une si mauvaise idée le plafond, c'était rude, ce n'était pas cruel. Notre mère était quelque part et on ne l'enlèverait pas de là. Un plafond reste plus accessible que le ciel, surtout pour une enfant de huit ans. C'était à prendre ou à laisser, j'ai pris.

Il n'y a aucune photo, pas d'odeur ou un refrain, pour me rappeler notre père nous annonçant qu'elle était « là-haut maintenant. » C'est du souvenir pur. Je ne pense pas que ma sœur et moi ayons posé une question, on écoutait. Les sanglots ravalés, son tremblement rentré, grand corps à genoux et les deux nôtres l'encadrant, voulant tellement y croire qu'on ne l'avait pas perdue puisqu'elle nous regardait, et il le répétait pour en avoir moins mal. L'enfantôme prenait ses marques, se signalant, muette elle aussi.

« Un pressentiment sûr lui disait qu'elle
ne retrouverait plus son âme libre d'alors,
ouverte à toutes les joies.
Et cependant il fallait vivre. »

L'allure en apparence tranquille d'une œuvre qui embrasse somptueusement la bataille et l'intime captivait Zabé. Dans *La Guerre et la Paix*, on passe de Natacha à André, d'André à Pierre, de Pierre à Marie, chacun, en se racontant, dit les autres. Notre mère a pris chaque page comme on le fait d'un moteur silencieux, pièce par pièce et on le remonte, patiemment, minutieusement, sans être certain du résultat. « Il n'y a pas d'article en russe, Tolstoï les a voulus expressément dans son titre, je suis partie de là, ai tiré les fils. » Elle a mis tout à plat pour comprendre, sachant qu'on ne comprend jamais tout à fait, on cherche. Elle est cette femme opiniâtre. « Franchement les filles je n'aurais pas lu ce roman s'il avait gardé son titre initial. *Tout est bien qui finit bien.* » Zabé reprochait à Tolstoï d'avoir été injuste avec son œuvre, pas moins de cinq nouvelles éditions de *La Guerre et la Paix* de son vivant, remaniées, tronquées par leur auteur. Dans l'une des versions, Tolstoï escamote carrément la fin, notre mère fulminait. « Le prince André ne meurt pas, Pétia non plus, n'importe quoi ! » On était trop jeunes pour la suivre dans ses raisonnements, on n'essayait même pas. J'ai tout retrouvé dans l'exemplaire annoté, et en avant-propos de sa traduction achetée hier. « Il y a un couloir dans le texte, on le prend, les répétitions aussi, un traducteur n'est pas un correcteur. Devin peut-être. Ce que l'auteur n'a pas écrit, qui a traversé son esprit, voilà ce que l'on cherche. » Elle affirmait n'avoir jamais été aussi près des milliers de cadavres d'Austerlitz et Borodino que devant le manuscrit original. Orphelin à dix ans l'écrivain en a fait un chef-d'œuvre. Dans sa Postface elle précise : « *L'écrivain n'empêche pas l'horloge de tourner mais il peut en bouger les aiguilles et elles vont dans son sens. Tout à sa quête d'un Dieu qui lui expliquerait enfin en quoi vivre n'est pas absurde puisque mourir est la seule certitude, Tolstoï écrit l'après devenu présent. Et sa révolte devant la mort.* » Elle nous le répétait : Il avait foi en un au-delà, a eu besoin de le comprendre, le dominer, et tout serait simple qui ne l'est pas. Aucun livre, pas une ligne qu'il n'ait lu ou écrit n'aura su l'apaiser. Ce qu'ils ont de commun peut-être les écrivains, c'est de faire parler les morts, et nous les lecteurs sommes leur salut.

Renouveler la présence de notre mère à volonté... l'occasion est belle.

Ce que je retiens d'elle.

Sa fantaisie emballant la mélancolie d'un foulard de soie, le foulard se déchire, on le recoud, au moindre accroc ce qui a été réparé s'effiloche. On prend un fil plus solide, le point cède. Exaltée et défaite, notre mère aura vu le foulard devenir peau de chagrin avec plus de reprises que de soie. Il perd sa douceur, gratte, on n'a plus envie de le reprendre.

Sol y sombra. Soleil et ombre. Et on regarde la corrida en attendant la mise à mort. Notre mère a été cette femme chiffon rouge irrésistible d'être belle. Elle a laissé tomber la cape, le public et le taureau. Ni banderilles, ni garrot. Seule dans l'arène.

Elle est un miroir brisé, à se saisir, elle se blesse. Chacun de ses éclats continuera de refléter une lumière aux reflets changeants, elle la réfractera bien après que la nuit sera tombée et une famille part dans le décor.

Mère agitée par temps calme, on saute dans ses vagues. À peine arrivée sur son rivage on se précipite, elle est froide, elle est chaude, elle varie, mais on n'attend que ça, le friselis d'une écume autour de nos chevilles, on est pris dans un rouleau, on boit la tasse, ce n'est pas grave, on s'amuse. On y retourne, on s'éloigne, on n'a pas pied, on n'est pas de taille contre le courant, on n'arrive pas à revenir. On appelle à l'aide, on ne joue plus, on se noie.

Tout ce que je ne sais pas.

Ce que je tiens d'elle.

Une tignasse. À s'arracher les cheveux de la tête. Je ne l'ai pas domptée.

D'entretenir avec la nourriture un rapport complexe. On a un estomac à la place du cerveau et le cerveau dans les talons. Rien de ce que l'on mange n'est innocent.

Vivre nue. Ne rien porter d'autre que soi. Cuisiner nue, manger nue, se baigner nue bien sûr. Nager le plus loin, retenir son souffle, et il frétille le petit poisson d'or.

L'immobilité sans borne, un livre entre les mains et en avant toute ; on est sur un tapis magique, on n'a pas peur de tomber. Arrivé en bas on continue en haut de la page suivante.

Toute la mélancolie.

« Elle goûtait ce moment suprême du bonheur, où l'on se sent toute bonté, toute perfection… »

Il fallait une femme coup de foudre du tonnerre pour que Louis accepte qu'elle ne soit pas corse, il fallait Zabé au bout de la plage, un flanc enfoncé dans le sable, l'autre s'arquant vers le ciel, des courbes et des creux de chair pailletée d'éclats de coquillage. Nos futurs parents font connaissance, Louis allonge sa foulée, et Zabé enfonce ses doigts de pieds dans le sable. Des cils sans mascara, salés, s'entrouvrent sur une silhouette grandissante. L'homme court à un bon rythme, chevilles dans l'écume, il modifie légèrement sa trajectoire, l'oriente vers une forme séduisante mais quoi, il ne peut pas tomber dessus sans prévenir ? Zabé se mordille la lèvre, elle ne fera rien pour l'aider, ne fera rien pour l'éviter, elle laisse faire. D'un revers de la main le coureur essuie la sueur dans ses sourcils, les femmes y voient des ailes et... bon voyage. Louis l'aura eue sa vie de jeune homme, les donzelles qui se succèdent, des touristes, le sexe saisonnier. De juin à octobre, chaque semaine apporte sa brochette d'estivantes, d'étreintes renouvelables, Louis y mettait une énergie, il était sur le corps des femmes ce rouleau compresseur qu'elles lui demandaient d'être, tout ça était un brin mécanique, pas désagréable. Avec celle-là, il commencera par les chevilles, prendra son temps, il essaye de ne pas regarder ses fesses et puis zut ! ralentit, remarque son ventre comme une planche d'appel avant le saut. En cette fin d'après-midi la lumière dépose sur la mer un filet d'argent, des milliers de piécettes chahutées par une ondulation, d'un côté le miroitement insaisissable, de l'autre l'abondant maquis, autant d'effluves qui pénètrent la mer. Arbousier, jujubier, myrte, calaminthe, l'opulence des immortelles, et ces plantes grasses, les langues de belle-mère, on marche dessus, on les fait craquer ! Le vert l'emporte, à la fois tendre et électrique il grimpe sur les rochers, s'enterre dans le sable et nous devance jusqu'à Cala Barbaria. La route de cow-boy pleine d'ornières menant à la plage de Tradicettu décourage les touristes et pour notre mère c'était tant mieux ! Les estivants lui évoquaient des bâtonnets d'esquimau, « On s'approche, on voit qu'ils n'ont pas fondu ! »

Louis n'aperçoit rien du visage de Zabé sous le grand chapeau. Ce qui se passe entre cet instant et le lendemain, même parcours, même heure, est le désir. Louis se débrouille avec le sien, il prolonge la douche, a l'habitude, il ne change rien à ses projets, il a un chantier à terminer, n'ira pas courir plus tôt, il attend son heure, retrouver la femme aperçue la veille, dans la position préférée de Zabé dans l'étreinte, hanches à peine soulevées, un bras passé sous elle, regard tourné vers un irréprochable lointain. Cheveux détachés, une fournaise étalée sur son dos, les fesses restent d'autant visibles, très. Sans son chapeau elle serait cuite, son visage la brûlerait. Depuis hier une femme n'arrête pas de penser à l'homme qui n'est pas encore Louis pour elle, il courait à contre-jour, elle n'est pas certaine de ce qu'elle a vu, reconnu, et elle l'aurait retrouvé ? Zabé le veut tellement que ce soit vrai, elle se persuade d'un miracle, pas moins. Seulement un fantôme ne court pas sur une plage en plein soleil. Dès l'instant où elle n'en dit rien, le mal est fait.

— Tu me crèmes le dos ?

Il croyait la surprendre le nigaud, et c'est elle qui l'interpelle, Louis se prend les pieds dans une cheville à demi enterrée, se laisse tomber dans le sable contre son flanc, commence par la nuque, isole une à une les vertèbres, appuie fort comme elle préfère, il le découvrira. Son premier contact avec le parfum de la crème solaire de notre mère, dès lors indissociable de son amour, « Normal, je suis une crème de femme. » Les blagues de Zabé… Louis s'y habituera. Il descend, descend, lui lisse la peau, repasse au niveau des reins, encore une qui aime qu'il ait les paumes larges et de la corne. Les mains de Louis sur Zabé la délassent d'elle, dans quelques minutes cette femme adorable le guidera où il voudra revenir, encore. Leur première fois est un long baiser, ventres scellés. Ils sont acharnés à s'essayer, recommencent.

Louis reparti sur un de ses chantiers, Zabé passera chez lui des heures recroquevillée sous le drap, soufflant une haleine chaude bloquée entre ses mains, l'odeur de son amant mêlée à la sienne. Elle a faim, déambule nue dans les pièces, furète dans la cuisine, elle voit leur vie comme un tapis que l'on déroule, se sert un verre de vin, il n'est pas dix heures ce premier jour de leur amour, elle est prête à faire n'importe quoi, l'agrémente d'une charcuterie trop salée, elle ne fait pas la différence entre longo et coppa, ce n'est pas important pour traduire Tolstoï. Louis lui apprendra les salaisons et les abeilles, la ménagère, nourrice et gardienne de la ruche, quand la cirière fabrique les alvéoles, au cours des six semaines qu'elles ont à vivre. 60 000 abeilles ouvrières œuvrent pour la reine et ses 2 500 œufs pondus chaque jour pendant cinq ans. Plus une abeille butine, plus elle provoque l'accélération de son vieillissement, ses ailes s'usent, son cerveau s'atrophie, elle meurt. Que la ruche perde ses nourrices, aussitôt la butineuse pouponne à son tour, redevient nourrice, avec ceci d'extraordinaire si la survie de la ruche est en jeu de protéger ses propres fonctions cognitives de leur dégénérescence, son cerveau rajeunit, « Elle sauve la reine », conclut Louis, et Zabé en profite pour lui lire les abeilles de Lévine, les seules à vraiment l'intéresser. Elle comprendra qu'elle est enceinte le jour où Louis lui montrera au large une *Turritopsis dohrnii*, cette méduse a le pouvoir de renouveler sa vie à volonté, plus elle a peur, plus elle rajeunit, jusqu'à inverser son cycle de vie et prendre un ticket aller dans le futur ad vitam. Renouveler sa vie à volonté... Zabé aurait bien des choses à en dire, l'occasion est belle, elle hésite… et se tait.

Zabé épouse Louis, le fils du véto comme on continue de l'appeler dix ans après la mort de son père abattu par sa propre balle, retour à l'envoyeur. Louis destiné à prendre la suite de générations de vétérinaires, à ceci près, il ne voulait pas être son père. Surtout pas. Gosse, il grimaçait face à cette boucherie de l'utérus que l'on triture pour sauver la bête n'arrivant pas à mettre bas, il lui en reste une odeur aigre dans la mémoire. Le veau foutu avant de naître, le véto le découpait directement dans le ventre de la mère, petit bout par petit bout et il en remplissait le congélateur, l'appétit de Louis avait du mal à suivre. Il ne fallait pas moins de trois bassines d'eau claire pour venir à bout du sang sur le véto. « On est bien content de vous avoir avec nous, docteur », le paysan avait gardé sa vache, croyant faire plaisir il ajoutait invariablement, « Le fiston, il prend la suite ? » Louis a eu son content de renards amateurs de langue de veau. Le renard approche de la vache en plein vêlage et quand la tête du petit sort de la vulve, il lui bouffe la langue. Impossible de téter sans elle et le nouveau-né meurt abandonné par sa mère, elle ne peut rien pour lui, elle continue sa vie de vache. Le renard reviendra plus tard se régaler de la carcasse encore tiède. Conclusion de son père, « Je ne voulais pas d'un gosse, y a trop d'accidents. Les petits morts faut bien qu'ils viennent de quelque part, pourquoi les inviter à la maison ? » Louis a enterré son père, il a préféré être maçon, monter des murs, et construire, il n'établit pas des certificats de décès.

Rachel et Paulina vont naître, Zabé fait des racines dont elle ne soupçonnait pas qu'elles puissent aller aussi loin. Louis n'en a jamais assez de sa femme *Tu me crèmes le dos*, tout comme il ne se lasse pas de hisser les filles sur ses épaules, ils entrent dans la mer, les petites sont tranquilles, elles savourent sans le savoir le mouvement de ce grand corps accordé à une immensité, leur papa. Comment ne pas l'aimer l'homme vous juchant enfant au-dessus de l'horizon ? Un drap de bain raide de sel au bord d'un rivage, les quatre alignés à la lisière de la mer font une chaîne de l'amour tendre, et lui donnent un nom, Le Totem des Sables.

Lamourtendre, notre grand-mère maternelle avait rebaptisé Montendre, un village à une quinzaine de minutes du cimetière au milieu des vignes où notre mère est enterrée. Passé l'adolescence, chaque fois ou presque que j'irai voir ma grand-mère je tenterai un timide, « Maman elle... » et il n'y avait pas que le bouillon du couscous qui évaporait mais une ébauche d'elle en suspens au-dessus du couscoussier, et le buste de notre grand-mère plein d'une vapeur tressaillait. Elle faisait semblant de ne pas avoir entendu tout en œuvrant somptueusement. Brochettes grillées à la forge sur des sarments de vigne, ses beignets inégalables, des piles de crêpes tout le temps de sa vie, et bien sûr son couscous dévoré avec une cuillère à soupe et un oignon cru, je la regardais cajoler notre appétit. Je mangeais son couscous, je mangeais ma mère, me taisais, on ne parle pas la bouche pleine. C'est une époque pas si lointaine où un enfant ne posait pas de question, il n'intervenait pas dans les conversations des grands, ouvrait la bouche uniquement pour y enfourner la nourriture. Combien cela me reste difficile d'interroger les grands d'alors encore vivants. À peine arrivée chez mes grands-parents maternels, j'attendais le bon moment, répétais silencieusement la meilleure façon de réclamer notre mère et j'entraînerais la sienne dans mon élan, elle me la redonnerait à voix haute. Je me lançais, me retrouvais face à un énième silence. Pourtant j'avais orienté la conversation tout en redoutant le mot interdit, le prononcer, ne voulant que ça, « Maman. » Immanquablement, le visage de ma grand-mère paraissait tomber dans le plat. Comment on affronte la douleur d'une mère qui a perdu son enfant ? Quelle petite-fille aurais-je été de raviver un désespoir, en insistant ? Plusieurs décennies ont passé sans que je ne cesse de me sentir une gamine qui n'a pas le droit de faire pleurer ceux qui l'élèvent. L'enfant le leur doit. Pendant quarante ans, j'ai espéré l'histoire de notre mère d'avant nous. Sur quelques photos, elle est là amoureuse et je suis dans son ventre, ça peut se raconter, non, même si ça ne se voit pas ? Son album est la preuve qu'elle a bien été la gamine sur les portraits d'elle à Alger qui ne me disent rien, ils ne sont pas mes souvenirs. Voilà ce qui tournait en boucle dans ma tête alors que j'échafaudais mes stratagèmes et ma grand-mère m'aurait donné la petite Gisèle, celle dont les photos aux bords dentelés m'apprennent qu'en plus des cheveux tirebouchonnés, elle avait des cernes noirs et le regard cerclé de lunettes d'un autre siècle. Quelle fille, quelle sœur elle a été je n'en sais rien ou si peu. Je me suis efforcée de grappiller des miettes, me les approprier, il n'y a pas de souvenirs minuscules. Aujourd'hui ses lunettes d'enfant sont dans le bureau où j'écris, je tente de la saisir après avoir tenté de faire parler ma grand-mère, j'ai ravalé mes questions et à son tour elle a disparu. Notre mère était son remords, je n'allais pas ajouter à l'irréparable. Obtenir de comprendre en quoi les filles nous n'avons pas été assez gentilles, pas assez importantes pour empêcher notre mère de nous préférer la mort. Évidemment on n'y est pour rien mais cet « Évidemment » a du mal à s'imposer et je m'en veux. Je m'en veux. La culpabilité est un bâillon, j'écris et je le desserre, laisse passer un peu d'air, notre mère m'en paraît moins ensevelie.

Notre grand-mère inconsolable et les autres adultes nous auront finalement appris quelle mère extraordinaire nous avions d'être à ce point une morte indépassable. Le couvercle qu'ils ont mis dessus, les verrous et l'abri atomique n'auront pas été de trop pour contenir le trauma.

Heureusement il n'y a eu personne pour nous dire que cela ne se fait pas, se tuer quand on a des gosses. Je ne crois pas que quiconque lui en ait voulu, comme si cela ne pouvait pas être autrement. Le silence habitait toutes les maisons où notre mère ne vivrait plus. Tapi dans un coin ou sur la table, il se glissait dans notre lit, entrait dans la salle de bains, soufflant le chaud et le froid. Se boucher les oreilles ne servirait à rien, il s'insinuait, dominait les vivants. Je m'en suis défendue comme je le pouvais, mais dans le thorax de l'enfantôme il y a une plaque de givre, aucune caresse ne la fera fondre.

Notre père a été un bouc émissaire, j'ai douté de son amour pour moins douter de celui de notre mère. On est obligé d'aimer ses parents même si à un moment on leur fait payer de ne pas être ceux que l'on espérait. Il m'était impossible de couper les ponts avec elle, notre père a pris pour deux, retranché dans son silence, une armure, ma sœur a la même, je ne pense qu'à la fendre et on serait plus légers. Contourner une absence ne suffit pas à l'éviter, on l'invite et quel tapage elle fait. Il faut parler des morts, c'est assez de les mettre dans une boîte ou de les éparpiller. Nous sommes les restes de nos morts. Fidèles, les filles nous le sommes chacune à notre manière, et notre mère continue d'aller, quelque part qui est là encore. L'enfantôme n'a eu de cesse de le lui demander : « Reste. Reste encore un peu. »

J'ai fini par habiter un silence, sa présence bienfaisante pleine des sons de la nature, une harmonie, loin du bruit du monde.

« Le bonheur qui l'attendait lui paraissait si invraisemblable qu'il lui suffisait de le voir réalisé : après cela, plus rien ne pouvait plus exister. »

Louis chasse en solitaire sur sa terre. Une passion assouvie grâce aux hectares dans la famille depuis plus de générations qu'il n'y aura eu de vétos. Après la mort accidentelle du père, la mère est retournée à Centuri où elle est née. Soulagée d'avoir enterré plus tôt que prévu son mari. On ne la ferait plus bouger du paysage de son enfance. L'humeur de la mère Poli a tourné vinaigre, quand son fils a « marié une étrangère, comme s'il n'y avait pas assez de jolies filles sur l'île. » Dernier échange entre les Poli et Louis a claqué la porte au nez du gamin apeuré qu'il ne voulait plus être. Il ne replâtrera pas ce qui est démoli, il sait ce que camouflent les joints. Il fait « rentrer l'argent » comme aimait à s'en féliciter son père si économe. Ce n'était pas la misère, bien sûr que ce n'était pas la misère, c'était une pauvreté de rien, l'assiette que l'on retourne pour économiser l'eau de la vaisselle et on mange le dessert sur l'envers, la lumière que l'on va chercher l'hiver pour finir collé au carreau de la fenêtre son cahier sur les genoux, terminer ses devoirs sans « user » l'électricité. Tout véto qu'il était, le père de Louis était regardant sur les dépenses, propriétaire d'une terre qui n'a pas de prix, « bonne seulement pour les ânes », il le regrettait assez.

Quelques semaines et Zabé dit Oui. Louis ne l'a pas demandé bien fort, il y met une hésitation comme si c'était sans importance sa réponse, le proposant tellement bas, elle aurait pu ne pas entendre et ils auraient fait semblant de rien, auraient continué. L'eau aux épaules, Zabé enfourche l'homme qui sait les stabiliser, aller le plus loin en elle, un pieu de lumière. Zabé inspecte le visage de son amour comme si elle n'y croyait pas mais c'est Louis qui n'y croit pas. Ils vont où ils n'ont pas pied et ce n'est jamais assez profond, elle le laisse partir devant pour le voir disparaître, réapparaître dans une vague, disparaître, sans craindre de le perdre cette fois. Il y a les abeilles, le Miellat ambré du maquis, son arôme de réglisse et de caramel, de fleurs de cistes, les eucalyptus, ce qu'il faut d'immortelles, et il y a les cigales, cinq mues dans le noir, et la cigale grise de l'olivier argenté chante à qui mieux mieux, Louis a mis Zabé au défi d'en apercevoir ne serait-ce qu'une, il les débusque pour elle sur l'écorce et se l'attache, sa femme fébrile. Il fabriquera les lits superposés des filles dans un bois d'olivier et chaque soir alors que leur mère se penchera sur Rachel et Paulina pour un dernier baiser, elle respirera d'autres étreintes au pied des arbres millénaires, visage renversé vers une ramure vif-argent, elle et Louis. On le fend, on le débite, vidé de sa sève l'olivier ne perd pas son odeur, elle domine, contient toute sa vie d'arbre qui sent bon. À peine couchées les deux sœurs prendront l'habitude de le renifler, il n'y a que du tendre en elles.

J'étais l'aînée, j'étais devant ; notre père conduisait, on roulait vers la mer, d'autres étés. Ce sont de bons souvenirs, on se retrouvait et on savourait, on ne se le disait pas. Nous ne parlions jamais d'elle. Les filles on est des éponges, on absorbe la tristesse qui ne se dit pas d'un père résolument du côté de la vie. Ces journées d'août sont une éclosion de lavande, de lauriers rose, on a quatre semaines ensemble le père et les filles, et pour y arriver on traverse la nuit à 130 à l'heure. Les péages, les hautes lumières des arrêts d'autoroute et au bout, la mer. Quand les phares trouent l'obscurité, la lumière nous précède, elle fabrique des ombres, elles nous tomberaient dessus si on n'était déjà passé devant et on les dépasse toutes, il faut juste ne pas arrêter d'avancer.

J'ai neuf, dix, onze ans, je regarde les mains de notre père sur le volant, embrasse le couloir de vitesse qui défile sous nos yeux, je me dis que dans cette voiture je suis à la place de notre mère, à la place de celle qui ne l'aurait pas laissé conduire une nuit entière sans rester éveillée à ses côtés, je lutte contre le sommeil, ma tête a de ces à-coups, je ne cède pas. Ces longs trajets sont davantage qu'un souvenir, je les revis systématiquement dès que je m'assieds le soir côté passager, je reste la passagère d'autres nuits et la voiture traçait. Roulant dans le noir je pars bien plus loin que la portée des phares retrouver l'enfant résistant, les paupières louuuurdes et il ne faut pas les fermer, ou alors un tout petit peu, d'accord ? Je désirais tant que notre père sente qu'il n'était pas seul, que je ne le laisserais pas. Ce sont des semaines salade niçoise, on a rempli le caddie chez Mammouth le riz cuit pour des jours, notre père trouve toujours une boîte à ajouter. On se régale de nous ensemble.

Aujourd'hui encore les massifs de lavande sous mes fenêtres délivrent un parfum du passé. Plein des anchois de la salade balancés en douce au-dessus du muret de la terrasse et ils atterrissaient dans la lavande. D'une pichenette, je décapitais les fleurs pleines de grains – il y en avait tellement on ne s'en rendrait pas compte –, j'enfermais leur tête dans mes poings, ça n'a pas changé, les frotter uniquement entre mes doigts ne suffirait pas, l'odeur d'avant c'est la fleur entière coupée de sa tige, être transportée dans les étés de notre deuxième enfance et on pourrait le croire qu'il y a quatre soleils. Avec de la chantilly et la glace sur le port n'en est que meilleure. On descend rue de la Hune, ses vitrines pleines de robes, à la fin des vacances il y en aura une pour chacune des filles, on passe, repasse devant, on la désire cette robe comme aucun autre vêtement, même ceux que je volerai plus tard. On y pense sans arrêt à la tenue que notre père nous offrira, la voir de loin, longer le magasin c'est déjà la porter, pas besoin de savoir si elle nous ira, elle ira avec nous. Le 25 août approche, longtemps cette date sera un jour comme un autre, un long temps. Jusqu'à mon premier roman, plein d'un été, et ce jour est devenu obsédant, matière romanesque.

« Natacha sentait que maintenant ce n'était plus une plaisanterie, qu'il n'était plus possible de jouer avec la vie. »

On est au lit, lumière éteinte, c'est l'heure d'*Aux marches du palais* et sans nous concerter les deux sœurs, on se lance.

— Pourquoi, il te crie dessus papa ?

— Parce qu'il est malheureux.

— C'est pas une excuse.

— Faut juste attendre.

— Attendre quoi maman ?

— Que ça lui passe.

— D'être triste ?

— ...

— Que ça lui passe quoi ?!

— La jalousie.

Près de cinq ans vont passer à Garches avec les anorexiques, le psy s'adresse à Zabé, il a souhaité que je l'entende : « Ce serait plus simple pour votre fille, si vous vous éloignez. » Je la vois se tasser sur sa chaise, chaque fois que je pourrais moins lui en vouloir, je me heurte à son « Faites de grands rêves » et on éteignait la lumière. La magie de son vœu le soir me revient dans sa gueule.

Elle m'installe dans le studio je n'ai que trois pas à faire pour la raccompagner à la porte, je ne les fais pas. J'ai d'abord pensé balancer son livre annoté mais Tolstoï ne rentrait pas dans la poubelle. Il a fallu La Trémoille pour me décider à le lire, le dévorer comme je venais de l'être, il y avait dans ces pages une maman pour me consoler. J'ai continué de grandir sous son regard, elle avait trouvé comment m'atteindre et ça ne ferait pas mal. J'ai lu, relu, dans l'ordre, dans le désordre, tout ce que ce roman faisait surgir d'elle, de nous. Des pétales tombaient des pages, des brins de lavande, une profusion d'immortelles, notre mère n'aura pu s'empêcher de cueillir les rares violettes près de la maison, je les replaçais dans le livre, et quand j'en avais marre de les ramasser, de lire avec précaution, je laissais les pétales devenir une poussière de fleurs. J'ouvrais le roman, c'était obligé, je tombais sur l'enveloppe fermée, j'ai attendu pour la lire, oh pas d'être prête, mais pour ne pas y trouver mon prénom sans le tien, ne pas en être la seule destinataire.

L'écran encastré dans le fauteuil où cognent mes genoux indique la distance à parcourir, un peu plus de 3 000 kilomètres avant l'arrivée à Nice. Le hublot donne sur la nuit, je rejoins un bleu indécelable. Il me reste quelques heures pour découvrir ce que notre mère a souhaité m'apprendre dans sa lettre. Il n'y a plus à reculer, tant pis pour l'avion bondé ou le coude de mon voisin de siège disputant au mien l'accoudoir, heureusement il n'a pas essayé d'engager la conversation. Hier la libraire a voulu savoir d'où je venais, « entre Françaises à Manhattan. » J'ai prononcé le nom de notre île, elle s'est exclamée sans y croire une seconde, « alors vous êtes voisine avec celle qui a abattu ce travail de titan ! Elle vit en Corse. » Où je vais.

Avant de lire la lettre je la renifle comme un chien remonte une piste, je cherche une odeur du passé. Une photo de nos parents enlacés tombe de la feuille pliée en quatre, je remarque qu'elle a été déchirée, recollée, Zabé et Louis en morceaux. Scotchés.

Mes chéries,

Même si une seule lira cette lettre il fallait que je l'écrive à vous deux. On ne me l'enlèvera pas j'aurai toujours deux filles. Je sais que j'ai été une maman courant d'air, que je vous ai fait attendre devant le collège ou pour aller à la plage, toujours la dernière, toujours avec mes livres, mais bon... il y avait un courant et de l'air. Les souvenirs, matin, midi et soir font mal, ils blessent ce qui reste. Je suis dans notre maison, les odeurs que nous connaissons je les mange avec mes narines et j'ai l'impression, même fugitive, de les dévorer avec vos lèvres pleines de rires et de sucre. En passant je caresse Mathusalem, non... pas en passant, elles sont toujours gravées dans son écorce vos petites mains. J'aurais beau dire Chuuut *à la tristesse, elle ne s'éloigne pas, ne partira pas. J'ai repris*

MyPrecious, il était content si vous saviez. Il vous a cherchées, vous a tellement attendues quand on est arrivé à la maison. Son tressaillement dès que l'on croise une gamine sur la plage, je le guette et le crains. Il y a dedans tous nos câlins, nos baisers invulnérables mais pour quoi ? Vous aimer ? Souffrir de vous aimer ?

Je suis assise devant la mer au loin, genoux repliés, ils font une écritoire, je sais, mon écriture est atroce. Je viens de lever les yeux, le soleil a poursuivi son chemin sans que je m'en rende compte, une brume de chaleur envoie tanguer l'horizon. Ça sombre combien de fois un horizon ? La colère de votre père, son amour malade, ont pris mon enfant et dans quel état tu es toi ? Louis a massacré notre famille et c'est moi la coupable. J'ai fait n'importe quoi et je ne le savais pas. Le pire a de bonnes prises.

À Moscou, il y a eu un homme, la mort me l'a enlevé et il n'y a plus eu que l'existence. La folie de tout ça, elle vient de là, d'avant votre père. Je croyais en l'aimant recommencer alors que je détruisais. Quand Louis est tombé sur la photo pleine de poussière, qu'il a découvert, il me l'a assez répété, qu'il était un remplaçant, une copie conforme, ce que votre père a vu comme une trahison l'a emporté sur nous, sur vous. Avec cette photo, il avait sous les yeux qu'en le préférant, je ne l'avais pas choisi. Alors il ne servait qu'à ça, me permettre de retrouver un homme et ce n'était pas lui ? Il était le reflet d'un autre, n'arrêtait plus de se le dire, voilà. Votre père en a été démoli, écrasé par le jeune homme russe. On allait se marier et mon fiancé était encore plus absolu que votre mère, plus intense, ça en faisait une personne calme et agitée en même temps. On n'habitait pas ensemble, il avait une petite moto, ça a commencé comme ça, il travaillait à la librairie, me proposait de me déposer, je me collais à son dos, il me ramenait en bas de mon immeuble, et puis un jour jusqu'en haut de l'escalier. Il repartait, je descendais les quatre étages et on s'embrassait encore. Pour se dire au revoir, on avait une étreinte rien qu'à nous, on avait cette chose de se retourner vers l'autre qui s'éloigne, moi devant la porte, lui roulant vers le carrefour, sûr de me trouver le bras levé s'il regardait par-dessus son épaule. Je me redressais, me faisais plus grande, qu'il m'aperçoive encore le plus loin du plus loin. J'agitais les bras comme un naufragé aperçoit la terre et se croit sauvé. Je lui faisais tourner la tête cinq, sept fois, allez encore une, et quand il avait disparu, je restais à lui faire signe, il saurait que je suis là, continuerait de me regarder même quand il ne me verrait plus. Il venait de se retourner pour la cinquième fois et n'a pas vu le camion. Il est mort sur le coup, mort avant que j'arrive au bout de la rue, un trou noir. Ce trou noir m'a recrachée en Corse, m'a ramené le fiancé russe. J'ai vu votre père, j'ai vu mon beau jeune homme. Je n'arrivais pas à le croire et le croyais : « Je l'ai retrouvé ! Le même ! » Je n'arrêtais pas de me le répéter pour que ce soit vrai. Je savais que c'était impossible, que j'allais à l'inverse de la raison mais bientôt j'ai eu une bonne raison tout aussi puissante, vous. Et j'ai pu le croire, m'en persuader. Ce n'est pas seulement que Louis avait la même bouche, son front, l'implantation des cheveux identique, jusqu'à son bras qui faisait le tour de mes épaules et me tenait de la même manière, je n'allais pas l'enlever et tout défaire. Sauf que non, ça ne marche pas, on n'arrête pas la mort. J'avais cru pouvoir recommencer, ou continuer, quand Louis pensait que tout commençait. Pourquoi j'aurais pris le risque de le perdre encore ? Les dernières paroles de Tolstoï sont, « J'aime la vérité », *elles n'ont rien changé à ce qui l'attendait. Et vous savez quoi ? Votre père aussi quand il s'éloignait se retournait pour rester plus longtemps avec moi. Je réclamais à mon bras de ne pas se lever, à mon dos de ne pas se redresser et il n'y aurait pas de camion hors de contrôle.*

J'avais gardé une photo avec le fiancé russe tous les deux appuyés sur la moto, au début je la sortais en cachette, comparais, il était tout Louis et il n'y avait plus de mort. Je l'ai aimé mon secret, mon amour caché, je ne pensais ni à la loyauté, ni à mon aveuglement, je ne voyais que votre père, le même, et j'ai été enceinte.

La photo n'a pas voulu devenir poussière, pendant une seconde Louis a été heureux de nous découvrir enlacés, son œil a buté sur la moto, il n'en a jamais eu, a compris que ce n'était pas nous, qu'en l'épousant je ne l'avais pas préféré mais substitué à un autre. La ressemblance est à ce point terrible, il s'est d'abord vu et cette ressemblance lui riait au nez. Son propre reflet d'un rival intouchable l'insultait et lui volait son bonheur, la vie tous les quatre. Il m'en a tellement voulu d'avoir gardé la photo, me reprochait de ne pas m'en être débarrassée mais j'aurais eu l'impression de nous jeter nous, d'où on venait. Louis en a fait des confettis qu'il a aussitôt rescotchés. Avec une application violente, millimètre par millimètre il a rassemblé les pièces de la moto, les morceaux d'un couple, ce qu'il n'aurait pas dû voir et quelque chose n'a plus été. Votre père s'est détraqué, il ne pouvait pas revenir en arrière, personne. Pour desserrer l'étau, il a laissé la voix mauvaise le commander, je ne sais si elle était déjà là, si elle a été patiente ou quoi. Comment j'ai pu croire que ça passerait parce que vous étiez nées, parce que vous étiez la réalité ? Votre père vous adorait. Ce n'est pas une lettre pour écrire des mots d'amour d'une maman. Je sais bien Rachel et Paulina, mes douces chéries, qu'on ne se retrouvera pas, même si je continue de vous serrer n'importe comment contre moi aussi fort que je vous aime. Je ne vous ai pas laissées me quitter. Et le soir, avant d'éteindre la lumière, je dessine sur un vide la première lettre de votre prénom. Il n'y a que vous.

Je vous embrasse plus grand que le ciel.
Maman.

Je replie la lettre, manipule l'enveloppe avec précaution, ne veux rien abîmer.

Dans sa lettre, notre mère nous a écrit « *Je vous aime plus grand que le ciel* ». Quasiment les mots de Zabé pour Rachel et Paulina. Ils se sont imposés, je n'avais pas encore sorti de leur album les lettres de notre mère. Certainement ils se seront gravés en moi la poignée de fois où m'autorisant à les lire j'en aurais retenu l'expression de son amour, y aurais trouvé les mots d'une mère à ses enfants. Il n'y aura jamais assez d'images pour me dire qui elle était, jamais assez de son regard encore agrandi d'un trait de khôl qu'elle posait entre les cils inférieurs.

Mai 2016, notre oncle maternel est victime d'un infarctus, ma sœur et moi recevons par courrier des photos de notre mère que son frère avait. À nous de les garder maintenant. Avant d'ajouter ces nouvelles photos dans son album, je regarde les anciennes, retrouve la jeune femme dans les bras de notre père. Si on est trop près, que l'on veut les avoir dans le même cadre lui, son mètre quatre-vingt-dix, elle, son mètre cinquante, il faudrait pour un peu couper la tête de notre père. Ils ont l'air heureux, je scrute ce qui a été, ce qui allait. Les photos se succèdent, j'apparais, ma sœur nous rejoint, on a la même mère et c'est une femme différente chaque fois, la valse des perruques est impressionnante, pour trouver ses vrais cheveux il faut arriver à ma photo préférée, elle est debout dans un champ, ses boucles de sauvageonne, une dégaine mincissime, un déhanché, elle envoie, a belle allure. Superposition des matières, velours, lin, jean pattes d'eph et des talons compensés en pleine nature, je distingue une myriade de boutons d'or à ses pieds. Il n'y a pas que ses boucles qui ont un côté décoiffé, cet air effronté qu'elle a sur cette photo, presque lascif, une malice ; dessus elle est une femme vivante.

Je sors les photos gardées par mon oncle arrivées au courrier, peut-être y aura-t-il dedans un trésor, un morceau du puzzle que je n'ai pas encore. Certaines sont à peine plus grandes qu'un timbre-poste, la plupart ont été faites à Alger. Sur le bout du nez de notre mère, ses lunettes, désormais dans mon bureau, sous leurs branches j'ai glissé quelques fleurs d'immortelles. Il y a une photo de nos parents que je ne connaissais pas, je vois le bras de notre mère derrière la taille de notre père, il tient une cigarette. Les filles on vient de ce couple, c'est une nouvelle image d'eux, je pourrai m'en emparer, en sachant où les trouver dans l'album. Je m'apprête à les y laisser quand mon cerveau m'envoie un signal, une alerte, quelque chose ne va pas. Avant que mes yeux ne me le disent, je comprends que l'homme sur la photo n'est pas notre père. C'est le même et ce n'est pas vrai. Un presque sosie. Une ressemblance à s'y méprendre, jusqu'aux oreilles. Cette fois, ce n'est pas une histoire de moto mais de taille, celle du jeune homme debout à côté de la jeune femme, le couple que j'ai sous les yeux ne peut être celui de nos parents, l'homme sur la photo mesure bien vingt-cinq centimètres de moins que notre père. Lorsque j'interrogerai la sœur de notre mère qui, elle aussi, a cru y voir nos parents et me l'a adressée par erreur à la mort de mon oncle, j'apprendrai que rencontrant notre père, notre mère n'arrêtait pas de répéter avec un émerveillement, et crédule, « C'est le même ! C'est le même ! Je l'ai retrouvé. » En partant de chez elle son fiancé s'est tué dans un accident de voiture, ils allaient se marier, et notre mère a chuté du petit nuage où elle avait réussi à se jucher. J'ai connu tard, autour de la trentaine, l'existence de cet homme avant notre père, sans jamais soupçonner leur ressemblance. Je venais de dire à notre grand-mère maternelle combien notre père nous accompagnait les filles dans nos choix respectifs, elle a commenté « On l'a béni quand Gisèle l'a rencontré. Grâce à lui, elle retrouvait un sourire, le goût de vivre. D'ici à La Rochelle, le trajet en voiture c'était presque deux heures. On allait la voir le dimanche, elle n'était pas bien après l'accident de son fiancé. On revenait, et à peine arrivés elle nous appelait, si mal, ton grand-père y retournait. Alors quand elle s'est mariée avec votre père, qu'elle a eu ses filles, on s'est dit, c'est bon. » Ma grand-mère aura souhaité m'apprendre quel soutien son gendre avait été au moment de leur rencontre et le fiancé d'avant est arrivé comme un cheveu sur la soupe, je n'ai pas moufté. Ma grand-mère ne voulait pas entendre parler de cette idée qu'un bonheur perdu tue les gens, « Comme si c'était une obligation le bonheur, on en mettrait partout alors qu'il faut vivre c'est tout, on n'a pas le choix. » Pour elle, le bonheur c'était que des moments, et sûr si on en attendait davantage, on était malheureux, il fallait prendre la vie sans faire la difficile. En quatre-vingt-quatorze années d'existence, elle maugréait avoir eu sa dose de saloperie. Des morts à remplir un cimetière, et l'agonie à n'en plus finir du seul homme auprès duquel elle se sera couchée. Elle n'allait pas en plus remuer ce qui faisait mal. Et si ça fait du bien ?

« Il n'y a rien en dehors de ce ciel là-haut, mais même lui n'existe pas, il n'y a rien en dehors du silence, de la quiétude et du calme. »

Alors c'était ça. On aurait dû avoir des soupçons avec une mère qui vous demande tout le temps mais vraiment tout le temps si vous êtes heureux comme si ce n'était pas possible de l'être.

Un 11 en maths ?

— T'es heureuse Rachel ?

— Ben… je sais pas.

Un coup de fil de notre grand-mère paternelle ?

— T'es heureuse Paulina ?

— Pourquoi maman ?

On vit en Corse, le temps est au beau fixe quasi toute l'année, immanquablement elle nous sort un « Y a du soleil les filles, vous êtes heureuses ? » À un moment on a arrêté de répondre. Comment aurions-nous pu comprendre que cette question, elle se la posait en permanence. L'était-elle, heureuse ? On n'a pas suffi. Il lui fallait en plus cette photo. Si elle avait continué de prendre la poussière le mort secret ne serait pas tombé de l'armoire et notre vie serait restée à sa place. Je découvre d'où vient notre famille, de quoi elle est faite. Un leurre, une erreur ? Beaucoup d'amour et de n'importe quoi. Un absolu de pacotille.

On a douze et treize ans, de la poussière plein les cheveux, notre maman nous demande d'aller jouer dehors, on écoute à la fenêtre de la chambre de nos parents, on ne perd rien du dérèglement de nos existences. Ce qui nous tombe sur la figure est plus lourd qu'une armoire et tout me revient de leur première dispute à ce point.

— C'est le passé. Louis, je...

— T'aurais pas dû Zabé, t'aurais pas dû.

— Louis, donne-moi la photo.

— Non.

— Donne-la-moi.

— Pourquoi tu l'as gardée hein ?! Pourquoi ? Il te manque à ce point ?

— Je n'y ai plus pensé.

— Il s'appelle comment ?

— Il ne s'appelle pas, ne s'appelle plus !

— Tu le veux ? Prends-le ! En morceaux je te le donne.

— Arrête Louis.

— Tu sais que sans la moto je l'aurais encadrée la photo ?!

— C'était avant nous, je...

— T'aurais pas dû Zabé.

Je retourne la photo. Derrière il y a la date du tirage l'année précédant la rencontre de nos parents. Je plonge mon regard dans celui d'un homme qui aurait pu être le père de l'enfant de ma mère et je ne serais pas née, en ai un vertige au cœur. Je me tourne vers le hublot, vers la nuit qui a commencé de pâlir elle aussi. Dans moins d'une heure notre avion se posera sur le tarmac de l'aéroport de Nice, la veilleuse au-dessus de ma tête me semble une lumière timide pour distinguer tout ce qui nous a échappé. Sans la lettre, j'aurais vu dans cette photo un couple, nos parents enlacés et on serait nées. J'aurais volontiers cru à notre père motard avant nous les filles, aurais même pu croire que les mains soignées du fiancé russe étaient celles de l'homme des fondations, on y posait notre joue et jusqu'au bout de ses doigts notre visage s'installait tranquillement. Cette tendresse est une caresse que rien ne peut atteindre, pas même moi.

Ce fiancé de notre mère arrivé tôt dans sa vie, tard dans la nôtre, sa ressemblance troublante avec notre père, n'a finalement rien d'invraisemblable, c'est la vie à l'œuvre. Il y a eu un fiancé, il est mort, et le moral de notre mère a dégringolé, franchissant une ligne rouge. Notre père qui n'est pas Zorro est arrivé, elle, se frottait les yeux, c'était le fiancé revenu. Son moral a paru meilleur, et puis non. Maintenant que je regarde le fiancé de près je le trouve mal coiffé, gringalet, je n'ai d'abord pas su quoi en faire, où le ranger. Pas question de le mettre dans l'album photo de notre mère, alors je le glisse dans le mien, à la fin, après les dernières pages, toutes blanches, ça fait une séparation. Et je le mets dans le roman, le fais naître en Russie, lui donne une moto, l'accident mortel reste le même. Je le laisse entrer dans ma vie, ou plutôt celle de Zabé.

Cinq ans après avoir cru le reconnaître sur cette photo, mon père et moi sommes assis sur le canapé du salon, tout ce qu'il me dira sera dans mon petit carnet.

Il le savait à quel point le fiancé lui ressemblait ? Je suis la recommandation de ma sœur s'inquiétant plus que je ne le fais de la réaction de notre père devant ce que j'écris. Elle a lu une première version du fiancé russe de Zabé évidemment inspiré par celui de notre mère, et ma sœur craint qu'il en soit meurtri, de le retrouver à ma sauce dans le roman. « C'est le même ! c'est le même ! » et Zabé s'amourache de Louis, le drame peut commencer. Avant d'interroger notre père, je lui raconte celui de Rachel et Paulina, ce père aimant et toxique, me focalise sur la découverte du fiancé sosie, voulant m'assurer que la lecture n'en sera pas trop rude, je lui parle de la photo arrivée dans l'enveloppe après la mort du frère de notre mère, comment au premier coup d'œil, je les ai confondus. « Mais l'autre est plus petit », je suis contente de le répéter, comme si mon père en était encore plus grand, ce que je ressens. Il écoute, je crois comprendre qu'il ignorait à quel point cet homme lui ressemblait et, je le réalise, il n'a probablement jamais vu cette photo. Il ne demande pas à la voir. Un instant j'ai pensé la glisser dans le petit carnet, la lui montrer, je suis une fille pleine d'épines. Je commence à le comprendre, ma sœur et notre père sont peut-être à la bonne distance.

— Tu ne vas pas en être heurté du fiancé russe ?

Aussitôt il me rassure, il ne peut en être blessé c'est le fiancé d'un roman. Il a raison, elle n'est pas Zabé, il n'est pas Louis, il ne partage avec le père de Rachel et Paulina que cette adrénaline de la course qu'il nous a transmise. J'insiste.

— Ça ne te fait pas de peine papa ?

— Non.

— Vraiment ?

— Votre mère ne m'a pas caché son fiancé, je savais qu'il existait. Qu'elle a essayé de se tuer après sa mort, elle me l'a dit tout de suite. Elle ne m'a pas menti.

— Quand Louis apprend l'existence du fiancé russe, il est dévasté, il veut tout démolir, et Luiiii – tu sais, sa voix mauvaise – va détruire ceux qu'il aime le plus, pour ne plus y penser, ne plus penser. Elle vient de loin cette violence en lui, ce sont les faits divers que l'on entend tous les jours. Tu as été jaloux toi quand tu as appris pour maman, son fiancé mort ?

Une hésitation, brève, mais elle me surprend. Je mesure à quel point mon père dans cet instant va loin dans la sincérité, y met une honnêteté. Ses failles, les miennes, nous ont régulièrement éloignés ; au cours de cette heure ensemble avec pour passerelle entre nous le petit carnet il est un père infaillible.

— Une fois j'ai été jaloux. Quand votre mère me l'a appris, qu'elle avait voulu mourir pour lui. Après non, on s'aimait.

Et leur amour circule dans la pièce, il fait un cercle magique autour de nous. Pendant tout ce temps où nous sommes les deux sur le canapé je ne cesserai en contrepoint de m'adresser à ma sœur, commentant intérieurement pour elle : *Tu vois, ça y est je lui ai dit pour le fiancé russe. Et aussi la photo de celui de maman. Il l'a bien pris. Il sait que je vais écrire tout ce qu'il me dit. Je n'ai pas arrêté de le lui répéter, presque de le mettre en garde, il est d'accord.*

Je pourrai assurer à ma sœur qu'elle n'a pas à s'inquiéter, le fiancé de Zabé ne blessera pas notre père. Contrairement à sa grande fille, il fait la différence entre la réalité et la fiction. La passerelle entre les deux ? Les mots que je note dans le petit carnet, la parole de mon père.

— D'abord il y a la Kabylie. Les chevaux brûlés. Le FLN a mis le feu à l'oliveraie de votre famille maternelle, des Kabyles christianisés. L'adolescence ensuite de votre mère à Alger, la plage, Sidi Ferruch, une autre vie. Il y avait une dualité en elle entre la France choisie et la tradition Kabyle. Elle a aimé quelqu'un passionnément avant. J'en ai été jaloux une fois et puis après non. Ils étaient fiancés, il a eu un accident de voiture, votre mère a pris des cachets, trop, elle a commencé à ne plus vouloir vivre, a fait une tentative de suicide après la mort du fiancé. La sœur de son fiancé était religieuse et dans une lettre plus tard elle a annoncé la mort du petit frère, il avait rejoint son grand frère, ce qu'elle a écrit. Un autre accident mortel, en montagne cette fois. Le 4 ou le 5 décembre 1966 votre mère et moi nous rencontrons dans un dancing au casino de Châtelaillon. Je ne suis pas un grand danseur mais on a dansé un slow, sur Procol Harum. Je suis à l'école des douanes à La Rochelle et viens d'avoir ma première voiture, une Morris Cooper.

Dans l'album photo de notre mère, on voit le jeune couple adossé à la Mini, notre père courbé pour entrer dans le cadre, elle, entière.

— Nous allons à un spectacle de Jean Ferrat.

J'aime que notre père parle au présent. Tout ce qui serait leur amour, je prends. Pour un précédent roman, écrire l'amour d'un père et sa fille, j'ai chanté toute une année *Que serais-je sans toi*. Et j'apprends que nos parents ont commencé à s'aimer devant Ferrat ? Je ne dois pas me déconcentrer. Surtout je ne veux pas l'interrompre, il parle, je ne lui demande rien.

— À la sortie du concert, on a le coup de la panne. À 1 heure du matin entre Saintes et Rochefort, et pour la première fois j'ai dormi chez elle. Première fois que j'étais amoureux. L'année suivante, je faisais mon service militaire jusqu'en décembre 68.

Je suis née en février 1968. Combien de fois l'ai-je entendu raconter que pour s'être absenté de la caserne pour ma naissance, il a eu droit à la corvée de chiottes. J'aime à penser que c'est une façon de me répéter qu'il voulait être absolument là, que je comptais. Et je commente, « À peine née, c'était la merde ! » On s'en amuse.

— Votre mère s'intériorisait totalement. Elle ne parlait pas pendant une journée. Pas satisfaite, pas bien. Elle était en dépression. C'est vrai que je ne veux pas le voir, je le mets de côté. Elle prenait des médicaments, des anxiolytiques, je ne voulais pas savoir. Ça m'énervait. C'est peut-être une responsabilité de ma part de n'avoir pas voulu y croire. Pour moi c'était du pipeau. Elle tombait dans des absences de deux, trois jours à être triste puis elle avait une phase exaltée. J'étais toujours parti au rugby. Au début elle venait au stade, elle comprenait que c'était important pour moi les matchs, le sport, elle était d'accord. Et je faisais aussi des heures extra légales comme douanier, je pouvais travailler 24 heures. Il y avait la pression des enfants, une vie de mère trop astreignante. Le 25 mai elle est enceinte de toi et en juillet 67 on se marie. Il fallait l'autorisation de mes parents, la majorité était à 21 ans.

Qu'il se souvienne du jour exact où il a appris la grossesse… je n'ai pas cette mémoire pour la mienne. Ils se marient parce qu'elle est enceinte, une grossesse involontaire. Mon père a 19 ans, notre mère 24. Je regarde régulièrement la photo de leur mariage, on ne devine rien, des années je n'ai rien deviné. J'avais plus de quarante ans quand je me suis arrêtée sur la date du tirage au verso, ai fait le calcul, comprenant que j'étais à leur mariage, dans son ventre déjà, sur la photo, invisible. Jusqu'alors la date au dos ne m'avait pas sauté aux yeux, je lisais 1967, l'année précédant ma naissance, cela m'allait, je n'avais pas fait le compte des mois. Ne pas être, selon la formule, une enfant désirée ne me heurte pas, le lot de tellement de couples avant la pilule ; comme s'il lisait dans ma pensée mon père précise :

— C'était fréquent à cette époque.

Je ressors la photo de leur mariage. Il me semble n'avoir jamais vu les deux fleurs blanches piquées dans les cheveux de notre mère. Ce que je regarde d'abord ce sont ses yeux, à un moment sur d'autres photos je suis obligée de voir sa maigreur, mais pas ce jour-là, notre mère se marie dans une robe courte, aux manches longues, une tenue sobre, élégante dans sa simplicité, notre mère n'est pas ravissante, elle est belle. Je ne saurais pas si au moment de signer elle hésite, s'emballe, quelles pensées l'absorbent qui dominent et elles contiennent l'instant. Ce serait vouloir beaucoup. Était-elle d'humeur songeuse, riante, anxieuse, heureuse ? Elle ne me le dira pas, ni les photos. « À quoi pensais-tu ? » L'aurais-je posée la question si elle était devant moi cinq décennies plus tard ? Ah me jeter contre son rire comme gosse on se jette contre celle qui est tout. Notre cœur a battu là sous sa peau, elle est si vivante notre mère dans mon souvenir, si incomplète, elle n'a pas changé.

Ce jour où nos parents officialisent leur union, ils sont bien décidés à me garder, et si la date de tirage d'une photo me dit qu'ils n'ont pas voulu être si vite parents, elle me dit aussi qu'ils se sont choisis, mon père me le confirme, cette femme est un départ pour lui, lorsque ses yeux se posent sur son regard vert, et qu'il appuie sa grande main ouverte sur son ventre où je suis, il est un homme debout, n'a même pas besoin de courir pour le sentir. Il est en terrain inconnu, parcouru d'un flot tendre pour elle qui rit comme une gamine et pleure sérieusement. Cela c'est moi qui le dis, ce ne serait pas les mots de mon père. Je reviens à son récit.

— Dès le départ, elle se nourrissait peu, ça s'est accentué. Elle ne faisait pas à manger, on ouvrait des boîtes de ravioli souvent, dans vos assiettes elle aurait mis un grain de riz. Et il y avait le poisson pané avec des yeux dans les coins. « Arrête », je lui disais, « t'es cadavérique, faut manger. » Elle ne supportait pas que tu grandisses, que tu deviennes plus grande qu'elle. Elle était petite et ça la dérangeait. Malgré la dépression, elle faisait tout pour nous. Pour ses enfants elle avait un amour particulier, elle vous adorait. Elle avait peur de ne pas être à la hauteur pour ses filles, et deux enfants l'accaparaient trop. Elle était stricte, sévère, et proche de vous. Elle lisait des San Antonio tout le temps. Et il y avait sa manie des boules Quies.

Mes yeux d'enfant revoient leur chambre jonchée de boules Quies usagées de son côté du lit à elle. J'aimais leur couleur rose craie comme les tutus des danseuses, étais dégoûtée de la cire usagée balancée directement au sol. Parce qu'on n'a pas la force de la mettre à la poubelle ? Est-ce que notre mère était malheureuse ? Elle était un être malheureux.

— Elle dormait sous médoc et dans ma tête je me répétais, *Elle m'énerve*. Je la voyais déprimée. Au lieu d'être plus affectueux, moi ça m'agaçait et je me retranchais dans mon silence. Malgré quelques tensions comme dans tous les couples, il n'y avait pas d'affrontement, ce n'est pas vrai. Elle avait un mal de vivre, d'où les perruques, elle voulait changer de peau, de personnage, pour qu'on la considère mieux, n'avait jamais assez de soleil. J'avais demandé un poste de chef de douane à Tende, à une heure de Nice, de la Méditerranée, mais en 73 j'ai réussi le concours de l'IRA. Fini le Sud. Elle était dépressive et romantique, on ne peut pas dire une femme aimante, c'est trop fort, on ne peut pas dire attentive, avec ses filles oui. Moi, je dirais courageuse.

Je note, je note tout ce que je peux et dans ma tête, que j'aurais mieux fait de ne pas grandir si ça lui faisait mal à notre mère. J'écris dans le petit carnet, à la suite, sans rature, sans passer de lignes, et quel soupir enfle dans ma poitrine, une bulle que l'on souffle, assez grosse pour écarter l'enfantôme, je ne pense plus à elle, ne la laisse pas me distraire, ou simplement projetées dans le passé enfin présent nous n'avons plus besoin l'une de l'autre. J'écris et je regarde mon père, qu'il ne soit pas seul avec ce qui sort, et ne réclame pas de questions, tout est là, donné. Je n'en reviens pas, n'en montre rien, comme devant un cadeau trop énorme que l'on ne mérite pas, tellement plus que ce que l'on espérait et on ne veut surtout pas qu'on nous le reprenne, nous le retire. Nous arrivons au 25 août 1976. Notre père me dit avoir acheté peu de temps avant des disques de Danielle Licari. Je note : *Lichari.* Connais pas. Que je crois. Je le taperais plus tard sur le moteur de recherche, il me donne une Danielle Licari, chanteuse dans les années 1970. Je ne percute toujours pas, une vidéo Youtube s'affiche, je lis *Concerto pour une voix*, l'effet du titre est instantané et déjà un choc. Je sais avant de l'écouter que je vais retrouver beaucoup que j'ai laissé dans des limbes et n'ai pas oublié. J'appuie sur *play*, c'est tellement violent, tellement triste et immense, je coupe le son immédiatement, comme si je venais de prendre le jus. C'est à ma sœur que je pense, je viens d'entendre la voix de notre mère, pendant une seconde je l'ai cru, ai eu la sensation que sa voix m'était redonnée, alors ma sœur aussi doit l'entendre. Je pense que je ne la protège pas en écrivant, que je ne l'ai jamais protégée vraiment *notre bébé*, pas assez. Je pense au visage anguleux de notre mère, je pense à la fatigue de mon rôle, l'exaltée de la famille, la volubile, extravertie pour en être moins Touché Coulé du silence, la pauvre stratégie. Le soir tombe, je suis dans mon bureau devant l'ordi. Seule à l'étage de la maison, je relance *Le concerto pour une voix*, l'enfantôme ressent ce que cela fait d'appuyer et réappuyer sur *play*, tout ce qu'elle charrie cette chanson. Sans doute notre mère l'aura beaucoup écoutée les derniers temps et elle attisait une tristesse, la beauté violente. Je monte le son au maximum, regarde devant, il y a les arbres, une sève, le chagrin est vert, une forêt de feuilles amalgamées, si je faisais un pas par la fenêtre je pourrais atterrir dans un arbre, ou tomber. J'écoute maman, qu'elle dure sa voix, et un instant je prends dans mes bras *notre bébé*. Il me semble que je prie. Quoi ? Un possible. Ça l'était de ne pas oublier ? Avoir quelque part en moi une trace de sa voix, ce qu'elle a pu être. Et pour la première fois, je sauvegarde mon texte.

« Alors, qu'est-ce que je veux ? Quoi ? Mourir, qu'on me tue demain ? Que je ne sois plus, que tout cela existe, sans que moi j'existe ? »

À Garches les psychiatres, les psychologues, les kinés, les diététiciens étaient mes ennemis, je me sentais épiée, persécutée, ils m'ont soignée, m'ont obligée à vivre. J'ai fini par sortir de mon lit, puis de la chambre, et m'intéresser aux magazines de sciences empilés sur les petites tables dans les couloirs du service endocrinologie. J'y découvre les particularités de l'holothurie, le concombre de mer devient le modèle à atteindre. S'il se sent menacé, l'holothurie régurgite des filaments blancs, il occupe son ennemi avec, s'échappe, il se vomit et il se sauve, se trouve un abri où vivre au ralenti le temps que ses viscères se régénèrent. Je suis un concombre s'ingéniant à marcher d'un mur à l'autre de ma chambre pour tenter de brûler des calories, m'amenuiser et ne pas sortir du temps que l'on a eu ensemble. Notre vie ancienne m'occupe, j'ouvre grand la cage sous mon embryon de seins, piétine les immortelles, je me joue des épines de figuiers de barbarie, j'arrive sur une plage déserte, criblée de minuscules fragments de coquillages, m'allonge dessus mains derrière la tête, les écrase, nos coudes se touchent, on est un crépitement.

Dans l'Unité nutritionnelle je suis l'une des vingt que l'on tente de sauver d'eux-mêmes. La tête sous le drap, j'imagine pousser du talon le tronc d'un arbre, il ne bouge pas d'un pouce mais nous oui les deux sœurs tête-bêche dans le hamac tendu entre les oliviers. La lumière oscille, elle va, vient, s'en va, revient, elle nous habille, nous déshabille, c'est le mouvement de ma jambe qui commande. On a le haut des cuisses gras d'y avoir essuyé nos doigts pleins d'huile d'olive, notre huile, à peine cinq litres par an tellement il faut d'olives, une récolte de cent vingt kilos. À notre naissance notre père a planté un olivier pour chacune. Penser qu'un jour d'autres enfants les encercleront de leurs bras m'emmène loin. Qui sait, deux sœurs s'assiéront jambes nues dessous, elles trieront les broussailles, agrémenteront notre bestiaire volant, une collection de sauterelles, de criquets, de scarabées arc-en-ciel striés de couleurs, on les trouvait déshydratés et intacts. Accrochés à un fil de pêche suspendu le long de la fenêtre de notre chambre, poussés par un courant d'air, les insectes continuaient de bouger, ils en étaient vivants.

Le bonheur a faim. Même le dernier jour il y a eu de la joie. Notre père parti à la chasse avant l'aube, Zabé s'est levée pour faire ses cartons et nous préparer une surprise, un petit-déjeuner de fête tant le réveil s'annonçait rude. C'était un peu maigre pour faire passer notre départ et un énième Salope, mais c'est vrai, la maison sentait bon, elle a coupé des parts de gâteau pour tout le monde et de nos lits superposés on l'a entendue dire à notre père qu'elle serait de retour avant la nuit pour nous emmener. Partir était autant une menace que rassurant, on s'est jetées sur le petit-déjeuner – on aimait bien se moquer de ses pâtisseries, « On dirait Mars ton gâteau maman. » Sa cuisine vous rendait prudent, c'était l'inconnu, on ne pouvait s'empêcher d'y aller, faire un sort aux miettes du gâteau austère sans sucre ni beurre – et pendant quelques heures on a encore été des enfants.

Le temps de les dérouler, on revit ses souvenirs. Est-ce nous qui les réinventons, ou eux qui nous réinventent ? Fait-on vraiment le tri ? La seule fois où notre père a accepté de nous emmener à la chasse parce qu'à nous deux les filles on avait rapporté des 20 dans toutes les matières, et nos parents en étaient euphoriques, on a eu le droit de choisir ce que l'on aimerait le plus, et sûr on l'aurait. Tu as lancé « Chasser », j'ai enchaîné « Tenir le fusil. » Maman n'a pas eu son mot à dire, juste tirer la gueule, elle ne voulait pas que l'on chasse. Je n'ai pas aimé le contact de l'arme entre mes doigts.

Je n'aurais jamais cru mettre en garde mon père, j'ai tant attendu, espéré qu'il me parle. « Je vais l'écrire papa. Tu es sûr de vouloir me le dire ? » Il semble avoir mieux encaissé le passé que sa fille, ça aussi je le lui dis, ajoute, qu'il est un roc sur de grandes jambes et elles nous auront portées loin les filles. Une nouvelle fois je répète, « Tu mesures que je vais l'écrire ? » D'un hochement de tête il répond, oui il le mesure. Nous sommes sur le canapé, assis de biais et si proches, j'impose à ma voix d'être ferme, enjouée, résolue. Avant de lui poser ma question sur le fiancé, d'écrire dans mon petit carnet en le quittant le moins possible des yeux, que les mots inscrits ne nous séparent pas, je décide sans y avoir réfléchi de lui raconter le roman, ce qui arrive cet autre 25 août. Je ne veux rien lui cacher de ce qu'il découvrira à la lecture du livre : l'amour funeste d'un père. Qu'est-ce qui m'a pris de commencer par là ! Je le braque, et rebelote lui fais porter le chapeau, comme si je n'avais pas été assez injuste. Pour la première fois, du bout des lèvres, comme s'il n'osait s'aventurer sur ce terrain, se l'interdisait, il me réplique :

— C'est toujours du même côté le salaud. Je ne dis rien, je n'ai rien dit... tes livres à chaque fois... et ce n'est pas ce qui est arrivé.

Et merde, je me dis, ça commence mal. Je ne pense qu'à la suite : il faut qu'il me parle, il le faut pour le livre en cours, pour aller au bout, l'écrire. En même temps je suis abasourdie de découvrir que je l'ai blessé en écrivant des pères que je dégomme – mais déjà il s'est arrêté avant les griefs ou un reproche. Volontairement à mes pères inventés j'ai donné un soupçon de lui. J'aurais pu lui dire « Évidemment ils ne sont pas toi », ai préféré opposer à son silence le mien en représailles. Tu vois ce que ça fait le mutisme ? et débrouille-toi ! Il ne quitte jamais son gilet pare-émotion et la nôtre rebondit dessus, mes vingt ans s'y seront fracassés. Dans nombre de mes romans j'écris un père de fiction, éternel absent sans qu'il ne manque et ma lutte avec un père cadenassé m'aura paru moins inégale. Le nôtre a pourtant planté dans ses filles une certitude : il serait là. Le seul père que j'aurais voulu, sans rien changer. Rien. Et l'écrivant j'aimerais être ses yeux nous lisant.

J'ai mon petit carnet sur les genoux, ne l'ai pas ouvert, et ça tourne dans ma tête : il va quand même falloir papa que je te dise tout ce que le père de Rachel et Paulina a de redoutable, il détruit ses filles. J'ai écrit un forcené, et n'ai rien trouvé de mieux que lui donner ce que nous avons partagé de meilleur, la course à pied, les entraînements et on te suivait. Cela suffirait à orienter ta lecture mais tu n'es pas ce possédé ne sachant canaliser sa violence et le drame fauche ses enfants. Il faudrait que je m'interroge sur mon choix, doter le père de Rachel et Paulina de ce qu'aujourd'hui encore j'admire chez le nôtre, ses muscles à grandes enjambées. Un pas après l'autre, il nous a appris à avancer, comme si la vie n'était qu'affaire de volonté et si on s'entraînait, on devancerait tout ce qui pourrait nous arrêter, on ne serait plus foudroyés.

J'ai voulu contrecarrer Luiiii, que l'on aime Louis, et ce qu'enfant j'ai le mieux partager avec notre père s'est imposé, ils auraient ce trait commun, courir avec les filles.

Dans mon petit carnet, j'ai souligné une question, l'ai répétée plusieurs fois les jours précédents pour m'y faire.

— Ce que je veux écrire papa, c'est le détail.

— Quel détail ? Votre mère est morte, elle s'est tuée voilà.

— Les détails. Pas comment elle a fait en s'ouvrant les veines, en se noyant. De cela il doit sortir autre chose.

Ma question encore muette plane au-dessus de nos têtes penchées l'une vers l'autre. Il manque, le corps de notre mère, jusqu'alors je n'avais jamais pensé à ses cheveux de morte. Attachés ? Détachés ? Ses vrais cheveux ? Ses perruques sont restées bien après elle, les toucher me répugnait et je n'arrivais pas à ne pas le faire, je balançais entre les mettre, devenir elle, ou surtout pas. Changer de perruque pour notre mère ce n'était pas seulement être différente mais ne plus être uniquement celle qu'elle était. Les cheveux châtains au naturel devenaient blond cendré certains matins, blond vénitien, marron glacé, noir corbeau, ils s'adaptaient à une météo intérieure changeante. Nous sommes nombreux à trouver la bonne couleur, la bonne coupe et ne pas y revenir. Chaque matin, notre mère repartait à zéro. Lisses, bouclés, courts ou mi-longs, elle changeait de cheveux, ils étaient le prestidigitateur de son humeur, on n'était pas obligé d'applaudir. Maman elle était nue dans la baignoire ?

Je décide de ne pas poser la question, le détail ce n'est pas de savoir si notre père a trouvé notre mère nue, ni de quelle couleur étaient ses cheveux le 25 août 1976 après 22 heures, le détail, c'est de décider que cela ne me regarde pas. Un enfant n'entre pas dans la pièce où ses parents font l'amour. Un enfant n'entre pas dans la pièce quand sa maman *fait la mort*. Même l'enfantôme reste derrière la porte.

« Elle crut que quelque chose se déchirait en elle et qu'elle allait mourir. Mais aussitôt elle se sentit délivrée de l'interdiction de vivre qui pesait sur son être. »

Chaque jour à Garches répondait à un rituel maniaque avec un Protocole censé tout résoudre et ça dure, je ne compte pas en mois mais en étés. Je répète *ZabéZabéZabé* à voix haute, que cela devienne un réflexe quand j'aurais à m'adresser à elle. Dire Maman m'aurait écorché la bouche. Elle fait des allers retours entre notre île et le studio rue Notre-Dame-des-Champs, travaille comme une brute, devenue une incontournable de la littérature russe. Je tolère difficilement sa présence, lui adresse à peine la parole, elle existe trop, ne me fait pas de bien, je refuse de croiser son regard, et fixe le mur. Dès que notre mère entre dans la chambre je suis la soupape sous pression d'une cocotte-minute. Comment a-t-elle pu nous laisser seules avec Luiii ?

Le couloir de l'étage des anorexiques est mon périmètre avec son parcours jalonné de tables basses, autant de bouées où reprendre son souffle avant de faire un pas de plus. Je me rappelle la couverture d'une revue avec un cosmonaute en apesanteur, je l'enviais d'être à ce point léger, me suis reconnue dans le titre : *« Dans l'espace on est en survie permanente »*. Je suis un espace dangereux, me sens en survie permanente, je ne veux que cela, retourner en arrière, et serais même prête à retourner avant nous pour ne pas te perdre. C'est naître qu'on n'aurait pas dû, on aurait été inséparables.

Je recommence à me nourrir avec des concombres, j'en ai tellement mangé. Le sang finira par couler chaque mois, je reprends du poids, je décapite des tulipes, passe des heures à observer l'épanouissement des fleurs avant qu'elles ne meurent. D'abord les jonquilles, les narcisses, puis ce sont les iris, les tulipes, un parterre le long du bâtiment principal. De ma chambre au rez-de-chaussée je m'assieds sur l'oreiller pour mieux regarder, m'efforce de croire que l'on a planté un jardin exprès pour moi. Je dis bonjour aux fleurs, guette leur fin, chacune son tour, et quand je tiens assez sur mes jambes, j'approche des plus racornies, leurs pétales crispés. Je les pince en haut de la tige et Schlaaak ! je leur coupe la tête, les recueille dans le creux de ma main, j'en saupoudre les rosiers en boutons, je donne des couleurs à leurs épines et aux tulipes une seconde vie. J'espère des floraisons, ai recommencé d'attendre quelque chose. On observe mon manège, constate que j'ai pris assez de poids pour aller voir ailleurs qui je serai. Je n'ai pas un au revoir pour les infirmières, les médecins qui ont pris soin de moi pendant plusieurs années, ne salue personne. Ce n'était pas le jour de mon aide-soignante préférée, elle, je l'aurais embrassée pour son geste ébauché le matin après ma toilette quand j'étais trop faible pour me débrouiller et ses doigts survolaient ma joue, faisaient barrage à un galimatias d'angoisse, de culpabilité et de larmes ravalées. Son inquiétude ou, je ne sais pas, une peine à me voir petit tas d'os sur mon lit médicalisé, je l'attendais.

Fini l'hôpital, Zabé m'emmène loin de mes pauvres repères, elle porte ma valise, *« Plus grosse que toi »*, elle ne le dit pas mais le pense si fort, je l'entends. Je lui en veux d'être là, autant que je m'en veux d'être vivante. On roule dans un taxi vers Paris et je me serre contre la portière pour mettre le plus d'espace entre nous, délibérément hostile. Si elle avait eu un geste tendre j'aurais sauté de la voiture en marche. Le taxi traverse le parc de Saint-Cloud, la lumière en est toute changée, je réclame au chauffeur le déverrouillage du carreau arrière, sors mon visage, le cou cassé comme une fleur sur sa tige, on a envie de la réparer, lui donner du temps, on peut presque croire qu'on l'a épargnée. Entre les arbres j'aperçois une enseigne, La Grande Gerbe. « Comment on peut donner un nom pareil à un restaurant ? » Zabé s'étonne à voix haute et je réalise que nous pouvons encore partager quelque chose. Elle demande au chauffeur d'éviter le périph, on visite à quarante à l'heure les endroits où l'on n'aura jamais été tous les quatre, elle insiste sur la beauté de la pyramide, les tours de la Conciergerie, on arrive à destination.

— Tu as vu, tu es à côté du jardin du Luxembourg, tu pourras couri... marcher, t'aérer.

Elle l'a ravalé son « Courir ». Il est où le maquis ? Est-ce que je suis un salon qu'on aère ? Qu'est-ce qui marche en moi ?

— Le studio est clair, tu y seras au calme, il est bien agencé. Tu me diras si ça te plaît.

Rien du tout je te dirai, le doigt dans l'œil ! J'attends que tu partes, me laisses. Ta spécialité.

— Le docteur Monnier a dû te le dire, il préfère que l'on ne se voie pas trop pour l'instant. Il croit que ce sera plus facile. Oh ma chérie... je... Tu le sais, hein ?

Je ne te ferai pas l'aumône d'un regard, n'exprime rien, je suis devenue très forte pour ça.

— Le loyer est payé pour un an, tu as un compte à ton nom avec assez pour... deux ans, je dirais. Tu verras si tu veux faire des études ou...

T'en as pas assez des points de suspension ?

— Tu as remarqué l'écran plat ? J'ai pris le plus grand, et tu as plein de dvd en anglais. Pour la traduction des films, je pourrai t'aider. Si tu le veux, je t'aiderai.

Je n'ai pas envie que tu m'aides, pas envie de penser que je suis ta fille, croire que j'ai une mère.

— Dans le placard, tu trouveras des méthodes pour traduire, des livres bilingues et aussi des dictionnaires, travailler avec le papier clarifie les questions que l'on se pose.

Je vais surtout gagner vite de l'argent et changer d'adresse, elle ne pourra plus me retrouver, m'obliger à la voir.

— Je retourne à la maison, je t'y attendrai.

Elle ne dit pas chez nous, n'a pas osé.

Avant de partir notre mère m'indique un livre au centre de la table, elle est les deux Zabé, la guerre et la paix.

J'ai une mémoire au bois dormant, elle aura sommeillé un demi-siècle, j'aurais volontiers dormi un siècle à Cochin. Ce geste de ma mère, son geste qui m'a détruite et me construit, j'ai voulu le reproduire, j'avais vingt ans. Trente-quatre ans après je répugne encore à mettre un *je* dessus, préfère penser que l'on a lavé l'estomac de l'enfantôme, on lui a bandé les poignets. Ce que je ressentais ? Un mélange d'accablement et de détachement. Hors de ma vue, je ne voulais rien d'autre.

C'était compliqué la nourriture pour notre mère, ce sera compliqué pour nous les filles, trop manger ou vraiment pas assez, on ne pense qu'à ça, ce que l'on va mettre dans son corps et notre tête ne sait pas comment nous dire qu'elle va mal. On fait mieux que contrôler son poids, on le détruit. On soupèse ses creux, à deux doigts de caresser ses os, le moindre gramme perdu on le touche, et on pense tout le temps mais tout le temps à manger, ou ne pas manger. On se ressert vingt fois ou l'inverse qui n'est pas le contraire mais une autre voie, et on cherche par tous les moyens comment déserter. Notre obsession, la table, les repas, et on n'a pas faim de soi, ou trop. D'une manière ou d'une autre, la nourriture nous soumet, on en est l'esclave, on se relève trois, quatre, dix fois la nuit pour manger ou on ne se relève pas de ne plus manger. De n'avoir pas su, la chair de sa chair, peser plus que la maladie ? D'avoir eu faim dans son ventre et le soir au moment de se coucher ? De l'avoir vue chipoter tout ce qui était dans son assiette, la repousser sans y toucher ? Ou d'avoir aimé se jeter contre ses côtes saillantes, son torse maigre, de continuer à les trouver les plus beaux, le meilleur refuge. Les mois après Cochin, je vivrai essentiellement couchée dans la mer au large de Djibouti. La mer Rouge ne saigne pas quand je l'ouvre de ma brasse coulée, je commencerai un roman, *« Jusqu'à sentir les écailles se poser une à une sur mon corps étourdi de bonheur ; elles s'assemblent, donnant naissance à une figure sœur »*, m'arrêterai à la troisième page, dix ans s'écouleront avant d'écrire les suivantes. À Djibouti, je plonge, ce sont des heures en apesanteur au bout d'un détendeur. Il me semble ne pouvoir respirer qu'au fond de la mer, lestée de plomb. Raies manta, requins dormeurs, dauphins et, le poisson ange, le poisson clown adoptés par l'anémone des mers, tout à ses tentacules en mouvements, leur élasticité molle, gloutonne. J'observe inlassablement le manège du vivant et de la disparition, le frôle. Avant de remonter je choisis une bulle, la suis jusqu'à la surface. La Mère des Anémones de Mer est la reine d'une ruche mentale nourrie par une abeille infatigable, l'enfantôme.

L'anémone de mer vit en symbiose avec les algues vertes qui captent pour elle la lumière du soleil, la première en tire une force et les deux coexistent, leur lien est leur survie.

« Quel charme, cette Natacha, se disait-elle [...] *comme elle est belle ! Quelle voix ! Elle est jeune et ne gêne personne, laissez-la seulement tranquille. »*

On faisait nos devoirs en goûtant, on apprenait à ne pas salir ce que l'on apprend. Au retour de ses chantiers notre père partait directement courir, on le voyait revenir cinquante minutes après. Plâtre et sueur mêlés, la machine à laver tournait tous les soirs. L'été il travaillait torse nu, les gouttelettes de chaux séchée dévalaient dans son cou, on grimaçait à le voir se bouchonner comme une bête. Zabé était son trésor, un mort le lui a volé.

Une fois rue Notre-Dame-des-Champs avec mes dix-sept ans et les livres choisis par notre mère, je me suis résolue à me tourner vers eux, qui d'autre ? Je cornais des pages, étais moins écrasée par demain. J'entrais dans le studio et mon premier regard était pour le roman de Tolstoï, le trouver à sa place me rassurait. J'étais bien la fille de notre mère, ressentais à quel point les livres sont une cotte de mailles. En traversant hier la 5e Avenue pour voir de près la vitrine de la librairie française, j'ai immédiatement remarqué le bandeau autour du pavé : *LA traduction d'un chef-d'œuvre*, ai su quel nom je trouverais sous celui de l'auteur. Dans la librairie je suis restée un moment devant la pile, trois exemplaires, la plus haute de la table, la plus visible. Alors c'est vrai, elle existait pour de vrai Zabé Tolstoï ? Je l'avais sous les yeux, notre mère y était arrivée, que ce soit réel, ce qu'elle a tant voulu, elle ne resterait pas toute seule avec. Qu'a-t-elle ressenti en voyant leurs deux noms imprimés, reliés ? Je ne sais pourquoi son sempiternel « Tenez-vous droite » m'est revenu, et sa main passait le long de notre dos comme on trace une ligne avec une règle.

La libraire s'est approchée, « C'est le travail d'une vie, vous savez. » Oui mademoiselle je le sais. Je l'aurais volontiers embrassée cette grande brune élancée me proposant un papier cadeau. J'ai décliné, elle a pouffé, « Tant mieux je suis nulle pour emballer. » Je me sentais bien dans sa librairie, et il aurait fallu retourner dans un lit où tout me rebute ? Que l'hôtel où descend Le Producteur porte le prénom du Pierre de maman et de Natacha n'aura pas suffi. J'observais la jeune femme remettre en place les piles sur la table, ajouter un Tolstoï pris dans la réserve, je regardais ses mains, longues, fines, sans bague, elles auraient pu être celles d'une autre jeune femme libraire à Moscou, œuvrant elles aussi, « Sous l'œil des livres » aurait dit Zabé. En me confiant son exemplaire annoté, un millier de pages commentées, cornées, marquées de je ne sais combien de croix et de flèches, tout ce que notre mère a dans la tête, elle a continué de veiller sur son enfant. Il était ce livre la prunelle de ses yeux. Les filles on demandait à LaPoupée, « Dis on peut avoir combien de prunelles de ses yeux ? »

Je passe la nuit du samedi 29 mai 2021 à traquer mon identité, mon rêve me l'a dérobée, je suis prise de panique, mes regrets de l'avoir perdue sont si forts, ils me réveillent, je veux retourner dans mon rêve, le détourner comme on détournerait un avion promis à sa perte, revenir à la minute avant que ça n'aille plus et je le croirai que ce n'est pas vrai. Je passe les heures suivantes dans le noir et un déchirement, je ne peux rien. « Bonne fête maman ! » Mon fils déboule dans la chambre, c'est un dimanche de fête des mères, il m'offre un drôle de petit bouquet de fleurs des champs et une surprise choisie par son père.

— Je peux deviner ?

— Oh oui !

— Un livre ?

— Pas complètement.

— Ah.

— Tu as passé toute l'année avec.

— Tolstoï !

— Non maman.

— Mais alors...

— Ce que tu écris, ton roman, tu sais bie...

— Une traductrice ?

— Oui.

— J'ai trouvé ! *La femme aux 5 éléphants*.

Un documentaire consacré à Svetlana Geier, alors octogénaire, après qu'elle eut dédié son existence à la traduction des grandes œuvres de la littérature russe. Une ancêtre de Zabé, je leur ferai faire connaissance quand j'arriverai au bout de l'écriture et ce sera notre récompense. La journée passe, mon fils photographie le ciel, il y a au-dessus de nos têtes un nuage comme une pivoine, rose et pâle, éclose sur un azur. L'intensité des teintes, leur pureté, l'énormité des pétales de nuages émerveillent, on est le nez en l'air douze ans après un autre dimanche et je voyais dans *Le Tombeau des secrets* la roue d'un paon en deuil. Devant les pétales de ciel une fois encore j'entends mon enfant murmurer, « C'est mamie Gisèle. » Il n'y a rien à ajouter. Il vient de cautériser la fête des mères de mes CE2, CM1, CM2. J'assemblais des pinces à linge préalablement vernies et on fabrique un soleil, ou j'apprenais un poème plein d'une maman qui n'était définitivement pas la nôtre, quelle fête il y a là ? Le joli mois de mai à préparer un cadeau inutile et cruel, les filles on s'appliquait, on l'offrait à notre tante en faisant semblant toutes les trois d'en être contentes. On n'avait plus de mère et au cas où on l'aurait oublié on devait la fêter, et le cadeau restait toute l'année sous les yeux de *notre bébé* et *ma grande chérie* interdites de maman qui vous borde, vous emmène à l'école, prépare les pique-niques, vous rassasie de câlins. À ses élèves de maternelle notre mère apprenait la peinture sur soie, elle a été notre institutrice et pour la fête des mères je me souviens avoir peint sur un coussin un nuage si soyeux je ne pouvais plus en détacher ma joue. Une poignée d'années après sous un plafond vide je me raconterai que si une maman sait tout, la nôtre verrait tout de son ciel, aucun toit n'empêcherait son œil laser de mère perchée de nous observer. Il faut m'imaginer sur le siège des toilettes, n'osant pas pousser persuadée qu'elle ne me lâche pas des yeux. Je ne me révolte pas, ne contrarierai ni notre père et son ciel de plâtre, ni notre tante destinataire de l'inévitable cadeau de fête des mères. Obéissantes et vaillantes les filles, mais en notre sein, qui n'est pas encore un embryon, se forme un petit lac de sel plein de larmes que l'on retient, notre cœur flotte dedans, il ne coule pas. Viendra un dimanche de mai sous un ciel pivoine et dans le murmure de mon enfant une fête des mères pour de bon.

« Elle a deux défauts considérables :
la vanité et la passion des louanges et de la coquetterie
qui sont sans bornes et sans but chez elle. »

Dans la chambre de l'hôtel Pierre une chaîne d'infos en continu déverse son lot d'approximations avec une certitude, dans moins de 24 heures le trafic aérien mondial sera inexistant. Le Producteur ne cherche pas à me retenir, il n'y aura eu aucun malentendu dans l'échange de bons procédés que nous avons été l'un pour l'autre. Il faut aimer les hommes, pour ne pas en faire une généralité de celui-là. J'ai quelques heures avant de partir à l'aéroport, l'occasion de visiter la Frick Collection, un nom pareil on le repère. *Le Printemps* de Boucher peint pour La Pompadour me fait penser à une de ces boîtes en chocolat de Noël que l'on pille enfant, ils ne sont pas bons mais l'emballage est beau. Dans une autre salle, un tableau du Titien m'arrête, la brutalité de son modèle peint il y a cinq siècles pourrait être le portrait de la voix mauvaise. Je m'éloigne aussitôt, opte pour Central Park juste en face, une odeur d'arbre me projette où je m'envole. Autour du Réservoir je marche dans tous les films que j'ai vus, toutes les scènes de crime, d'amour, ça court dans tous les sens, qui avec un chien en laisse, qui avec une poussette ; je vais reprendre la course pour ces minutes où rien ne vous arrête. Encore une foulée et on domine ce qui ne va pas en nous, on peut même le croire, obtenir tout de soi qui est là le mètre devant, le mètre en plus et on continue. C'est au-delà de l'endurance. *We all share the same sky*, signé Francine Lefra et Rick Friedberg le 28 août 2012, une plaque soudée au banc sur lequel je me suis assise. À Central Park on adopte des bancs. Pour croire que l'on a laissé quelque chose sur terre ?

La tension qui règne dans l'Airbus électrise les autres passagers, elle glisse sur moi, je n'arrive pas à m'intéresser à la panique généralisée, me sens calme comme rarement. Les lumières cabine sont éteintes, l'avion arrive au bout de son vol, *We all share the same sky*... Le Plexiglas du hublot me fait penser au masque de plongée et on nageait vers la Mère des Anémones de Mer en cachette de notre père, comme ça, pour avoir l'impression d'être encore plus liées. On palmait, on savait où on allait, quand d'autres tentacules étouffaient un mari défait.

Je ne reverrai pas Le Producteur, ne pas lui donner de nom ne suffira pas à en être moins l'intime. Il poursuivra sa vie de prédateur, de vieil homme qui en a le pouvoir, le prend et nous prend, nous qui acceptons, pourquoi ce serait un problème pour lui ? Bien sûr il aurait fallu refuser, il faudrait aussi qu'il réalise que non, il ne peut pas entrer partout en moi juste parce qu'il en a le pouvoir. Bien sûr j'en voudrais bien un peu de ce pouvoir, tous les moyens ne sont pas bons. Je suis si jeune. Je savais pertinemment ce que Le Producteur attendait de moi, qui est arrivé dans cette chambre à La Trémoille. Je ne l'effacerais pas. Prenez un parquet tout neuf, superbe, on l'a bien posé, pas encore huilé, on laisse un verre humide dessus et c'est fichu, le parquet marque. Les autres lames sont sans défaut, on ne voit que la tache, et c'est notre erreur que l'on voit, on peut la cacher, pas la supprimer, on agence la pièce en fonction, mais attention à ne pas soulever le tapis.

4 septembre 1990, projection en avant-première de *Pretty woman* au festival de Deauville. Je suis où je veux être, parmi les étoiles. Celles accrochées au fronton de l'hôtel, celles en chair et en os qui en occupent les chambres. J'ai 22 ans, suis culottée comme une vieille théière, je ne suis pas là par hasard, j'ai œuvré pour. Rue de La Trémoille. Du VIIIe arrondissement à la piscine du Royal à Deauville, il n'y a qu'un plongeon. Nous sommes deux pas encore blasées par le luxe d'une piscine extérieure face à la mer réservée aux clients de l'hôtel et quand on se croise après quelques brasses, on se sourit, l'autre jeune femme a un sourire à tomber. Au sortir de l'eau je traverse le hall de l'hôtel dans mon peignoir blanc, pas complètement à l'aise, l'ascenseur est vide tant mieux, la porte se referme mais une main l'en empêche, Michael Douglas, nous allons au même étage, le fils de Kirk

a 24 ans de plus que moi, une bagatelle, celui que je rejoins en a 40 de plus. Le couple peu assorti que nous formons se rend à la projection du soir. Je voudrais être au dernier rang, être invisible dès lors que je suis à ses côtés, moi qui désire tellement l'être visible. Sur l'écran, somptueuse, irrésistible, surtout charmante, la jeune fille de la piscine, je retrouve son sourire ravageur. Il y a la version *Pretty woman*, le bain avec Julia Roberts dans la piscine du Royal, et il y a le revers du joli conte que voilà. Pas de grand-mère mais un loup de l'âge d'être mon grand-père et c'est un goinfre.

Carnet en main, je dresse pour mon père les similitudes entre le roman que j'écris et sa fille, l'écheveau détricoté, une maille à l'envers, une maille à l'endroit, une de réel, une de fiction, et je suis la seule à connaître la vérité, m'en sens protégée. Si je blesse ma sœur, blesse notre père, pourquoi je m'épargnerais ? J'évoque Le Producteur et lâche, « Elle se troque comme je me suis troquée, tu le savais. » Pas de point d'interrogation. Je le dis à voix haute et cela devient vrai. Ce n'est plus entre moi et moi ou un ressort romanesque dans un livre. Allant à la source je ne peux pas ne pas l'écrire.

« Natacha paraissait une fillette que l'on dénude pour la première fois et qui en aurait très honte si elle ne savait pas qu'il en est toujours ainsi. »

Pendant six mois je profite du room service de l'hôtel La Trémoille, je prends deux kilos et ce n'est pas un drame. Invité à la cérémonie des Césars Le Producteur me propose de l'accompagner puis hésite, la caméra balaie la salle et l'épouse pourrait en déduire ce qu'elle sait déjà, on suivra la remise des prix du lit king size. En compensation il m'emmène à New York, son film est en post-prod, il me parachute dessus, aura tenu parole.

Sur le petit écran une comique pas comique commence à dire n'importe quoi. Une révoltée en toc, et elle voudrait que j'applaudisse ? Je ne suis pas une victime ou alors de moi-même, on couche, on se couche, on n'est pas Gandhi devant la cavalerie anglaise tout de même ! Il y a celles qui choisissent d'entrer dans une chambre d'hôtel sans forcément réaliser où cela les entraîne et les autres qui ne choisissent tellement rien. Je ne suis pas une gamine excisée à huit ans, pratique courante et commune à une trentaine de pays, je ne suis pas une Yézidie violée par des djihadistes, une Rohingyas violée par les militaires birmans, une lycéenne enlevée par Boko Haram, je ne suis pas une Yéménite, une Éthiopienne, une + une + une, violées reviolées, les femmes, les filles, les petites-filles, les mères et les grand-mères promises au calvaire jusqu'à ce qu'il ne reste rien de ce qu'elles auraient été, et en échange pas même la vie pour elles. C'est tellement plus simple de s'émouvoir sur le sort de Fantine, Nana, Tralala, Cabiria parce qu'elles sont écrites et on tourne la page.

Il m'aurait été difficile de rester plus longtemps à l'hôtel Pierre. Est-ce d'être tombée sur Zabé en vitrine de la librairie Albertine ? D'avoir rencontré Esther ? À Santorin, elle m'a quittée avec ces mots, « Je n'ai aucune leçon à te donner, je ne sais si on conduit sa vie mais bien se conduire envers soi, c'est notre affaire, non ? J'ai mis pas mal d'années à le comprendre, autant t'en faire profiter et ce que j'aurai laissé en route sera moins moche. » La suite elle l'a murmuré, je n'ai cessé d'y penser. « Je ne suis pas sûre d'être heureuse mais je fais attention à ne pas être malheureuse. » Face à Égée, Esther m'a parlé de son causse brûlé de soleil à la fin de l'été. « Son blond naturel ferait des envieuses. Je pousse les volets le matin je sais qui je suis. Cette sensation m'était inconnue, j'espère ne pas la perdre, ce lieu est aussi important que cela. » Esther ouvre ses fenêtres, elle fait entrer la nature et le chant des oiseaux dans toutes les pièces, un silence plein de sons qui ne font pas un bruit, elle ne peut plus s'en passer. Dans notre dos on entendait Le Producteur et Jacques, notre hôte, dresser la table du petit-déjeuner. Ils existeraient les matins où on serait seules Esther et moi ? Je n'ai pas posé la question, il me semble qu'elle y a répondu. « Toute l'année j'attends la floraison du chèvrefeuille, une des rares fleurs que je m'autorise à cueillir, par brassées, il y en a tellement. J'arrive après les papillons et leur fleur est une aube fécondée. On fourrera notre nez dedans avant d'en cueillir, tu veux ? On sent toutes les tensions tomber au pied de l'arbuste. » Même si Esther y vit depuis dix ans, tout lui semble neuf d'être enchanteur à ce point. Causse ou maquis, immortelles contre chèvrefeuille, l'étreinte promet d'être belle.

Je croyais adorer mes années cinéma, j'ai détesté. Chaque soir je prenais le bus 83 en bas des Champs-Élysées, arrêt Port-Royal. J'attendais toute la journée d'entrer dans la librairie ouverte tard, me planter devant son rayon poésie, je lis Salah Stétié, Ghérasim Luca, Philippe Jaccottet, Elizabeth et Robert Browning, découvre Marina Tsvetaeva, les éditions Clémence Hiver, un passeport pour la Russie. Et il y a Clarice Lispector. *« Écrire, c'est bien souvent se souvenir de ce qui n'a pas existé. Comment arriverai-je à savoir ce que je ne sais même pas ? Ainsi : comme si je me souvenais. Grâce à un effort de "mémoire", comme si je n'étais jamais née, je n'ai jamais vécu : mais je me souviens, et le souvenir est dans la chair à vif. »* Je serai libraire, veillerai sur les livres comme ils veillent sur moi, imagine avoir une petite librairie de beaucoup. Des romans et les poètes que je préfère, uniquement ce que j'ai lu. Être une carte au trésor indiquant où chercher et l'on trouve. Le pouvoir de la lecture n'a de limite que la nôtre, mais avant on relit.

Faulkner en penchant pour le chagrin aura sauvé beaucoup. Et Martin Eden en se noyant. « *Il sombrerait dans les ténèbres. Et, au moment où il le sut, il cessa de le savoir.* » La dernière phrase du roman de Jack London perce le silence des derniers instants de notre mère. En faisant sienne la fin de Martin Eden, je mets des mots sur l'inconnu.

J'aime être seule dans un lieu, peut-être pour mieux entendre ces secondes. Dans une maison vide, je ressens une excitation comme si quelque chose allait m'être révélé qui serait là avec moi. J'avance tel un chat qui soulèverait un coussin, ouvrirait un placard sans laisser de trace. Enfant, j'ai souvent visité une armoire dans l'appartement où nous avons continué de grandir. L'armoire était haute pour une gamine de huit ans, je la visitais régulièrement, elle était pleine de linge, des piles de mouchoirs – on est avant l'ère Kleenex –, je glissais ma main entre ce qui était méticuleusement repassé, plié, rangé, de l'écrire je retrouve l'intensité à fouiller l'interdit. Est-ce que je ramenais des munitions pour l'enfantôme, écrivais déjà à chercher comme une voleuse ? J'entrais sur la pointe des pieds dans la chambre de notre tante, jaugeant l'armoire, je m'assurais de l'absence de bruits dans la maison, les craquements n'avaient rien d'inquiétant s'ils n'étaient provoqués par les pas d'un adulte. Je n'avais qu'à tendre la main, c'était inerte dedans et plein de secrets, sentait le propre. Je ne cherchais rien de précis, ni à trouver quelque chose que je ne devrais pas. J'ignorais qu'un jour j'écrirais l'histoire d'une petite fille qui à toucher l'interdit se fait dévorer par les flammes, elle y perd un bras, grandira, et sera inventrice de souvenirs. Dans l'armoire j'espionne ce qui est immobile, plein d'une histoire qui ne demande qu'à être imaginée. J'ouvrirai nombre de tiroirs dans bien des maisons, toujours il y a cette seconde avant de tendre la main où je suis un gibier redoutant de recevoir une balle. Je comprends aujourd'hui que chacun de ces espaces interdits était une maison mère, ce que je glissais entre le linge plié n'était pas ma main, c'était moi tout entière, et j'y arrivais, être en sûreté. « *Je suis entrée dans une librairie qui m'a paru être le monde où j'aimerais habiter.* » Clarice Lispector, encore. Je suis ce continent de la fiction, je mange, dors, marche, voyage avec les livres, et commence à écrire la nuit dans la librairie. J'autorise l'enfantôme à sortir du bois.

« Elle parlait comme un joueur qui ne peut reprendre ses esprits parce qu'on lui a distribué cette carte énorme qu'il a jouée. »

Après Santorin il y a eu une autre escapade, à six heures de Paris, sur un panneau je lis : Vous entrez dans le Lot, et je me formule : j'entre dans le lot. La campagne nous réussit, on se couche tôt, Le Producteur assommé par le bon air ne demande pas son reste, je ne demande pas mieux, j'écoute une obscurité, retrouve un silence plein des sons de la nature, quelle détente c'est en moi. Je sors du lit à tâtons comme la fois où nous avons voulu libérer les poules, je grelotte, entoure mon torse de mes bras jusqu'à toucher mes omoplates, je continue de m'habiller en 34, évite de me regarder nue, Le Producteur m'assure que j'ai un corps intéressant, il le dit avec une moue comme s'il n'en était pas certain, m'appelle *Ma belle*. Comment ai-je pu en être flattée ?

Mes cheveux autant que mes pieds sont trempés de rosée et d'un givre. On peut le voir des milliers de fois on ne s'habitue pas à un trait d'or au fond du ciel, la nuit percée à jour. L'horizon tarde à se réveiller, il soulève une paupière au Sud et le visage de l'aube en est tout changé, plein de ratures. À une vingtaine de mètres, un, deux, trois, quatre chevreuils se régalent de je ne sais quoi dans la terre, l'un d'eux redresse la tête, je lui murmure des mots tendres venus d'un soir d'été, après quoi ils n'ont plus franchi mes lèvres. Si je ne bouge pas il comprendra que je ne suis pas un danger ? Je cède la première, fais un geste, le libère d'un risque, et les quatre bondissent hors de ma vue. Dans une heure nous terminerons le petit-déjeuner, j'entendrai la battue, apercevrai au fond du terrain une bande d'anoraks fluo avec des chasseurs dedans, chaque chien a son GPS autour du cou. MyPrecious en aurait été humilié. Ils ont interdiction de tirer à moins de 150 mètres d'une habitation. À mon chevreuil, je murmurerai en pensée : « *Échappeleur, ne te laisse pas attraper.* » Si je ne l'avais fait fuir il serait encore près de la maison, et je l'aurais protégé.

Tout était prévu pour notre séjour dans la maison de la nature, nous sommes attendus pour le déjeuner. Je ne pose pas de questions, on joue déjà au chat et à la souris, on ne va pas en plus jouer à Chaud et à Froid, pas envie de brûler pour Le Producteur. On roule dans un brouillard jusqu'au faîte des arbres, la nature en est féerique, canevas endiamanté d'une mer verte de petits chênes, qu'un rayon de soleil vienne éclairer leurs branches, on est dans la plus grande joaillerie du monde, un chatoiement à la racine. À Tradicettu je possède un morceau de cette beauté que je n'aurai pas à vendre. Je chausse des bottes de sept lieues, retourne où l'on courait au milieu des buissons d'immortelles en sentinelles devant la maison, elles nous accompagnaient jusqu'à la mer sur le sentier tracé par notre père à force d'endurance. Nous n'avions qu'à mettre nos pas dans les siens, on traverserait le maquis sans une égratignure, il suffisait d'avoir du souffle, au bout il y avait la Méditerranée en passe de devenir un cimetière, notre mère nous le répétait, « Ces noyés sont les nôtres, on leur appuie sur la tête en ne disant rien, *je* leur appuie sur la tête. » On n'était pas indifférentes et sans en être conscientes on se préparait à l'être. Notre père embrayait, « Ceux de notre île ne laissent pas les gens mourir dans la mer sans rien faire. En 14-18 on a envoyé les Corses à la boucherie, des gosses de douze ans parfois. Ce qu'a dit Clemenceau "Qu'on aille les chercher en bateau, une barque suffira à les ramener", n'est pas d'un tigre mais d'un rat ! On a privé la Corse de ses bras, de ses jambes pour travailler la terre et ça a été la famine, alors moi les malheureux s'ils arrivent demain à Barbaria, je ne leur crierai pas de couler et de nous foutre la paix. » On était fières d'être les filles de notre père.

Le Producteur ralentit, je baisse le carreau, je ne veux pas être sa passagère, une silhouette débouche à la sortie d'un virage, Esther venue au-devant de nous. La même habillée plus chaudement. On s'arrête toutes les deux dans notre élan, on n'a pas besoin de se toucher, pas devant lui. On se regarde, loin, très loin dans ce qui arrivera.

Je déambule seule dans la maison, continue d'ouvrir des portes et de les refermer, j'habite où vit Esther, je découvre les saisons, et il n'y a pas que l'été.

Esther est scénariste, si elle avait eu l'âge de notre mère, peut-être aurait-elle écrit pour Gérard Philipe. Il partageait nos repas dans la salle à manger, pensif, ne bougeait pas de son mur, une cigarette roulée entre le majeur et l'index. Il pose, vit avec nous sans jamais quitter son écharpe jaune, me suivra dans mon premier appartement, il ne porte plus d'écharpe mais une veste en tweed, reste dans l'entrée, chaque fois que je pose les yeux sur lui il me le réclame : « *Dévorez des livres.* » Sur l'affiche il a les oreilles aussi pointues que ses canines plantées à même les pages d'un roman qu'il déchiquette. Entre l'écharpe jaune et la veste en tweed, il y a une gamine plantée devant un miroir déclamant, « *C'est moi qui ai vécu, et non pas un être factice créé par mon orgueil et mon ennui.* » Là encore je franchis la frontière, travaille mes répliques devant mon reflet, j'ai douze ans, je suis Perdican. Je ne me regarde pas, je me regarde dire, je regarde les mots. Inlassablement, je pose et repose le saphir dans les sillons, au début de l'Acte 2, scène 5. Sur la platine, le 33 tours de notre mère tourne et tourne, comme si elle l'écoutait encore et dans le miroir, dans les mots, c'est elle que je vois, sa vie ne s'est pas arrêtée avec elle, j'entreprends un voyage sans deviner où il me mènera. L'enfantôme exulte, partout où j'irai je l'emmènerai. On ne rejoint pas le passé, on ne l'inverse pas, mais on peut le mettre en joue, viser et toucher juste, c'est un beau gibier. Ou alors on le découpe comme les tentacules du chagrin, Schlaaack ! Autant de têtes chercheuses, gloutonnes, cousues de fil blanc.

« "Je suis bien. Tout est parfait, parfait.
Je suis si bien", dit Natacha avec un sentiment
particulier de bonheur, puis elle demeura
tout le temps silencieuse. »

La maison d'Esther n'a rien de remarquable. De taille modeste, recouverte d'un crépi, elle a toutefois d'extraordinaire de paraître seule au monde. Où que l'on regarde, pas un signe de civilisation. Je cherche les chèvrefeuilles, imagine leur floraison. Des pierres plates posées à même le terrain partent de la terrasse, elles font un chemin dans plusieurs directions, Esther sourit, « J'aime marcher pieds nus. Celles-là mènent au hamac des étoiles, à des nuits d'été, en août les étoiles filantes sont une fête. Tu recevras une invitation ! » On entre chez elle.

— C'est nouveau cette photo.

Je laisse Le Producteur croire qu'il est l'interlocuteur privilégié d'Esther, j'attendrai d'être seule avec elle pour parler à découvert, on n'est ni le chasseur ni le chevreuil l'une de l'autre.

— Elle vient d'une expo au Jeu de Paume. Une fois devant, je n'arrivais plus à m'en éloigner. Je l'ai photographiée, en ai fait un agrandissement, un jour j'écrirai l'histoire que j'y vois.

— Un nouveau scénario ! J'aime entendre ça. Je veux être le premier à lire !

— Cette fois je n'inventerai rien.

Un noir et blanc argentique, l'image est pleine d'un contraste, deux gamines jouent et je vois deux sœurs éclaboussées de blanc, leur robe, leurs bras nus, elles sont surexposées. La cadette a un œil au beurre noir, l'aînée paraît la soigner, mais non, sur le sol il y a des miroirs à mains, un fatras de fillettes qui jouent à la poupée. Deux sœurs se maquillent et s'amusent, elles ne sont pas blessées. Et j'aperçois la menace prête à bondir, il faut quelques secondes pour la voir, un chien pas commode coupé à mi-corps, fondu dans un noir, il ne ferait qu'une bouchée de MyPrecious. Je ne suis plus devant deux gamines en train de faire la belle mais face à une bête sauvage sur le point de leur sauter à la gorge. La première impression était la bonne, elles courent un danger.

— Elles sont sœurs ?

Je n'ai pu m'empêcher de le demander.

— Oui. Les filles de la photographe, Sally Mann. Elles et leur frère rejouaient leur enfance devant l'objectif de leur mère.

Esther et moi partons marcher, Le Producteur en profitera pour lire son scénario.

— Tu me parles de toi jeune fille ?

Je botte en touche.

— Il y a des sangliers autour de ta maison ?

— Des qui se dorent au soleil contre un muret de pierres sèches avant de le défoncer de leur poitrail, échapper aux chasseurs.

Je pense à celui qui a provoqué la mort de notre grand-père paternel, à ceux que notre père a abattus, et même pas pour le venger. Esther ramasse une feuille saisie dans un givre, les nervures prises dans une gangue, protégées. Elle souffle dessus son haleine chaude. Dans sa paume reste un effritement, une poussière de feuille. Le lichen recouvrant le tronc des arbres est assorti à une lumière d'hiver métallique, nous soulevons des mousses agrippées aux murets, certaines sont définitivement brûlées par l'été, d'autres gorgées de brume, je respire sur mes doigts l'odeur humide du vivant, la nature qui ne se repose jamais, nos parents nous en parlaient comme d'un trésor inestimable, « Même mort un arbre grouille d'organismes vivants, un humus qu'il génère. Un potentiel pour ce qui viendra, la terre n'est faite que de matières en décomposition, un pourrissement plein de vies. »

— J'ai grandi au milieu des oliviers, on ne les comptait pas tellement il y en avait. Au centre de tous, Mathusalem.

Je parle de Mathusalem, voudrais parler de nous les filles, me tais, je préfère écouter Esther.

— Le chemin par lequel vous êtes arrivés était impraticable, trop d'ornières pour les amortisseurs, résultat, les sagouins ont goudronné. Bitume contre racines. Et regarde, après quelques mois les pissenlits ont poussé sous le goudron, bientôt leurs fleurs caresseront le ventre de la voiture.

— Des pisses au lit.

— Quoi ?

— Notre mère les appelait des pisses au lit.

— Notre mère ?

— ...

— Elle le dit encore « pisses au lit » ?

— Je ne sais pas.

— Tu es une fille en trompe-l'œil dis donc. Ou tiens, un palais des glaces. Trop de surfaces polies, leurs effets grossissants, et on se perd dans son propre reflet. Tu trouveras la sortie, je sais de quoi je parle !

— Un train fantôme, on l'arrête comment ?

Esther me dit que le malheur est accaparant, que j'ai tout l'air de le savoir, et que non je ne suis pas une attraction de foire, plutôt une biche abritant un grand cerf.

— Une fois leur faon né, les biches s'en approchent le moins possible, elles craignent d'y laisser leur odeur qu'un chien reniflerait. C'est en restant loin d'eux que leur mère les garde du malheur.

Sur cette photo ma sœur a la raie au milieu, la mienne est sur le côté, on a des barrettes pour que nos cheveux ne tombent pas dans nos yeux, dégager le visage, mon Dieu qu'il est triste. Notre mère est morte il y a quelques jours, on est habillées comme des princesses pour le mariage du frère de notre père. On a fait les essayages avant les vacances, que nos robes de fête soient prêtes pour la rentrée, notre mère nous l'avait promis, on serait les plus belles. Sans elle ? On nous demande de faire « Ouistiti » mais on a le sourire bloqué sur le sien que l'on ne verra plus, voilà ce qu'il fige le photographe. Notre père est interdit de mariage, il est Le Veuf. Les filles on est à la noce, on se demande ce que l'on fait là, je ressens encore notre détresse au milieu des grains de riz. Toute la journée on nous le répète, « Les pauvres petites. » Les invités dansent, rient, on fait bonne figure, on est les filles d'honneur de la mariée, notre mère en était si heureuse de nos beaux vêtements, ce sont eux qui nous portent.

J'écris ce texte devant la photo des filles de Sally Mann, elles sont autant Rachel et Paulina que nous les deux sœurs, même mon fils s'y trompe. « Maman, pourquoi sur la photo c'est toi qui as les cheveux raides, et la plus jeune a les cheveux bouclés ? C'est l'inverse normalement. » Il a raison, ma sœur a les cheveux lisses quand les miens, ceux de l'aînée, ne le sont vraiment pas. Pourtant mon grand garçon nous reconnaît dans les enfants de Sally Mann, je ne démens pas, enchantée qu'il s'y soit laissé prendre. Plusieurs fois il s'étonnera de nos cheveux inversés, de voir l'aînée dans la plus jeune et vice versa sur le tirage format 15x21. La force de ce qu'il croit, c'est exactement où je suis en écrivant Rachel et Paulina. Je finirai par le détromper, lui montrerai la carte postale achetée au Jeu de Paume d'après laquelle j'ai demandé un agrandissement. Si j'avais été Zabé je n'aurais rien dit.

« L'empereur lui-même, l'ayant remarquée au théâtre avait dit d'elle : "C'est un superbe animal." »

On retrouve Le Producteur plongé dans le scénario d'Esther.

— Mazette ! tu n'y vas pas avec le dos de la cuillère.

— Tu trouves ?

— Je ne m'attendais pas à ça mais c'est bien, très bien même. De toute façon on part gagnant, le féminicide est à la mode. Encore un mot surgi d'on ne sait où.

— Je sais très bien d'où moi. Et toi aussi.

— Si tu veux... Le chiffre que tu donnes quand ils sont au commissariat, tu ne l'as pas un peu gonflé ?

— Non.

— Bon… d'accord. Ce dialogue est du tonnerre, tu permets ? Elle qui commence avec : *« Tu ne voudrais pas me détruire encore une fois, je pense ? »* Et lui : *« J'aimerais te détruire deux ou trois fois dans le lit. »* C'est bon dis donc. Y en a certains qui vont grincer des dents. Et ça : *« Oui c'est la bonne destruction cela. C'est de cette manière-là que nous sommes destinées à être détruites.* »

— Ce n'est pas de moi mais d'Hemingway,

— Ah... on le mettra en petit au générique, on pensera que les répliques viennent de la scénariste, c'est plus vendeur qu'une femme ait écrit un truc pareil. La relation entre les deux, qu'elle soit écrivain, c'est malin.

— Je ne sais pas. Dans *Les Neiges du Kilimandjaro* c'est lui l'écrivain.

— Ouais... j'ai un vague souvenir du film avec Gregory Peck et Ava Gardner.

— Plutôt raté, je l'ai revu avant d'écrire. J'ai surtout lu les nouvelles d'Hemingway, sa correspondance.

— Ava Gardner, « *le plus bel animal du monde* ». On savait parler des femmes alors. Un slogan et on les lançait.

— On n'est pas des ballons.

Esther me fait penser à Zabé qui dit tout et ne veut rien taire, elle parle comme on boit à la russe, en jetant son verre par-dessus l'épaule sans regarder derrière, sans ramasser les morceaux. Sur l'étagère du studio notre mère a rangé côte à côte Hemingway et Fitzgerald. Le Producteur continue avec ses âneries.

— Elle était belle aussi. Ça ne dérangeait personne à l'époque. Votre féminisme était une cause, pas un verdict, pas ces cinglées qui balancent à tout va. Ava Gardner elle était la maîtresse d'Hemingway, non ?

Esther ne riposte pas, on le laisse à ses bêtises. Pour une fois je ne suis pas gênée de m'afficher avec un du triple de mon âge. L'heure suivante on reste devant la cheminée et les flammes nous sautent au visage, on entend la bûche maîtresse s'effondrer, elle crépite encore quand Esther nous raccompagne à la porte, et sans baisser la voix elle propose, « Reviens seule. On n'a pas besoin de lui. » Le Producteur a un sourire qui me fait l'aimer un peu. L'aimer ? Non.

Évidemment aussitôt rentrée je lis Hemingway, découvre qu'il a habité rue Notre-Dame-des-Champs à cinq numéros de mon studio, même trottoir ! Hemingway soignait ses chutes, dans une de ses nouvelles, il relate une conversation avec son fils de neuf ans, le gamin l'interroge sur la tombe de son grand-père, l'écrivain conclut, « Je vois bien qu'il faudra y aller[1]. »

Évoquant le droit à l'invention de l'écrivain, dans une de ses lettres Hemingway en appelle au « *Dr. Tolstoï* ». Il insiste, la mémoire de la bataille de Borodino, sa postérité, c'est le romancier qui l'a

---

1. Le 20 mars 1925 Ernest Hemingway écrit à son père, *« Vois-tu, j'essaie dans toutes mes histoires de faire passer de la vie telle qu'elle est – non pas seulement de décrire la vie – mais de la restituer vraiment vivante. De sorte que quand on a lu quelque chose de moi, on a le sentiment d'avoir vraiment vécu la chose. On ne peut parvenir à ça sans y faire entrer le mauvais et le laid aussi bien que ce qui est beau. Parce que si tout y est beau on ne peut pas y croire. Les choses ne sont pas comme ça. »*

Trois ans plus tard le père se suicide. Trente-trois ans après ce sera le tour du fils.

écrite, pas les historiens. Notre surprise, gamines, en découvrant Borodino sur une carte de Russie, réaliser que la bataille d'un roman s'était vraiment déroulée quelque part qui existe et pas seulement dans la tête de Tolstoï. Dans la préface à sa traduction notre mère parle d'une œuvre insondable, de comment elle a procédé pour l'approcher, ses intuitions, ajoutées à autant de tâtonnements que de certitudes. Elle affirme : *« Ce qui meut un écrivain ou un traducteur et les résume tient en un mot. Résurrection. »*

Une enveloppe à fenêtre, le temps l'a jaunie. Sur cette enveloppe une jeune femme – elle a 35 ans – a écrit : *« pour mes filles »*. On la donne à l'aînée devenue une adolescente morbide et voluptueuse, résolue à se servir, tout pour elle. Mon grand-père paternel possesseur par erreur de la lettre qu'elle contient, me la tend sans crier gare, une grenade à fragmentation avec effet de blast, les lésions provoquées par l'onde de choc de l'explosion, plus le souffle est important à l'intérieur, plus les blessures qui ne se voient pas seront profondes. « Qui voit ses veines voit ses peines. » Mon grand-père paternel me le répétait en parcourant de son index les veines apparentes sur le dos de ses mains. C'est devenu une blague avec mon fils, cette fois c'est mon index qui suit le serpent de sang sous ma peau. Il ne connaît pas la suite, on appuie sur ses veines, on tranche, on voit la vie nous quitter.

L'enveloppe tendue par mon grand-père a une fenêtre, l'enfantôme sortira et entrera par là et ce sera moins un fardeau de grandir après avoir lu la lettre. « *J'ai très peur de la mort mais j'ai encore plus peur de ne pas avoir la force d'élever mes deux adorables petites filles, c'est parce que je les aime que je préfère disparaître.* »

Des années je la garderai dans mon passeport, elle est mon identité. Et pour être sûre de ne pas me la faire voler, j'en fais une photocopie, on ne me dérobera pas les derniers mots écrits par notre mère.

Mon fils né, je range la lettre dans l'album maternel, la pose sur la photo du caveau communal où on l'a d'abord enterrée. À travers la fenêtre de l'enveloppe, son étroit rectangle transparent, je lis : *vivre–la mort–peur–force–adorables*. Je fais une expérience, avant de déplier la feuille A5, je la retourne, la glisse sous le rectangle, d'autres mots apparaissent : *élever–filles–aime–disparaître*.

Une petite bulle n'en finit pas de crever à la surface, je la scrute, je n'ai pas arrêté de vivre. On fait dire ce que l'on veut aux mots mais ils veulent plus, et dans cette lettre ils sont davantage que des images ou une explication, ils sont les minutes où les doigts de notre mère tenaient le stylo et bientôt sa mort, un… *J'espère*.

« Est-ce qu'il t'arrive, lui demanda Natacha, d'avoir l'impression qu'il ne se passera rien, rien du tout ? Que tout ce qui est bien appartient au passé. »

Écrire est venu tout seul. Un poème que nous a inspiré notre mère, on est encore à l'école élémentaire et pour son anniversaire, qu'elle soit heureuse de nous, on lui fait une surprise toute douce.

« Écrire c'est come penser à voix aute
C'est comme si on écrivait un rêve
C'est comme si on volait dans l'immensité du noir
C'est comme se découvrire pour la première fois
C'est comme s'imaginait dans une histoire
C'est comme découvrir une puissance au fon de soi
C'est comme être tout et rien en même temps[1].

Pour maman
Rachel et Paulina »

---

1. Poème de Cristal, l'été de ses dix ans.

Elle l'a lu, n'a pas eu de mot pour une fois, seulement l'émotion qui dit tout. Elle a encadré notre poème, l'a posé sur la pile de livres collée à son lit-bureau, comme ça elle le verrait tous les jours. Elle nous a prévenues, le soleil à force effacerait l'encre mais le poème serait dans son cœur, et même elle pourrait l'apprendre à ses petits-enfants. Notre mère aimait bien parler des enfants que l'on aurait. Je me demande quel mot aura pâli le premier, je le saurai demain, et ce qu'il reste de la JolieBelle, un mot inventé exprès pour elle. LaPoupée en avait plein la bouche, on forçait sa voix, que maman l'entende qu'il n'y avait pas que Natacha qui était un éblouissement. Dans le taxi s'éloignant de l'hôpital, Zabé m'a offert Paris à sa manière, j'ai gardé le nez collé à la fenêtre, pas pour les monuments mais ne pas voir l'effondrement de la JolieBelle, un sol qui a tremblé et il en reste des plissements de terrain.

Notre mère nous a initiées tôt à ce qu'elle appelait avec une mine de comploteuse, « La vie secrète des femmes dans leur salle de bains. Ça ne regarde que nous les filles. Se réconcilier avec le miroir certains jours n'est pas facile mais on peut se le concilier. Première leçon, être celle que l'on souhaite, pas celle que l'on attend que vous soyez. Maquillée, pas maquillée, si les pinceaux et la poudre de perlimpinpin vous emmerdent, vous les jetez à la poubelle eux, pas vous. Ce ne sont pas les petites filles qui rêvent le plus de jouer à la poupée, vous vous en rendrez compte. »

Arbitre-t-elle encore la rencontre des rouges et des jaunes derrière la baie vitrée longeant son lit-bureau ? D'un côté les rouges-gorges familiers, ses préférés, de l'autre des mésanges, des bergeronnettes, les deux équipes se disputant un festin de restes, les oiseaux savaient qu'elle était leur amie, leurs sautillements minuscules, leur envol, la reposaient d'une page difficile, la concentration permanente pour trouver non pas les mots mais leur bruissement. Les bonnes journées, elle avançait dans le texte à brides abattues, et il y avait les jours sans voir le début de quelque chose, on n'est que doutes. Elle était notre baromètre, son humeur traduisait ce que serait le soir, au lit avec les poules et les filles on maudissait Tolstoï, ou des soirées à rallonge et on le bénissait.

Notre père a pris notre enfance, il a tout détruit, mais pour moi jusqu'à aujourd'hui la responsable c'était Zabé qui pensait à elle avant de penser à nous. Les psys ont parlé d'ambiguïté des sentiments, je me taisais, à un moment tout est sorti dans le désordre, un trop-plein de maman et ses douces chéries.

Dernier cours de français et on n'a plus jamais remis les pieds au collège, pas de troisième pour nous. La prof essaye de relever le niveau, elle prononce Tolkien et les filles on fait cours à sa place, on n'a pas réussi à cacher MyPrecious dans notre cartable mais Golum entre dans la classe et on corrige ce qu'aurait été une matinée, un peu à s'ennuyer, un peu à rêvasser en attendant que la journée se termine.

— Maman tu savais que Tolkien il a vendu 150 millions de livres ?

— C'est beaucoup non, maman ?

Deux gamines surexcitées de surpasser leur mère sur son terrain.

— C'est immense mes chéries.

— La maîtresse l'a dit, c'est lui qui a le plus de lecteurs.

— Et Tolstoï ?

— Il a toi.

D'une seule voix. Touché.

— Maman on veut être une famille heureuse. Pas malheureuse à votre façon.

— Mais c'est *Anna Karénine* !

Il n'y a pas de quoi être euphorique, notre mère l'est, elle écarte son clavier, les dictionnaires, on a même le droit de s'asseoir sur son bureau redevenu leur lit. La veille, on a regardé *Ben-Hur*, on l'aurait bien pris pour premier fiancé, se le partager comme l'amoureux. Notre mère nous parle de ses chaînes de galérien, de la voix mauvaise qui est une chaîne encore plus lourde. Si le bateau sombre, Ben-Hur attaché coule, alors il rame, tient la cadence, pour vivre même à ce prix, et il finira par être libéré. S'il arrive à le croire, il s'en sortira.

— Et papa on le libère quand ?

— Je ne sais pas.

Notre père rentre, on retourne dans notre chambre, on a laissé exprès LaPoupée dans le salon pour qu'elle nous raconte, mais elle ne trahit rien, elle est énervante. On sort de notre lit, on colle notre oreille à la porte, qu'est-ce qu'ils croient les parents ? Les enfants vous regardent, même derrière un mur, même au fond de vous.

— Louis, les filles s'inquiètent, on ne peut pas continuer comme ça. Un acupuncteur ne suffira pas. Ce que tu as dans la tête, tu… je ne pourrai pas tenir longtemps. Rachel et Paulina entendent... la voix... elles l'entendent.

— Je lutte Zabé, je vais y arriver.

— Tu me dis des horreurs.

— Oui.

— Pense aux filles.

— Tout le temps je pense à elles, à nous. La voix sait comment m'obliger, elle me répète que je suis un zéro, c'est ça que tu veux ? Un zéro !

Le ton monte, maman se tait, et nos doigts de sœurs se cherchent, on est obligées de le croire, rien ne nous séparera.

— C'est toi qui as commencé Zabé, toi !

C'est reparti... MyPrecious quitte les genoux de son maître, on entend ses pattes piétiner le plancher, il tourne en rond, s'interpose comme il peut. Bon chien, dressé contre la voix mauvaise. On retourne dans nos lits. Notre père crie maintenant.

— Pourquoi t'as gardé cette photo ? Y a pas de poubelles à Moscou ? Avec les ordures voilà où elle aurait dû être !

— Louis arrête. Les filles...

— Salope !

On fait quoi nous ? On se met entre eux comme MyPrecious ? On n'est pas un chien, on met notre tête sous l'oreiller.

Avec Tolstoï, un adultère et tout vacille, s'effondre. « *Les familles heureuses se ressemblent toutes ; les familles malheureuses sont malheureuses chacune à sa façon.* » Ça existe une famille heureuse ?

Dernière semaine de vacances, l'amoureux est reparti à La Rochelle où il habite, on rentre plus tôt de la plage et on tombe sur notre mère menaçant notre père. On déboule dans la cuisine sans enlever le sable de dessous nos pieds, on s'interpose. Zabé tient le fusil un peu n'importe comment, fermement, alors notre mère aussi peut être un danger ? Les deux sœurs on est horrifiées, pas par la violence du coup pouvant partir, de réaliser que si notre mère tirait, Luiiii ne serait plus un problème. Pourquoi les adultes nous mêlent-ils à leurs saloperies et on veut que son père meure ?

À la table de nos grands-parents paternels les repas devenaient parfois ceux de la discorde. Trop de ressentiment entre notre grand-père et ses quatre enfants devenus grands. Les petits on ne se serait pas risqués à lever le nez de notre assiette, suspendus à ce qui allait débouler. Parole malheureuse, moqueries, d'un patriarche vindicatif et ça partait, pas les coups, les invectives, et des accusations. Mon grand-père paternel buvait son enfance gâchée, et tout ce que l'on n'a pas réussi à contenir qui a macéré de ne pas être digéré vous éclabousse. La fatigue de l'existence quand elle ne vous a pas gâté. La sienne, à pousser bâtard dans le ventre de sa mère. Enfant de boche ? Il le redoutait, l'énigme demeurait. On est en 1917 en Picardie, né avec un bec-de-lièvre il en aura été marqué jusqu'à la fin, épousera la fille du charbonnier. Je suis du côté de mes grands-parents, du côté d'où ils viennent, même si j'ai tellement voulu m'en extraire. Notre père aura montré l'exemple.

En Picardie, c'est ma grand-mère paternelle qui œuvre en cuisine, elle aura préparé tant et tant de repas, nous sert d'abondance, et on ne laisse rien dans son *auge*. Les horaires de travail de notre tante sont extensibles ; gamines on l'attendait après l'école chez nos grands-parents. Nous sommes arrivées dans cette ville de nuit, fin de l'été 1976, persuadées au réveil de ne pas y rester plus d'un jour, et dix ans se sont écoulés. La première année – ma sœur fait son entrée en CP, je suis en CE2 – à la sortie de classe on ne retrouve pas notre mère mais notre grand-mère, nous mettons chacune notre menotte dans une de ses mains et c'est moins dur d'être là. Au goûter on monte sur ses genoux, notre refuge. Elle aura donné sans compter, sans attendre quoi que ce soit en retour, c'était de l'amour pour rien, le meilleur. Combien d'heures passées à réviser, corriger les devoirs de ses enfants et petits-enfants ? Notre père aux obsèques de sa mère a voulu que ce soit dit à voix haute.

— Elle croyait en l'école et aux valeurs de la République, ascenseur social dont ont pu bénéficier celles et ceux qu'elle a élevés.

On peut y associer notre grand-père. Derrière la violence ravageuse, quelle fierté des siens il avait. Seulement voilà, les griefs pleuvaient et il pleut souvent en Picardie. Les repas étaient un champ de mines, les enfants on attendait que ça passe, on se régalait de poule à la sauce blanche, de colin à la mayonnaise, et les frites, ah les frites de notre grand-mère ! Au moment du hors-d'œuvre la joie dominait, celle d'être ensemble et tant pis si cela se gâtait dans le jus des viandes et la colère d'un. Avant le dessert on aurait partagé quelque chose de bon, tous autour de la table, une famille.

« Elles sentaient qu'elles ne pouvaient exprimer par des mots ce qu'elles comprenaient. »

Sur la plage ensoleillée par jour de grand vent et un ciel de traîne, on voit les nuages avancer à toute vitesse le long du rivage, une obscurité qui s'enfuit. Zabé nous le disait, « La traduction ce sont des blocs d'ombre que l'on déplace jusqu'à ce que tout s'éclaire. » On la retrouvait après le collège exactement comme on l'avait quittée le matin, à la même place dans sa chemise d'homme, la théière pleine, les volets plus ou moins ouverts selon où le soleil donnait. On n'avait pas intérêt à la déconcentrer, perturber quoi que ce soit du « laboratoire de l'écriture », elle en avait plein la bouche. On dînait, elle quittait la table brusquement sans un mot, une fesse sur le bras d'un fauteuil, elle nous tournait le dos, griffonnant je ne sais quoi qu'elle venait de trouver, elle dégainait ses Post-It. On s'engouffrait dans la voiture chauffée à blanc par la fournaise, notre père prêt à démarrer et on aurait un peu d'air, mais qu'une idée surgisse, elle devait la noter immédiatement. Pas question de rouler, ou elle aurait une écriture impossible, ne se relirait pas, on la regardait noircir son Post-it, on cuisait. On avait une mère *nota bene.* Dans son exemplaire de Tolstoï elle a encerclé : « *Plus notre activité est abstraite plus elle est libre.* » Elle a ajouté juste à côté : « *Écrire.* » La suite résume bien la mère qu'elle était. Toujours Tolstoï : « *Inversement, plus notre activité est liée à autrui moins elle est libre.* » Une flèche et au bout : « *Les filles.* » On l'entravait, que l'on ne soit pas sa priorité, on l'acceptait, son équilibre était là, le nôtre aussi alors. Et elle avait Natacha. « Ce qu'il a de grand son destin c'est d'être à ce point banal, à la fin Tolstoï n'hésite pas à en faire une matrone, mais elle résiste la charmante petite fille, demeure un émerveillement. » Zabé s'enthousiasmait, « Natacha est celle que l'auteur ne peut détruire. Même en mère de famille si prévisible, en épouse miaulante bien plus que ronronnante, elle reste une Épiphanie. Tolstoï ne peut rien contre elle ! Il devait le savoir, elle est plus grande que l'homme qui l'écrit. » Deux photos du grand écrivain ne quittaient pas le chevet de sa traductrice, « Regardez ses yeux, des serres qui vous empêchent de tomber. » On se détournait de la barbe repoussante, elle s'étalait. « Maman, on voit qu'il a les ongles rongés, tu nous as dit que c'était dégoûtant de se les manger. » Sans parler de la broussaille de ses sourcils, ils frisaient sur ses paupières, encore un peu on en aurait fait des bouclettes ! Avec ça, l'air pas commode. Deux sœurs se posent de drôles de questions. La plus jeune interroge l'aînée.

— On appelle comment un enfant qui tue ses parents ?

— Un parricide.

— Ah... Parricide c'est pour le père, non ? Et pour la mère ?

— Je ne sais pas.

— Ça n'existe pas de tuer sa mère ?

— Marricide ?

— Un parent qui tue son enfant, ça existe ?

On n'ose pas demander à LaPoupée on ne saurait quoi lui souffler.

Le jour du fusil dans les mains de Zabé, on reste immobiles comme devant un film que l'on prend en route, on n'a pas prévu de le regarder mais on ne peut s'en empêcher.

L'arme ne devrait rien faire dans la cuisine et encore moins entre ses doigts. Le fusil ne rentre pas dans la maison, une règle édictée par notre mère, « Je ne veux même pas avoir à y penser. »

Nos cris semblent ne pas l'atteindre, elle ne détache pas les yeux de sa cible :

— Si je suis morte, je les élève comment mes filles ?

Ce *« mes »* nous écorche les oreilles, on n'est plus quatre alors ? Comme si nous ne savions pas que deux et deux + Luiiii ne font pas quatre. Les filles on voit une femme qui est notre maman prête à abattre un homme qui est notre papa. On fait marche arrière pour sortir de la cuisine, enlever le sable de sous nos pieds, que nos parents n'aient pas à le balayer, mais c'est trop tard tous les grains sont tombés dans la pièce. Notre mère recule d'un pas sans lâcher le fusil et le canon scié arrête de toucher le front de notre père. Il a presque l'air satisfait, il n'a pas peur Luiiii. Si Zabé l'avait fait, coller une balle entre ses yeux, la voix mauvaise se serait tue. Le fusil baissé, Zabé aurait dû nous prendre chacune sous un bras et fiche le camp mais non elle a préféré préparer notre départ, a trouvé un deux-pièces à Sartène, ce qu'il faut pour commencer.

Elle a tout bousillé. Sans son idée puérile – on se sépare, on se retourne tant qu'on se voit et ça veut dire que l'on s'aime –, le fiancé russe ne se serait pas emplafonné. Et la jeune Zabé se rue vers un rond-point, elle voit la cylindrée sans une bosse, se répète : *« La moto est intacte La moto est intacte La moto est... »* Un espoir se déclenche dans sa tête, espoir aberrant mais à force de se les dire, quatre petits mots de rien du tout lui ramèneront son fiancé, et celui qui deviendra notre père court vers elle. *« C'est le même ! »* en boucle remplace *« La moto est intacte. »* Et il est un remplaçant ? Une photocopie ? Un remède ? Il fallait que sa femme *Tu me crèmes le dos* soit bien confuse pour s'abuser à ce point. *« Tu nous as trompés ! »* Voilà ce qu'il est Louis, un homme qui pleure. Pas Luiiii.

J'ai une douzaine d'années, le fusil est pointé sur mon grand-père paternel et celle qui le tient est sa fille, elle n'arrête pas de répéter, « Je vais le tuer, je vais le tuer. » Elle n'en peut plus de cet homme, tout comme notre père n'en peut plus de l'aimer violemment et il le leur rend bien. Les engueulades en fin de repas ne suffisent pas à juguler une mauvaiseté sortie de sa bouche, s'il boit trop, elle se répand.

On s'entendait bien mon grand-père et moi, il me disait qu'avec la chevelure que j'avais, je ferais ce que je voulais, et je le voulais. Qu'aura-t-il perçu du prix à payer ? J'aimais son intelligence qui le rendait malheureux. Enfant, les docteurs ont proposé d'opérer son bec-de-lièvre, sa mère a refusé, il a attendu qu'elle meure pour laisser pousser sa moustache, dissimuler son infirmité. « Elle m'avait voulu laid, je n'allais pas lui montrer que j'en souffrais. » Prenant l'accent picard de son cousin, il me racontait la seconde dans la cour de récré où il avait appris sa bâtardise. *« Tin pére c'est pas tin pére. »* Plus la vie le quittait plus il y revenait. La dernière fois où je l'ai vu il était ce petit garçon inconsolable, son emphysème à côté en paraissait presque inoffensif.

Les jours, les semaines qui suivront la menace du fusil, il n'y a plus de repas chez nos grands-parents, plus de goûters, on arrête d'y dormir les mercredis soir et ça coupait la semaine, on regardait *Des Chiffres et des Lettres*, les matchs de foot, le dîner desservi je voyais enfin ma grand-mère assise, parfois pensive, toujours avec un sourire pour nous. Après la menace du coup de fusil, elle qui sort si rarement de sa cuisine nous visite en cachette dans l'appartement de notre tante. Sa fille refuse de remettre les pieds où IL est. Lui, le père. Au moment d'écrire la scène du fusil avec Zabé menaçant Louis sous les yeux des filles, je suis certaine d'y avoir assisté et vais chercher dans ma mémoire hématome la violence de cet instant, pour donner à Zabé la rage de tenir son fusil pointé sur l'homme qu'elle aime, je renoue avec la brutalité autour de la table chez nos grands-parents, des liens sur le gril. J'ai encore dans les oreilles le fusil promis à celui qui vous blesse. Sauf que non, ça n'est pas arrivé. La menace oui, la suite je n'en connais rien de rien. Dans la seconde où ma sœur me l'assure, je sais qu'elle dit juste. Notre grand-père au bout d'un fusil qu'aurait tenu sa fille, elle se souvient l'avoir entendue, seulement on n'a pas vécu la mise ou non à exécution de la menace. Les « Je vais le tuer, je vais le tuer. Qu'on me donne un fusil ! » ont été d'une telle violence, l'écrivant j'ai cru avoir assisté à la suite, l'ai exploitée pour le roman, aussi rude serait-elle j'aurais un pouvoir sur elle. Il y a deux familles dans mon viseur, en racontant la famille corse, je touche à la nôtre. La dangereuse force des souvenirs qui blessent autant qu'ils sauvent. À manipuler avec précaution. À s'en emparer, on pourrait les profaner. Celui-là était un faux, sans ma sœur j'aurais été une faussaire. Je ne changerai pas les souvenirs, ils ne sont pas malléables. Si on leur donne un éclairage différent c'est un roman, le récit ici est une conquête, les deux font le lit d'une vérité.

Tout le processus, le drame qui se joue dans cette journée en Corse, le combat à engager pour ne pas en être démoli, la lumière qu'il y aura ou non au bout, sont une alchimie. Un tremplin pour atteindre le ciel, elle quelque part qui coule dans mon sang *frizzante*. Il y a une symbiose à vivre avec ceux que l'on écrit, tenter de les faire vivre. J'ai tout fait pour me rapprocher de notre mère, faisant de la perte un butin. Un doux revivre.

« Pendant quelques secondes ils se regardèrent en silence et tout à coup ce qui était impossible et lointain devint proche, possible, inévitable. »

On n'aurait jamais dû trinquer à la Mère des Anémones de Mer. Tout dans ma tête a dit, *Ohhh Nonnnn*, quand Zabé a levé son verre et révélé son existence. Notre mère était si heureuse de se voir confier la traduction de *La Guerre et la Paix*, elle s'est crue invincible. Un éditeur prestigieux, un bon à-valoir, elle aurait en plus une bourse conséquente pour accompagner son travail, enfin on lui donnait des moyens, « Je vais avoir un peu d'argent d'avance les filles, on pourra partir à Yasnaya Polyana. Vous vous rendez compte, je vous emmènerai où Tolstoï a écrit *La Guerre et la Paix* et *Anna Karénine*. Je m'étais promis d'y aller uniquement si ma traduction était publiée. » De Moscou, la jeune Zabé aurait pu être en deux heures sur le domaine de son grand homme mais non, pas avant qu'ils ne soient unis par un livre. On s'y est vues au milieu des bouleaux et des sapins. « Ce sera ma récompense, toucher son bureau. » Elle nous avait décrit la décoration spartiate, le dénuement volontaire de l'écrivain. Désireux d'être au plus près de ses personnages, faire un avec eux, il scie les pieds de la chaise de son bureau, écrit le nez, ou plutôt la barbe collée aux mots, à Natacha, à Anna, Pierre, Lévine. À tous, il prête vie, bien plus longue que la nôtre. Notre mère connaissait la plupart des titres des 22 000 volumes de la bibliothèque de Tolstoï, la jeune Zabé leur avait donné rendez-vous, ça prendrait le temps qu'il faudrait. Dans le milieu des traducteurs du russe son obsession pour *La Guerre et la Paix* était connue. Elle comptait plus d'années communes avec son écrivain qu'elle n'en a partagé avec notre père mais elle tenait à être claire, « Une traduction, un roman, ne sont pas un enfant. C'est n'importe quoi de comparer un livre à un enfant. Évidemment, on a envie qu'il vive, de le défendre, on peut en être désespéré s'il est rejeté, mais Tolstoï ne sera jamais votre père. » Le disant, elle aimait papa loin dans les yeux, très loin, et il y avait beaucoup de douceur, beaucoup.

On lève nos verres, on voudrait être maman déguisée en princesse russe, ça lui va comme un gant évidemment. Une paix s'échappe d'elle de partout et prend le frais, on adore Tolstoï ! On a convié LaPoupée à se joindre à la fête, MyPrecious s'est invité tout seul, et notre mère commet une erreur, elle scelle le sort de la Mère des Anémones de Mer en trinquant à sa santé. Zabé est si heureuse, si bruyante, si agitée, on ne se rend pas compte du drôle d'air de notre père pour qui tout ce qui est russe est devenu un ennemi. La voix mauvaise ne tolère aucun secret, elle devrait le savoir, son mari enchaîne les verres de Muscat et Luiiii boit du petit-lait. Il a compris que si on ne mange plus ses beignets d'ortigaïes ce n'est pas par dégoût de leurs ventouses comme on le lui a raconté mais parce qu'on lui a caché la Mère des Anémones de Mer, Luiiii ne le supporte pas. Cette seconde où il le découvre n'a pas de limite, je tombe dedans, remonte, tombe encore, remonterai. L'alarme déclenchée par le toast de maman voilà quelques verres s'arrête avec nos premières bulles alcoolisées, bues pour l'occasion, on fait un vœu, « On ne se le dit pas avant qu'il se réalise, d'accord les filles ? » D'accord maman. Les deux sœurs on se regarde, j'en suis sûre on a fait le même, je le tiens sur mes genoux. Exaucé. Trouvé hier dans la vitrine d'une librairie.

Ce sont les dernières heures de notre enfance, elles ont l'odeur de la crème solaire, même l'hiver on la respirait dans le cou de notre mère. À Cochin, à Garches, la crème entrait dans la chambre avec elle et j'arrêtais aussitôt de respirer par le nez, je ne pouvais pas la sentir. Jusqu'à en trouver un tube au Duty Free de New York, je viens de l'ouvrir, pose mes narines dessus, je me fais un shoot de maman. Avant d'atterrir en Corse j'étalerai notre mère solaire à l'intérieur de mes mains, poserai mon visage dessus et, comme Natacha je serai dans l'état du souvenir, la dilatation du temps. J'en respirerai de grandes goulées, et tout en moi qui continue d'être triste sentira bon. Dans l'exemplaire annoté j'ai corné la page où Natacha « *pense que lorsqu'on se souvient ainsi, qu'on se souvient qu'on n'arrête pas de se souvenir, on se souvient au point de faire resurgir ce qui a existé avant qu'on ne soit au monde.* » Je suis toute là. Notre mère a ajouté quatre violettes écrasées et intactes entre les pages, je viens de vérifier qu'elles y étaient, et aussitôt on est les quatre à plat ventre le nez collé au buisson de violettes à côté de la maison. Un rituel, respirer leur parfum au début du printemps à même la terre. Tu le sens ma sœur, le chatouillis de l'herbe sous le menton, tu l'entends Natacha ? « *Ça donne envie de s'accroupir comme ça, de se prendre sous les genoux – en serrant fort, bien fort – il faut bien serrer, et je m'envolerai. Comme ça...* » Oui… comme ça, comme Natacha et c'est vrai elle est irrésistible la jeune fille au ruban bleu, je me pelotonne dans son allégresse, la suis à son premier bal, me faufile dans la substance du temps mais je ne l'oublie pas, Toujours a un prénom. Judas Toujours, le roi des traîtres.

On court pour la dernière fois ensemble. En plus des palmes, du masque, et du tuba, notre père a ajouté un couteau dans le sac à dos. On ne pose pas de questions, on le suit, d'abord en courant, puis à la nage, vite distancées. Il prend une direction qui ne nous plaît pas, une direction que l'on connaît, celle d'une cachotterie pour ce frisson d'avoir un secret, le faire mousser, l'impression d'encore plus partager avec notre mère toujours partante pour le fabuleux ordinaire. Derrière nos masques pleins de buée – des conneries de cracher dedans – on cherche à se rassurer, on voit bien que notre père se rapproche de la Mère des Anémones de Mer, on arrive pendant le carnage, trop tard, il l'a décollée de son rocher, une ventouse résiste, la lame tranche, et on boit la tasse par le tuba. Si tristes. Les tentacules venimeux de la Mère des Anémones de Mer n'empêchent pas notre père de l'attraper sans gant, il a assez de cals et de corne pour s'en protéger. Au retour j'ai un point de côté, tu ralentis, marches avec moi, on n'a pas envie d'être trop proche de Luiiii, on préfère le laisser partir devant, on continue de se taire. D'habitude notre père nous aurait motivées, encouragées, cette fois il n'y a rien à dire, la Mère des Anémones de Mer a fini de baver tout ce qu'elle peut. Il la sort bien trop précautionneusement du seau pour quelqu'un qui aurait envie de la jeter. Rien ne nous échappe, le moindre de ses gestes. On aime notre père et il nous terrifie. Je regarde le soleil encore trop haut pour que maman arrive. Ce qui est nouveau depuis le matin c'est la certitude, évidemment confuse, certitude d'enfant, que cela va mal se terminer. Si on avait pu imaginer la suite... est-ce que l'on aurait fui ? On ne connaissait pas le sens d'inéluctable, ni sa portée. Si je t'avais entraînée, si on n'avait pas attendu notre mère, si même en maillot de bain, pieds nus, pleines de sel on avait décampé sans demander notre reste, on aurait été jusqu'au bout de notre vie d'enfant. Comprendre ce qui fond sur vous ne suffit pas à vous en protéger.

On distingue à peine notre père derrière les fenêtres de son atelier. Il lève les bras face à je ne sais quelle menace, coudes écartés, les mains en l'air. Je l'observe, attentif à quelque chose que je ne vois pas, il écoute ce qu'il est le seul à entendre qui sortira d'un moment à l'autre, détruira. Peut-être il essayait d'empêcher la suite. Les filles on l'encourage, même s'il ne nous entend pas, « Tu vas y arriver, t'es fort, t'es notre papa. » Pendant une minute on le croit capable de clouer le bec à la voix mauvaise, tendues à vouloir qu'il réussisse et c'est comme si un fil d'acier nous liait tous les trois. Qu'il la zigouille carrément, il a les mains assez puissantes pour, elles ont passé des heures à fendre, scier, polir le bois pour nos deux lits superposés, il a fabriqué leur montant dans cet atelier, sa bonne odeur de sciure, et ça nous rassure. Ses mains pleines de cratères et de boursouflures lui diront que c'est impossible de nous faire mal. « On est avec toi papa. » On est trop loin, on le dit quand même. Il baisse les bras. On fait marche arrière, un pas, deux, un troisième, on essaie qu'ils soient naturels, de ne pas se faire remarquer, on avance à reculons, au ralenti, on se rembobine. Un film et on a mis la pellicule à l'envers, tout ce qui se déroulera maintenant commencera par la fin.

Aucune photo de notre mère chez moi. Entre mes vingt et trente ans, un portrait de Taos Amrouche en couverture de *L'Amant imaginaire* se détachait dans ma bibliothèque, je l'avais choisi comme visage de notre mère pour ne pas avoir la vraie en permanence sous les yeux. Mêmes pommettes, le regard plein d'un ailleurs, Taos, l'interprète des chants berbères, était la mère imaginaire. J'apprendrai bien après que les Amrouche et la famille de mon grand-père maternel étaient du même village. Ighil Ali. Un mariage a uni les deux familles. En choisissant ce portrait de Taos pour mère j'ignorais leurs liens.

La photo officielle de sa mort existe, croisée un peu partout dans des cadres sur les meubles, elle a longtemps été posée sur un piano désaccordé dans l'appartement de notre tante où nous terminons de grandir. La photo était un danger dans la pièce, l'enfantôme fermait les yeux quand on passait devant, elle aurait voulu la retourner face contre le mur, je devais l'en empêcher. Sur ce portrait, on devine des épaules bien frêles, un buste étroit. Le corsage de notre mère, le petit gilet sans manche, ressemblent tout à fait à des vêtements de cette époque. J'ai toujours dans mon armoire une de ses jupes de plage, un imprimé à fleurs bleues, ceinture élastique et boutons pressions sur le devant, je l'ai longtemps portée l'été. Au changement de saison je la déplie, la replie, j'ai besoin de vérifier qu'elle est là.

Printemps 2021, je suis chez ma sœur, sur son bureau notre mère est dans son cadre. Je les tiens les deux dans mon regard, *notre bébé* lui ressemble comme une sœur. Ça a pris du temps avant de ne pas me sentir le vilain petit canard et je m'échouais dans mon physique qui n'était pas le leur, n'était pas elle. En plus j'étais trop grande, bientôt je la dépasserai. Ben non pas bientôt.

La photo officielle de notre mère est aussi dans son album photo, je viens de l'en décoller pour écrire sous ses yeux. Elle a un de ces sourires dessus. Grâce à lui je connais ses dents parfaites et ce n'est pas l'idéaliser. Je retrouve le visage de *notre bébé*, jusqu'aux dents effectivement, tout y est qui lui ressemble. Ma sœur a désormais vingt ans de plus que notre mère, je me délecte à les regarder sur son visage, n'en aurai jamais assez de la contempler. Vieille, elle portera leurs rides, elle sera la vie qui triomphe.

Une génération s'est ajoutée. Comme le temps s'en va. Les trois vivants de la bulle nous sommes unis par notre part manquante, elle a fait notre trio intouchable et il règne sur nos proches. Ils ont cet amour ma sœur et notre père de ne rien empêcher qui pourrait être écrit, d'accepter d'être dépossédés de leur silence. Ils ne m'autorisent pas, ils m'aiment. J'écris et je nous pèle à vif, faisant fi d'une part secrète qui leur appartiendrait. Sûrement ils serrent les dents, ravalent leur : « C'est ainsi qu'elle me voit ? Que va-t-elle encore nous réserver ? » Ils s'en seraient bien passés. Bien plus qu'au fond des yeux, je les regarde au fond de nous. L'absente tel un aimant. Il n'y a pas de piège, il y a notre blessure. À lire ces pages la leur se rouvrira-t-elle ? Pourquoi j'y mets une interrogation ? Je m'en inquiète et ne m'y arrête pas, refuse de le prendre en compte. J'ai sous les ongles le terreau d'un jour d'été, et je gratte, gratte, un pourrissement fécond. Ils reconnaîtront un détail et elle revient la morte, l'amour d'une qui nous dit quelle famille nous sommes. Que nous existons.

Je n'écris pas à froid, je prends feu avec les mots comme le papier d'Arménie se consume et il y a dans l'air des paillettes de cendre volatiles, insaisissables. L'imparable réel, je colle à ses semelles depuis le début. Seulement dans le roman ce n'est pas la mère qui est en danger mais le père qui est un danger. Le fruit de mon imagination a poussé sur une branche morte, c'est un fruit magique, plus je le mange, plus il se régénère. Sa pulpe se compose de nous trois. Elle, la quatrième, en est le noyau et les pépins. J'ai faim de où je nous entraîne, le père et les filles de front, nous n'avons pas le même souffle, pas les mêmes jambes mais une endurance à s'aimer et on avance au fond de la forêt. On se tient la main, pour ne pas se perdre on a un repère, une branche, elle est le ciel sur la terre.

À notre mère je substitue un autre drame. Je ne peux changer le réel, son suicide, mais je dispose à mon gré de Louis, Zabé et les filles. En inventant d'autres destins j'aurai fait quelque chose qui n'est pas que du chagrin. C'est une drôle de partie engagée le passage du vrai au faux, du récit à la fiction. Il y a mille et un chemins pour qui écrit, nul ne nous soufflera notre vie imaginaire. Je fais comme notre père nous l'a appris en courant, j'avance, un mot devant l'autre, si le ciel m'intéresse c'est pour le faire descendre sur terre, et nous aurons les mêmes racines.

La fiction s'adosse à une réalité et l'inverse, cette voie – voix – souveraine je l'emprunte, lectrice de nuit et j'écris le jour comme s'il n'y avait qu'une aube jusqu'au soir. C'est dans ces profondeurs étranges, exquises, que je me sauve. Le suicide de notre mère ne sera pas une fin. Je ne ferai pas mourir Zabé.

« Dès qu'elle se mettait à rire ou à chanter,
les larmes l'étouffaient [...] »

On continue les deux sœurs à reculer au ralenti jusque derrière Mathusalem, son tronc est suffisamment large pour nous dissimuler. Même si on n'a plus l'âge de s'occuper des fourmis, elles feront l'affaire, on a besoin de se changer les idées. Elles sont en train de déplacer les restes déshydratés d'une queue de lézard, on leur fabrique un parcours de combattante. Brindilles en travers de leur chemin, feuilles à escalader, cailloux à contourner, on change les obstacles sans arrêt de place, pas pour les embêter mais les préparer à ce qui les attend, survivre. On fait une bonne action. À la fourmi lilliputienne qui me paraît la plus jeune, je murmure, « Sauve-toi et vis longtemps. » On a la frousse, on reste accroupies, le dos rond au-dessus de nos fourmis, on attend que ça passe, ce qui va arriver. Je repousse un bataillon de larmes, à part piquer mes yeux, elles n'iront pas plus loin, j'ai compris qu'avec Luiiii pleurer ne servirait à rien. Pendant ce qui me semble si long, et aura duré moins d'une heure – l'enquête le montrera – on est paralysées, nos fesses effleurent les racines saillantes du vieil arbre, elles me font penser aux veines sur les mains de notre père, elles enflaient avec la chaleur comme les rivières sous l'orage. Ma nuque cuit, le feuillage de Mathusalem ne suffit pas à attendrir le soleil, je me rassure comme je peux, « Ce ne sera pas pire, maman va arriver maintenant. » J'ai dû le dire à voix haute, tu acquiesces, ajoutes, « On partira avec elle. » Dans nos têtes de gamines, le meilleur l'emporte encore obligatoirement sur le pire. À trois contre un, on gagnera contre Luiiii, c'est obligé.

L'homme gesticulant dans l'atelier ne ressemble pas à un père qui veut le bien de ses enfants, même pour deux gamines de douze et treize ans c'est visible. Ce que l'on veut c'est aider notre papa, et on sera une famille heureuse qui nous ressemblera.

Pas simple de continuer en sachant que ma sœur ne le souhaite pas. Dans le petit carnet j'ai noté ces mots de notre père, *« Le 25 août 76 c'est le jour où Chirac a démissionné de son poste de premier ministre. Votre mère avait une leçon de conduite. »* J'ai récupéré il y a longtemps je ne sais trop où, le carton de l'auto-école avec les rendez-vous pour passer le permis. Trois colonnes. La date, l'heure et, réglé le. Date : 25 août, Heure : 10 heures, Réglé le : Réglé. C'est écrit en rouge. En rouge aussi les quatre jours suivants. 26 août : 10 heures. 27 août : 14 heures. 28 : 14 heures et le 31 : 11 heures. À chaque fois on a noté Réglé. Et ça s'arrête. De lire sur le carton les jours indiqués après le 25 provoque un dixième de seconde un court-circuit dans ma tête, 26, 27, 28, 31 et c'est « Réglé » ? Si les leçons suivantes ont été payées c'est qu'elles ont eu lieu ! C'est marqué en rouge ! Ça ne suffit pas que ce soit écrit. Évidemment non elle n'a pas pris de leçon après le 25, le moniteur l'aura attendue les 26, 27. Qui l'aura prévenu après ?

Pour notre mère passer son permis c'était s'affranchir d'une dépendance, elle s'était accommodée de notre père seul au volant mais ne le souhaitait plus, on grandissait, en conduisant elle nous emmènerait où elle voudrait, pourrait même se séparer de lui. Des bien intentionnés l'ont susurré à deux gamines et ça reste. Le permis en poche elle aurait divorcé ? Quarante-cinq ans après un examen de conduite qu'elle n'aura pas passé, je le demande à notre père, il n'infirme ni ne confirme et je pourrais presque penser que leur couple aurait tenu. Torts respectifs, attentes déçues, le lot de bien des couples. De choisir qu'ils ne se seraient pas quittés j'ai le sentiment d'en être plus aimée. J'ai idéalisé notre mère. Forcément. Me suis posée en juge et en procureur de notre père, je me fourvoyais, me le reproche, lui jamais.

— Dans mes collaborateurs, il y avait une jeune femme, c'était une amie, vraiment qu'une amie, et le 25 août après le travail j'ai été prendre l'apéritif chez elle avec son copain. Au lieu de rentrer à 21 heures, je suis rentré à 22 heures. J'arrive, la porte de la salle de bain était fermée. « Ouvre-moi », je répétais, « Ouvre-moi. » Il a fallu entrer dans la pièce sans clé comme un cambrioleur. Elle était noyée dans la baignoire, s'était coupé les veines. Le médecin qui suivait votre mère pour les anxiolytiques et les anti-dépresseurs vivait dans le même immeuble, il est venu tout de suite, a établi l'acte de décès. Raptus. « *Raptus sur fond de mélancolie* », il l'a écrit sur l'acte. Il aurait pu demander une enquête, une autopsie, il savait que c'était inutile, il savait pour les tentatives de suicides, tous les médicaments.

Tu m'étonnes que le médecin ait dressé l'acte de décès fissa, on n'a pas idée de prescrire de quoi mourir. Mélancolie je connais, j'ignorais le sens de raptus. Un mot négligé avant de le noter dans le petit carnet. Je le tape sur le moteur de recherche, il me fait grimacer, comme lorsqu'on avale une potion amère et on se force. Pourquoi on se force ? Pour guérir. « *Raptus : impulsion violente et soudaine pouvant pousser à commettre un acte grave. Il entraîne un passage à l'acte, homicide, suicide. À l'origine de drames et de faits divers.* » Stupeur à découvrir la suite. « *Raptus anxieux : qui vous fait soudainement passer d'être sociable à…* » un être dangereux ? Louis victime d'un raptus et je n'en connaissais pas le sens ? Le certificat de décès de notre mère en ma possession est la photocopie d'une photocopie. Raptus fait un pâté mais l'heure inscrite de sa mort est parfaitement lisible. 23 h 30. Mon père n'a pas terminé.

— Ça me revient, une chose importante que j'ai oubliée. Quand je rentre à 22 heures, que je la cherche dans l'appartement, je ne la trouve pas, vois qu'elle n'est pas là et je ressors, remonte dans la voiture, je mets une cassette de Nougaro.

« *Une petite fille en pleurs dans une ville en pluie*
Et moi qui cours après
Et moi qui cours après au milieu de la nuit
Mais qu'est-ce que je lui ai fait ? »

Je roule, répète « Mais où est-ce que t'es passée ? Qu'est-ce que t'as fait ? » Je ne la trouve pas, je retourne à l'appartement et, c'est juste maintenant que je le réalise, la porte de la salle de bains fermée à clé je n'ai pas essayé de l'ouvrir la première fois. Bien sûr elle n'était pas noyée, bien sûr c'est clair.

Écrire que c'est le moment que je préfère fait-il de moi une fille infâme ? Pas d'entendre que notre mère s'est tuée en s'ouvrant les veines, en se noyant ; d'apprendre par notre père au moment où il s'en souvient quarante-cinq ans après, qu'à son premier retour dans l'appartement, elle était déjà derrière la porte de la salle de bain *« Bien sûr elle n'était pas noyée, bien sûr c'est clair. »* J'en suis glacée de l'entendre, notre père en cet instant éclaire la mort au-delà de l'imagination. La stupeur suspend tout ce qui pourrait être dit, j'assiste à la sienne, elle me transperce. Nous nous regardons, il n'y a rien à répondre à ce qu'il vient de me révéler. Pense-t-il comme moi : peut-être cette fois encore, elle ne voulait pas vraiment mourir, ç'aurait été une tentative de plus, qu'elle attendait que la porte s'ouvre plus tôt, elle l'a entendu entrer la première fois, cette connerie des Peut-être... et il est parti la chercher avec Nougaro.

« Une petite idiote qui me joue la grande scène de la femme délaissée

Et qui veut me faire croire qu'elle va se noyer. »

Je pense à l'eau du bain devenue froide et elle si frileuse. Je pense à notre père passant devant la porte de la salle de bain criant « Gisèle ! Gisèle ! » Elle était comment sa voix ? Inquiète ? Ulcérée ? Lasse ? Tendue ? Terrifiée ? La mienne l'aurait été mais je ne suis pas à sa place, je suis leur enfant. L'heure où il aura tourné dans Rouen sans la trouver fait mal, encore plus que je ne le croyais. Et nous les filles on roulait vers eux, on allait les retrouver. Cette heure elle change le cours du silence.

Il y a eu plusieurs tentatives de suicide, celle pour son fiancé mort, et d'autres encore, on était nées. Bien sûr que cela ne suffit pas d'être mère. Quel carambolage une vie toute neuve, et la mort, têtue, patiente, qui ne vous lâche pas, elle mandate son comparse, le désespoir, *« le mal de l'infini »*, identifié par Durkheim il y a un siècle. Je ne reproche pas à notre mère de nous avoir laissées, ne pense pas davantage qu'elle ait décidé quoi que ce soit, aura choisi de mourir, on est dépassé, on appuie sur Arrêt. Pas forcément pour se descendre mais descendre de soi, souffler, se reposer. Ne plus penser. Allez l'expliquer à deux gamines, leur mettre dans la tête qu'on se tue de ne pas vivre. À six et huit ans on se débrouille comme on peut, on ne pleure pas, on ne questionne pas, on fait semblant, que c'est bien l'enfance et de grandir, même si c'est à en pleurer. On a essayé d'être heureuse, c'est possible ça, essayer d'être heureux ? En ne se le demandant pas trop alors. Au bout il y a un bonheur, les deux filles de ma sœur et mon fils. La naissance de nos petits c'est la vie qui s'accroche. Je n'y pense pas à une existence où notre mère serait là mais quand nos enfants sont nés, ne pouvoir le lui annoncer, ne pas la voir se pencher sur eux, c'était comme si c'était hier, son abandon.

« Rien ne séparait plus les deux adversaires,
sinon cette ligne terrible de l'inconnu et de la terreur,
si semblable à celle qui sépare les vivants des morts. »

Par la fenêtre de l'atelier Louis voit Rachel et Paulina se planquer derrière Mathusalem, il marmonne, « Elles vont la bouffer leur anémone », ajoute pour il ne sait trop qui, « Faut que ça sorte. » Personne ne l'entend, sauf la voix mauvaise. Louis se parle à Luiiii-même, « Je n'ai pas des mains présentables, en plus je me prends les pieds dans les bouteilles d'essence, fait chier ! » L'établi est sens dessus dessous, il n'y a que Luiiii pour comprendre Louis en vrac, pareil à des clous pas rangés. Le plâtre a pris dans le sol et il y a le tas d'ampoules usagées à balancer. Il va faire le tri pour la déchetterie, Zabé sera contente, elle entre rarement dans l'atelier, éberluée du désordre. La dernière fois qu'il a voulu faire le ménage, faire une surprise à sa femme, il a fallu que les filles s'attaquent à la poussière et ça a été un de ces bordels... Luiiii n'y est pour rien ! Pourquoi avoir menti encore pour les beignets d'ortigaïes ?! C'est Zabé qui ne va pas bien ! Il ne supporte plus ces cachotteries. Leur mère monte les filles contre Luiiii, normal il se défend. Elle a pris le fusil dans l'atelier, elle croit qu'elle est chez elle ? Non madame. Elle n'a rien à faire ici. L'établi était déjà celui de l'arrière-grand-père, qu'est-ce qu'elle connaît aux outils ? C'est con de dire ça. Mais y a combien de femmes qui se refilent un établi de mère en fille ? Ça viendra, c'est parti pour. Elles en feront quoi Rachel et Paulina, elles le débiteront, allumeront la cheminée avec ? Ça le reprend la colère, plus lourde qu'une chape, s'il essayait de la soulever il emmènerait je ne sais quoi de ses entrailles. Luiiii n'arrange rien :

— *Quel nom pompeux, la Mère des Anémones de Mer, ta femme ramène toujours tout à elle. En la décrochant de son rocher t'avais un putain de sourire sous l'eau.*

La voix mauvaise alterne encouragements et reproches :

— *T'en as mis du temps. Action mon gars. ACTION !*

Louis en a marre de se laisser faire, sa voix résonne bizarrement dans l'atelier, il est fatigué, et Luiiii n'attend qu'une chose, l'attirer vers le petit placard.

— *T'as bien fait de la massacrer, maintenant tu vas la leur faire bouffer !*

Pourquoi il marche vers où il ne veut pas aller ? Louis n'a pas oublié l'ordre menaçant du véto, « On ne touche pas ! » Luiiii a réponse à tout :

— *Quand t'étais gosse d'accord, mais maintenant ?*

— C'est le placard de mon père.

— *Je le sais bien. Ouvre-le je te dis.*

— Non !

— *Tu veux que je le fasse à ta place ? T'en as pas marre qu'on te raconte des bobards ?*

Louis recule.

— *Ah non mon gars tu ne vas pas te débiner !*

Il remarque les infiltrations dans le mur derrière le petit placard, la lézarde déjà là avant la naissance des filles s'est agrandie, il y mettra un coup d'enduit. Il faudrait refaire le toit avant que ce ne soit un trop gros boulot, il a tardé, toujours à travailler chez les autres, rentrer de l'argent. Il va finir ses gîtes, les louer, et s'attaquera à la toiture, rebouchera les fissures. Luiiii le relance.

— *Alors, le petit placard... déjà que ta femme te respecte pas. Tu vas nous changer ça.*

Il n'y avait qu'à tourner la clé, le T61 et le Dolethal sont dedans. Luiiii ne le lâche pas.

— *Crois pas m'embrouiller, t'as regardé s'il en reste ?*

Son père les injectait en intraveineuse aux bêtes foutues qu'on lui amenait. Pas question après de manger l'animal euthanasié avec le poison. Le véto piquait les vaches et les brebis à la jugulaire. Pour les chats, les chiens, c'était l'artère radiale, mort instantanée, un produit qui ne périme pas. Le passe des vétérinaires pour l'au-delà, le taux de suicide chez les vétos est parmi les plus élevés, « Le problème fiston c'est que c'est trop facile avec ces produits », et son père suspendait la clé au-dessus du petit placard où l'enfant ne pourrait l'atteindre, il n'y aurait pas d'accident.

À travers les fenêtres Louis voit les filles faire semblant de ne pas avoir peur, elles continuent à se foutre de sa gueule, un jeu de bébé les fourmis. Faut que ça s'arrête et Luiiii le laissera tranquille.

— *Alors il en reste ?*

— Y en a.

— *Tu sais quoi faire, elles ne sentiront rien, ne s'en rendront pas compte.*

Aussitôt, Louis repose les flacons.

Les filles n'ont pas le droit d'entrer dans l'atelier, les clous, le verre cassé, la tôle rouillée, Rachel et Paulina pourraient se blesser vingt fois. Sans compter le fusil, accroché à bonne hauteur, Zabé se sera mise sur la pointe des pieds pour l'attraper.

— *Méchante ! C'est une méchante !*

Luiiii a une dent contre elle, la photo du Russe à moto ne passe pas.

— Je crois pas.

— *Si j'te dis. Elle te quitte, tu le crois pas ça aussi ?!*

— ...

— *Et les filles...*

— Quoi les filles ?

— *Tu veux les garder ?*

— Oui.

— *Les garder tout le temps ?*

— ...

— *Oui ou non ?*

— Oui !

— *Facile. Tu ouvres le petit placard, t'as l'anémone et...*

— Et ?

— *Ben, elles iront pas à Yasnaya Polyana.*

— Tu... tu connais Yasnaya Pol...

— *Si ta salope de femme veut retourner en Russie elle y va, mais toi tu gardes les gosses, compris ?*

Luiiii parle si bas, Louis pour l'entendre est obligé de répéter tout ce que dit la voix mauvaise.

— *Leur mère va rappliquer, pas question de reculer. Et t'arrêtes de te laisser embrouiller.*

— D'accord.

— *Ben vas-y alors.*

— Je...

— *Je quoi ?! Tu sais ce qui t'pend au nez, non ? Si tu t'décides pas, demain elles sont plus là.*

— Si.

Ce papier que Zabé lui a tendu ce matin avant de démarrer c'est n'importe quoi, Luiiii l'a vu tout de suite. Le numéro de téléphone d'une clinique de la voix à Montpellier, avec soi-disant d'autres qui entendent ce qui les hante. Elle a raison de gueuler la voix mauvaise :

— *Ta femme t'exile chez les tarés, elle te fait enfermer. Elle garde les filles, et revient vivre peinarde à Tradicettu c'est ça ? Saaalope ! T'as tous les droits mon gars. Tous !*

Louis tourne en rond dans son atelier, il ouvre et referme le petit placard, ne lâche pas la clé. Le reflet de la mer tout à l'heure a tremblé sur la peau des filles, il faisait des vaguelettes de lumière sur ses petits amours, comment ne pas les aimer absolument ?

Cala Barbaria porte bien son nom, une panse d'ogre, d'énormes rochers qui avancent dans la mer, Louis ne manque jamais de marcher particulièrement sur l'un d'eux et le piétine, il a la forme d'un menton en galoche pareil à celui du véto, le soulagement que c'est de l'écrabouiller, ça lui fait un profil de salopard au rocher. Sous les coups du véto le fils a vite appris à se fourrer dans l'œil du cyclone en pleine tempête, le calme est la tempête.

La pièce a rétréci, l'atelier s'est obscurci et voilà que le dentier du grand-père de Louis grimpe au mur. Le vieux l'appelait Karl Marx, « Parce que mon petit en vlà un qui mordra toujours. » Pour ne pas voir son grand-père l'enlever de sa bouche, poser Karl Marx dans un verre à eau, le gamin détournait les yeux. Le vieux endormi, Louis s'approchait du verre, regardait dedans fasciné et dégoûté. On lui disait que tous les vieillards avaient un Karl Marx dans la bouche et le petit Louis se demandait ce que l'on ferait de celui de son pépé une fois mort. Enterré Karl Marx ! On n'allait pas non plus le garder dans du formol ! D'un coup, ils sont des dizaines de Karl Marx à claquer des dents autour de Louis, des dizaines et dizaines de dentiers de pépé partout dans l'atelier, ils vont le déchiqueter. Et c'est quoi cet œil crevé de poule ? Œil pour œil, dent pour dent ? Tous les yeux de poule que son père lui a demandé de crever, tuées net les cocottes, la pointe du couteau dans l'œil, hémorragie cérébrale et pas une goutte de sang. Il a été un bon bourreau. Plus tard ça avait été le tour du cochon. Au marteau par derrière, un bon coup sur la tête. « Tu te débrouilles dis donc. » Rare compliment du père, le véto aura pourtant vu que son fils ne tenait pas sur ses guiboles. Après, il avait fallu brûler ras le poil du cochon avec un bâton enflammé, cette odeur... Heureusement un cousin lui avait donné l'astuce de raser le cochon mort avec l'opercule d'une boîte à sardines, au moins ça ne sentait pas. Il va la frire leur anémone et quand Zabé arrivera ce sera bien d'aller chercher du pourpier, elle en raffole, ils feront une grande salade et Louis aura régalé sa femme. Leur premier été après les averses, il trouvait pour elle les plus grosses feuilles de pourpier, des bien grasses sur une tige épaisse qui vous gratterait la gorge si on la mangeait. Mais goûter la pluie à même la feuille, attraper les gouttes du bout de la langue et on boit le ciel, quels baisers alors ils s'offraient. Les pousses les plus fines il les assaisonnait de son huile d'olive, et dans les yeux de Zabé il y avait une rosée quand elle le regardait. Louis n'y arrive pas, rester à l'écart de l'énorme douceur et cette saleté l'amour.

Sur la terre battue, et dans la sciure, on trouvera des traces de pas dans tous les sens, aucune autre empreinte que celles de Louis, de quoi faire avancer l'enquête.

— *Les baisers du Russe, c'est de l'eau douce ?*

Luiiii souffle sur Louis comme sur un bobo que l'on veut guérir et on l'empire, c'est une gangrène que Louis a dans la tête.

— *Une bonne grosse tristesse elle est ta femme, faut en finir.*

Les filles ne se sont pas trompées en l'appelant la voix mauvaise. Louis ne leur en veut pas, « Je suis un papa, il sait toujours tout un papa. » C'est sorti dans un souffle, il ignore s'il doit en avoir peur. À continuer de remuer n'importe quoi ce sera encore plus le bordel. Partout dans l'atelier la poussière qu'a tout bien salopé leur vie se tient à carreau, elle attend qu'il sorte pour retomber. Il est revenu où il ne voulait pas, devant le petit placard, on dirait bien que la porte s'ouvre toute seule. Ou c'est Luiiii ?

— *Je vais quand même pas le faire à ta place.*

Avant de s'emparer des deux flacons, Louis s'arrête sur cet air de joie que les filles avaient sur la figure le soir du 14 juillet. Captives, n'arrêtant pas d'être surprises de ce qui se tramait dans le ciel, les deux sœurs, menton haut, éblouies par les giclées de couleur du feu d'artifice à Propriano. Leur père aussi elles vont le regarder comme un bouquet final.

Sur le site de l'OMS, je lis, « *Toutes les quarante secondes dans le monde, une personne met fin à ses jours. Une tentative de suicide antérieure est l'un des facteurs de risque les plus importants pour un suicide futur.* » Futur accolé à suicide provoque instantanément un mouvement de recul de tout mon être. J'ai délibérément ajouté la note en bas de page sur Hemingway, le suicide qui se répète, il se transmet ?

Résilience est un mot à la mode, bipolaire l'a été. Un beau fourre-tout oui. À quand les *néo bipo* et on se débarrassera des maniaco-dépressifs qui vous ont un petit air de camisole. Un coup de mou et on se revendique bipolaire. À chaque fois j'ai l'impression que l'on trahit notre mère. La médication qu'on lui aura prescrite n'était pas adaptée à une maladie encore peu détectée, on mettait les femmes dans le même sac, elles avaient leurs humeurs et on meurt.

On a eu une mère délicate, lunatique, généreuse, irascible, fantasque, cyclothymique, adorée adorée, une mère montagnes russes et les deux sœurs on montait dedans. On fait avec les parents que l'on a, on ne veut pas que ça s'arrête. Comment ne pas penser à ce que notre mère aura déposé en nous. Et nous les filles on est un ciel changeant.

Bipolaire a des corollaires, « *désordre, agitation, angoisse, inquiétude, tourment, affres, préoccupation, agitation, ébranlement, euphorie, désarroi, tourment* », rien que je ne ressente tour à tour à peu près en permanence et on fait avec, pas une aliénation. Je cherche du côté des antonymes et c'est un uppercut. « *Calme, sérénité, repos, apaisé* », tout ce que je ne suis pas et voudrais. Je vois écrit « *trouble alimentaire* », l'impression d'être dans un entonnoir tapissé de miroirs. J'essaye une autre entrée, lis comme on engloutit quand on n'a plus faim. Je continue ? Je continue, clique sur : « *Est-il dangereux de vivre avec une personne bipolaire ?* » Je lis, « *Affection mentale autrefois appelée psychose maniaco-dépressive, cette maladie psychiatrique peut produire un comportement dangereux. Parfois...* » J'arrête, je ne veux pas. JE, NE, VEUX, PAS.

« Il comprit que cette terrible nuée d'orage qu'il appelait de tous ses vœux et qui lui inspirait en même temps une terreur involontaire, était en marche. »

Je repoussais certains souvenirs, posais dessus un regard de myope et ils restaient dans un flou. Il y a eu une fête, il y a eu le fusil et à la banque un compte ouvert au seul nom de Zabé, une foultitude de démarches tenues secrètes, et la Mère des Anémones de Mer finit dans notre assiette. Elle dégorge et notre père sort de son atelier avec deux petits flacons à la main, il en verse quelques gouttes dans sa préparation pour les beignets. Notre mère aurait dû être là, elle aurait dû nous protéger de ce qui va arriver. Son absence tout au long de la journée, sa tête d'autruche dans le sable à ne pas avoir mesuré l'épouvante, son égoïsme à ne pas lever les yeux de ses livres et on passe après, son amour pour notre père qui n'est pas le bon, Luiiii en fait une friture et il la roule dans la farine, tout comme l'anémone, coupée en morceaux, tentacules rincés dans le vinaigre, essorés dans le papier absorbant, il met de l'huile sur le feu, jette dedans la Mère des Anémones de Mer. Accroupies au pied de Mathusalem on l'observe, penché au-dessus de sa préparation, nos yeux rayons X de sœurs voient bien que l'on a des nœuds dans la gorge, sans parler des intestins, on serre les fesses.

— Il est un peu tard pour votre goûter. On va se rattraper, venez par ici.

La voix mauvaise. Elle ne s'était encore jamais adressée à nous, on obéit, assises devant nos assiettes, on essaye de ne pas regarder les beignets, on est des cannibales.

— Puisque vous l'aimez tant, régalez-vous ! Je vous ajoute un filet de citron si vous voulez.

On acquiesce, on n'a pas le choix, il va falloir ingurgiter sans rien laisser. Accablées sur nos tabourets, on aimerait pour une fois que maman nous répète de nous tenir droites, mais elle n'est pas là. Le seul adulte présent vérifie que l'on finit notre assiette, il ne s'est pas servi, ne goûte pas au plat, et je n'aime pas voir MyPrecious habitué à avoir sa part repartir bredouille. Je me concentre sur mon envie de vomir et ça m'aide, ce que je vais mettre dans ma bouche je le dégueulerai. Je coupe des petits morceaux, avale sans mâcher en buvant beaucoup d'eau. La nausée remonte d'un cran, je suis la première des deux à terminer. L'homme debout qui nous surveille n'est pas notre père, on en pleurerait. Je n'arrête pas de me répéter, *« Tu n'es pas mon papa, tu n'es pas mon papa, tu… »* Moi aussi je veux Luiiii faire mal. MyPrecious revient à la charge, il a l'habitude que son maître lui garde un petit quelque chose, pour la seconde fois il n'en obtient rien. J'ai de la bile dans l'œsophage, compte jusqu'à vingt pour ne pas avoir l'air suspecte et file vomir où j'ai l'habitude. Si discrètement, même Luiiii ne l'a pas deviné.

Depuis le début de l'été, on m'autorise à quitter la table parce que je rapporte des figues pour tout le monde. Je ne change rien à ce qui est devenu monnaie courante au début des vacances, cette fois encore les figues font passer le goût du vomi, je les partage avec toi, n'en propose pas à l'homme déjà en train de nettoyer nos assiettes. Il me semble entendre un moteur de voiture, maman toujours en retard, mais non, c'est mon imagination, ou ma détresse. Pour me donner du courage je regarde le ciel, on dit d'un cœur qu'il saigne, et le ciel ? Grâce au nuancier de notre père, on connaît toute la palette des rouges, amarante, carmin, magenta, cramoisi, rubis, cardinal, écarlate, pourpre, vermeil, il y en a pour toutes les aubes. Un ciel coquelicot, il se fripe lui aussi ? Elle est où maman ? Où tu es ? Je ne vais plus arrêter de me le demander et pour moins y penser je dessine par terre un cœur pour l'amoureux. Demain aux infos sa mère apprendra le drame, elle le lui cachera, on est trop petits pour ça. J'ai googlisé notre histoire. *Corse Matin* titrera *« La tragédie de Tradicettu »*. Pour les journalistes je suis *« La Survivante »*.

2 juin 2021 je m'arrête sur un titre de Une : *« Enceinte, les médicaments c'est pas n'importe*

comment ! » Une campagne de l'agence nationale de sécurité du médicament. Après l'alcool et la cigarette, ce sont aux composants des sédatifs et anxiolytiques d'être sur la sellette. Le valproate, un composant de la Dépakine prescrit pendant des années aux femmes enceintes pour lutter contre l'épilepsie et la bipolarité, atteint directement les fœtus, 30 000 bébés autistes ou avec des malformations congénitales naîtront. Ces mères devaient dormir pour leur petit, il fallait les apaiser, anesthésier l'anxiété. La nôtre, enceinte, « prenait des cachets », l'expression utilisée dans la famille, je n'en saurai pas plus, ne peux m'empêcher en découvrant les dégâts de la Dépakine de penser que notre mère enceinte en n'étant pas diagnostiquée bipolaire nous en aura épargnées. Pas des somnifères et des anti-dépresseurs. Xanax, Lexomil, Valium, Lithium, sur lesquels a-t-elle jeté son dévolu et on était reliées par un cordon ? Quand « Bipolaire » franchit les lèvres de mon père, je ne renchéris pas. Pour cerner sa dérive et elle chavire sa femme, il n'emploie pas un mot générique, il se tourne vers ce qu'il reconnaît. Tout concorde, les symptômes, les actes, l'issue de ne pas être soigné correctement.

« “Et vous, qu’avez-vous fait de moi ?” disait ce charmant, ce pitoyable visage de morte. »

Notre mère a fini par revenir à la nuit tombée, écrasant tous les lendemains. Elle a garé sa voiture coffre tourné vers la porte de la maison. Il y avait des cartons de livres entassés dans l’entrée, à emmener eux aussi. Voir les bibliothèques vides depuis le matin faisait tout drôle, notre père ne s’y habituerait pas, plusieurs fois on se l’était dit, on lui offrirait plein de romans pour son anniversaire et même on demanderait à maman de les choisir. Elle a coupé le moteur et le sifflet à Vlady Vissotsky en mode *repeat* quand elle est au volant le volume à fond et attention à ne pas rouler trop vite. Elle chante dessus, les rares fois où on l’aura entendue parler russe, elle était Zabé de toutes les Russies, « Il ne vous donne pas envie de danser les filles ? – Non maman, attention au virage ! »

Avant même d’ouvrir la portière, elle entend MyPrecious comme enragé. Personne dehors alors que pendant les vacances on a le droit de se coucher tard. Elle dit nos prénoms pas trop fort d’abord, ne veut pas nous inquiéter. S'inquiéter ? « Rachel ? Paulina ? » Une fois. Deux. « Rachel ! Paulina ! Vous êtes où les filles ? » Pour seule réponse, les aboiements frénétiques du chien. « Louis ? Louis ?! » Aucune lumière dans la maison. En se précipitant vers la porte, elle a le réflexe de composer le 17 sans savoir exactement s'il s'agit du Samu, des pompiers ou de la police, elle appelle au secours, donne notre adresse et franchit la porte en hurlant nos prénoms. Le salon est vide, le couloir, elle entre dans notre chambre, nous voit couchées dans nos petits lits, croit une seconde à la fin du cauchemar. Non maman, il commence. Dans sa déposition, notre mère déclarera que son cerveau a noté que l'on était en maillot de bain, qu'on ne s'était pas douchées. Elle nous secoue, va de l'une à l'autre, pleure, il ne s'est pas écoulé tant de temps depuis que l'on est au lit, ton corps ma sœur est encore à la même température que le mien. MyPrecious, lui, sait. Il va dans la chambre de nos parents, il n'aboie plus, il gronde, il gronde qui ?

Les jours suivants, on me demandera pourquoi je n'ai pas ouvert les yeux quand elle me secouait, et les policiers insistaient, « Pourtant ta mère t'appelait. » Dans ma tête je les reprenais systématiquement, *notre* mère. On a voulu – deux policiers, un docteur et maman – que je décrive minute par minute le déroulement de la journée mais il n'y a qu'à toi ma sœur que je voulais parler. Le moment que les policiers préféraient – ils y revenaient sans cesse – était le retour de la plage, ils disaient l'anémone, jamais la Mère des Anémones de Mer, là encore je les reprenais dans ma tête, ça m'aidait, les policiers n'étaient pas obligés d'avoir raison, et si pour toi aussi ils s'étaient trompés. Ce n'était même pas un maigre espoir mais je pouvais me le répéter et j'ai commencé de m'adresser à toi, te faire vivre encore dans tout ce qui arriverait, continuerait, et ce serait moins grave que tu sois morte, moins insupportable. Je n'ai plus arrêté de te demander pardon de ne pas t'avoir sauvée. Je n'avais pas bougé et à cinquante centimètres tu t'éteignais, comme un feu si on ne fait pas un geste pour le ranimer. Je suis restée vivante en faisant la morte, en te copiant.

Le malheur offre de bonnes prises, je m'y suis accrochée. En ne cherchant pas à vivre je me rapprochais de toi. La première chose était de ne pas avoir une maman, de ne pas l'autoriser à avoir une seule fille, je refusais ses câlins, sa douleur ne me toucherait pas, et j'ai tenu. Tout comme je suis parvenue à feindre la mort pendant que tu crevais à quelques centimètres. Comment l'être du côté des vivants après ça ? Même le prince André sous l'immensité d'un ciel au-dessus d'un champ de bataille veut rejoindre ce qu'il ne comprend pas, et on a fini d'être tenté de vivre, même Natacha, la fleur des jeunes filles y pensera. Natacha... le tien de prénom n'a plus franchi mes lèvres.

L'avion vient de commencer sa descente vers Nice, il sera à l'heure, j'aurai ma correspondance. Il fait son approche, je fais la mienne, j'isole chaque parfum du maquis, je vais loin dans la recherche, compte sur le mistral pour retrouver le parfum des immortelles jusque sous la mer. On les cueille, on les déplace, on les froisse, on les suspend, elles sèchent et continuent de sentir ce qu'elles sont.

J'ai porté une blouse que l'on vous attache au milieu du dos avec un lien. Mon corps a fondu, il me défendait de grandir, des journées entières sont devenues des années à observer, satisfaite, les os de mes poignets qui n'étaient plus tout à fait des poignets. La seule à grandir était la plaque d'eczéma, un *prurit*, ce que j'étais. Je n'avais même pas la force de soulever mon bras pour me gratter, atténuer la démangeaison et l'attiser. Je me suis attachée à un cousin, l'insecte restera dans ma chambre plusieurs jours, ses pattes sont si maigres je les lui envie. Je veux être un cousin, l'aide-soignante, la caressante, le fera finalement sortir par la fenêtre sans lui arracher une patte. Un nouveau psy, plus entêté, plus subtil, un plus compatible, a l'idée de me projeter un film en anglais non sous-titré, je suis d'accord pour regarder *Ordinary people. Des gens comme les autres.* Sur l'écran, le garçon a mon âge, dans une scène à la fin il sort de son chagrin, je traduis tout mentalement et j'aime ça, je n'analyse pas ce qui est en train de se passer. On peut continuer notre vie parce qu'on a vu un film ? Lu un livre ? Je me glisse dans une famille ordinaire, un père, une mère, leurs deux fils. Un frère manque et ils se manquent tous. Jusqu'au dernier échange entre le psy et son jeune patient.

— *Combien de temps vas-tu te punir. Quand cesseras-tu ?* demande le psy à celui de mon âge.

— *Dieu, je voudrais cesser.*

— *Alors cesse.*

— *Ce n'est pas facile, ce n'est pas facile... Dieu... Je l'aimais.*

— *Je sais.*

Le gamin ne peut rien. Rien ! Quant à Dieu… il me ramène à Tolstoï. Il en était obnubilé, décide à cinquante-cinq ans qu'il n'a plus de temps à perdre avec la littérature, notre mère en était consternée. D'un revers de la main, elle éloignait la foi finalement vacillante de son grand écrivain, ajoutant, « Je me méfie de la mélancolie », elle la tenait à distance.

Dernière photo prise avec notre mère, elle porte un foulard, aura laissé pour les vacances les perruques au placard. Les deux sœurs on a des couettes torsadées et une raie au milieu bien tracée, notre mère nous apprenait à la faire avec le peigne, une belle ligne droite. Elle a la peau mate, plus que celle de ses filles mais ses poignets, ses bras, sont à peine plus gros que les nôtres. Dans notre dos, je reconnais la Renault 16 associée dans mon esprit aux pique-niques des dimanches, la grande couverture roulée dans le coffre pour un brunch avant l'heure imaginé par notre mère et elle picorait pieds nus dans l'herbe, une joie nous chatouillait.

Dans la maison de notre tante elle aura retrouvé quelque chose de son enfance à la ferme, des hectares d'oliviers en Kabylie. Nos mains plongées dans l'eau glacée du torrent sont un été limpide, calme des minutes à le remonter jusqu'aux cascades, les pieds engourdis et on s'habitue. On entrait dans des bassines naturelles creusées à même la pierre, notre menton frayait avec les têtards. On inaugure *le chemin des trois cailloux*, une idée de notre mère, pour aller jusqu'au trône au fond du jardin. On coupe le ruban, laquelle s'amuse le plus ? Ses filles nous tenons d'elle de célébrer l'ordinaire avec une fantaisie. Elle nous a fait un chemin avant de nous dire au revoir, notre père est déjà dans la voiture, ils ont de la route jusqu'à Rouen. Ce qui se passe, la minute avant qu'elle ne le rejoigne il n'y a pas à l'imaginer, ce sont des baisers pleins d'un « À bientôt. » On se le répète, pas pour y croire mais parce qu'en cette seconde c'est vrai. « À bientôt. » Je retourne dans cet instant, les regarde s'éloigner, retrouve la topographie des lieux, elle a peu changé. Je vois notre père côté conducteur vitre baissée et son bras en sort levé, pour qu'il dure l'au revoir, et sûr il nous sourit dans le rétroviseur. Je vois notre mère accroupie sur son siège, entièrement retournée vers nous, elle nous souffle des bisous volants, la voiture s'éloigne, on court derrière en chaussons, on sera ensemble jusqu'au virage. Je l'écris, et j'ai envie de me mettre sur la pointe des pieds, les regarder s'éloigner, ne pas les perdre.

« Je vois que le nœud est noué et renoué,
mais comment le démêler ? Je l'ignore.
Non seulement je l'ignore, mais je sais
qu'il est impossible de le dénouer. »

Le reflet de la veilleuse dans le hublot dessine les contours d'une jeune femme qui ne sera pas passée par la case jeune fille. Que sait-on de ce que l'on aurait été ? Si j'attache mes cheveux, toi aussi tu vas apparaître ? Tant pis pour mon voisin de siège s'il s'avisait de regarder de trop près mon eczéma. Je t'enviais tes cheveux si doux, si légers, pareils à ceux de LaPoupée, même attachés en queue de cheval ils tombaient loin dans votre dos. On se bagarrait pour des broutilles, je tirais sur tes cheveux, l'occasion d'en arracher était trop belle ! Tu me griffais – j'ai encore sur le dessus des mains la marque de tes ongles colère –, on luttait sans faire de bruit, sans se faire prendre, c'était nos affaires pas celles des parents. Je serais incapable de dire une seule des raisons pour lesquelles on se querellait. J'y allais un peu fort, après une de nos bagarres j'ai eu droit à « T'es pas une vraie sœur ! », ai eu à cœur de te prouver le contraire. Je nous comparais, vérifiais sans arrêt si tu devenais un peu moins belle, juste un peu. En grandissant je n'aurais eu aucune chance avec l'amoureux, l'avais accepté. On nous le serinait, tu étais le portrait craché de maman et bien plus que les griffures cela me faisait mal. En me cachant pour vomir je t'ai trahie. On était trop jeunes pour affronter seules la voix mauvaise, pas assez pour ne pas comprendre qu'en essayant de te sauver aussi je ne lui échapperais pas. Résister et ruser, maman finirait par arriver, le jour ne finirait pas sans elle et il ne serait pas trop tard, même pour toi. Une fois encore je me tourne vers le ciel, il vire au violet, une couleur qu'elle aime porter, elle met en valeur ses yeux verts, j'y vois un signe, elle est en route. Il fallait être bien jeune pour le croire. Aller au bout de ce jour et il y en aurait un autre je le voulais tellement, même au prix de te perdre. Dès la dernière bouchée tu n'es pas dans ton assiette et rapidement tu te sens patraque, alors moi aussi. Ça te prend d'un coup, des crampes d'estomac. Tu vas aux toilettes, essayes de te débarrasser de ton mal de ventre, rien ne sort. Ton front est plein de gouttelettes, comme un carreau après la pluie. Je prends ta place, pose mes fesses sur la lunette, pousse fort, bruyamment, exprès. Je fais tout pareil, insoupçonnable. Je compte les feuilles de papier auxquelles on a droit, elles restent propres mais je ne veux rien laisser au hasard, je tire la chasse, la voix mauvaise rôde, elle nous a suivies dans la maison, et pour avoir l'air moi aussi d'un carreau après la pluie en sortant des toilettes, je récupère quelques gouttes d'eau sur les parois de la cuvette, en barbouille mon front. Je te retrouve allongée sur le canapé, une main de notre père, posée à plat sur ton ventre, comme si elle pouvait te faire du bien. Je pose ma tête sur la cuisse libre de l'homme assis entre nous, m'oblige à accepter son autre main sur mon ventre, l'équité en tout pour ses filles, il y veille scrupuleusement, et la voix mauvaise est bonne observatrice. Nous voilà attachées à la même chaîne, il ferait comment Ben-Hur ? « Il regarde en face son destin d'humain » notre mère nous l'a sorti avec son emphase habituelle, devant la ribambelle d'épreuves affrontées par Judah Ben-Hur. Judas moi aussi ? C'est quoi mon destin humain ? De ne pas être le tien ? Quelque chose dans ton ventre qui ne va pas, t'oblige à te plaindre, alors moi aussi. Je calque tout sur toi. Ça fait un moment que la voix mauvaise se tait, elle nous sonde, et précipite la fin. « Allez vous coucher. Votre mère a l'air de vous avoir oubliées. »

Il est à peine 21 heures, tu ne protestes pas, je me tais. Tu commences à avoir des frissons, pas facile de faire semblant d'en avoir, je me lève du canapé la première, pliée en deux, tu me suis et te diriges vers notre chambre, on ne se lavera pas les dents. On est seules dans le couloir, je peux te soutenir sans me faire voir, t'aider à te mettre au lit. Ce sont nos derniers instants.

L'avion est en train de se poser, j'atterris où je ne voulais pas me souvenir. Tu n'as plus la force de parler et dans tes yeux il y a plein de questions, je détourne les miens, ai le temps de voir le mélange de frayeur et d'espoir puisque tu viens de t'en rendre compte, je vais bien, moi. Assez pour te prendre sur mon dos et sortir par la fenêtre ? L'as-tu cru ? Luiiii ne nous aurait pas laissées lui échapper, j'aurais manqué de force pour te porter suffisamment loin et je fais cette chose, je mets un doigt sur ta bouche. *Chuuut*. Je te borde, m'allonge dans mon lit, tu n'arrêtes pas de gigoter, de geindre, je me calque sur toi, j'ai deviné que la voix mauvaise viendrait nous dire au revoir. Je réfléchis tellement à ce qui va arriver, je ne réalise pas tout de suite que tu as arrêté de bouger, arrêté de geindre, est-ce que tu as les yeux fermés ? Je décide que oui, quand on a mal, on ferme les yeux, et je ferme les miens. Je m'interdis de t'interroger, de vérifier ton agonie, survivre est à ce prix. Un souffle, plutôt une haleine, entre dans la pièce, elle reste dans l'entrebâillement de la porte, je me retiens de respirer, ne bouge pas un cil, et la voix mauvaise va se coucher. Je ne fais pas l'erreur de regarder si tu es vivante, ne cherche pas à savoir ce qu'il reste de notre famille, un mouvement me trahirait. Je ne pense plus à maman qui n'est pas venue, et ça ne suffit pas pour l'accepter. Je guette chaque son de la maison. Dehors MyPrecious n'arrête pas de vouloir entrer. Bien plus tard, trop tard, notre chien en retrouvant son maître fera rouler sous le lit de nos parents la seringue avec laquelle notre père s'est injecté le poison une fois ses adieux faits aux filles. Luiiii satisfait.

« Je ne puis pas, je ne veux pas mourir, j'aime la vie, j'aime cette herbe, cette terre, l'air que je respire. »

Alors que nous marchions non loin de sa maison, Esther m'a dit avoir enfin compris tout le bon à réduire la somme des contraintes que l'on se donne, « Crois-moi, on ne se les offre pas. Le Faire, le Produire que l'on s'impose, on se tyrannise. Et pour quoi ? La performance ? Ce serait la seule chose à attendre de soi ? Je commence tout juste à ralentir, accueillir ce qu'on ne fera jamais tenir dans un agenda, la beauté grandeur nature. » Je l'écoutais, fourmillant d'un désir, et c'est elle qui a saisi ma main, elle a posé un baiser si léger à la pliure de mon poignet, sans la trace de son rouge à lèvres j'aurais douté. « Je cherchais un endroit pour écrire, au final les scénarios qui ne se seront pas tournés m'ont conduite ici, en m'obligeant à vivre au milieu de nulle part et dépenser moins. Tu vends un studio à Paris, tu achètes une maison en pleine nature, des hectares, ciel et terre confondus. En fait tu achètes ce qui ne s'achète pas, une lumière, un silence, une solitude choisie. » J'aurais voulu qu'on ne rentre pas, on a fait une boucle, gravi une colline, traversé un petit bois, pas exactement une visite du lieu plutôt une invitation à l'y rejoindre. Elle m'indique les coins où ramasser des prunes l'été sur le chemin communal, plaisante, « On est deux fruits tombés de l'arbre, tu ne trouves pas ? L'un encore vert, l'autre déjà mûr, quelle saveur va l'emporter ? De toute façon ce sera bon ! » Esther me signale des repaires pour quand je reviendrai marcher ici en terrain familier, rassurée par le vestige d'une charrue au moment où je commencerai à douter d'être dans la bonne direction, je continuerai, trouverai le bidon vert à mi-parcours, repérerai une souche en forme de tête de cheval et on arrive bientôt, on ne s'est pas perdu. Je me lèverai quand il est encore trop tôt pour les oiseaux ; l'heure où notre père un matin est parti chasser et toute la journée il n'a pas arrêté de le répéter, « La terre n'est plus la terre. »

J'irai retrouver Esther mais avant il y a Tradicettu. Tolstoï avait Yasnaya Polyana, j'ai Mathusalem. Dans la nouvelle traduction, l'éditeur a joint un cahier photo, je découvre le domaine de Tolstoï, les pommiers emmitouflés, protégés, que la neige ne les brûle pas, on est devant une maison au balcon blanc où nous aurions pu aller. Je l'ai regardé plusieurs fois depuis hier, un prétexte pour ouvrir le livre traduit par notre mère. Je regarde la tombe recouverte de branches de sapin et… je viens de le comprendre, regarde le crédit photo, tombe sur notre nom. Chaque pièce, le bureau, la chaise rabotée, le lit pas plus large que les nôtres, Zabé a fini par s'y rendre, et je la suis dans la neige, l'impression d'avoir les pieds mouillés par chaque mètre parcouru au milieu des résineux derrière les bouleaux poussés par centaines, peut-être par milliers. L'un d'eux a-t-il été planté quand Tolstoï est né ? Lequel ? Notre mère le sait-elle ? Je reviens à la dernière photo, la tombe pleine d'aiguilles. Elle a une histoire aussi belle qu'un conte, notre mère nous la racontait. À l'endroit de la pierre plate, sans date, sans nom, deux frères, deux gosses, Léon Tolstoï et l'aîné Nicolas, ont enfoui un bâton vert, ils l'ont appelé Le Bâton du Bonheur parce qu'il ferait le bien. La vie est passée par là, l'aîné est mort et le plus jeune s'est mis en tête que leur bâton vert était au même endroit, le bonheur n'avait pas bougé. Il a demandé à être enterré où deux frères avaient enseveli ce qu'ils ont eu de meilleur, lui donnant rendez-vous comme on se fait une promesse. Le plus jeune l'a tenue, Zabé aussi quand elle regarde dans l'objectif.

Les rares fois enfants où l'on nous parlait de notre mère, les adultes invoquaient son besoin de soleil, on a supposé que cela avait à voir avec L'Accident, et ça s'insinue, C'est la faute du soleil, il agissait tel un sorcier sur elle. S'il avait brillé autant que de l'autre côté de la Méditerranée, elle aurait eu l'humeur au beau fixe ? Je ne le crois pas mais en se cachant, il pesait. On ne commande pas le soleil et notre mère tournesol a baissé les bras, et la tête, et la tête, d'une humeur alouette. Elle se dorait, s'offrait à la chaleur, dans la lumière elle se régénérait, et l'avait décidé, aux prochaines grandes vacances on irait en Corse. L'été de mes dix-sept ans, mon premier salaire en poche, j'y fonce direct, me persuade de marcher dans ses pas même si elle ne s'y sera jamais rendue, je fais feu de tout bois dès lors qu'il s'agit d'elle, qu'importe que cela n'ait pas existé. J'exauce son vœu, retrouver dans cette île un peu de la Kabylie, les oliviers et la mer plein les yeux, les siens, les miens d'un même vert et on tend vers une beauté. Je suis retournée en Corse jusqu'à en faire un paysage familier, un roman. Assise dans le hamac, un pied au sol de chaque côté, il ne s'agit pas de se balancer, mais se stabiliser pour écrire sur mes Post-it, y faire entrer le maquis. De retour sur le causse, je répertorie les petits carrés jaunes, des centaines recto verso, quand je froisserai le dernier je serai arrivée au bout de mon histoire. Et me serai mesurée à Zabé, la femme *Tu me crèmes le dos*. Nous nous régalons du miel de U Campu Tondu et au premier soleil je protège mon visage avec sa protection solaire, elle sent notre enfance, a l'odeur de celle dont nous tartinait notre mère et on sentait elle. J'étale une noisette de crème sur mon front, mon nez, dans le cou, entends dans mon dos, « Maman, tu sens la Corse. »

« Plus l'esprit humain se hausse dans la découverte de ces fins, plus il se rend clairement compte que la fin dernière lui est inaccessible. »

Chaque matin je me réveille redoutant l'instant où sortir du sommeil me rejettera dans une chambre dans laquelle deux gamines n'auront pas fait de grands rêves « Jusqu'à la fin du monde, Jusqu'à la fin du monde. » De notre monde. Ma tête s'appuie autant contre le siège du vol Nice-Ajaccio que sur l'oreiller du centre hospitalier de Sartène il y a huit ans. Deux inconnues en blouse verte s'activent à un mètre de moi, elles me croient endormie. Je continue de faire semblant, prolonger ce qui ne peut l'être, ne pas revenir où tu t'en vas, ne pas te laisser partir, rester une gamine qui joue à LaPoupée avec sa sœur et on invente d'autres destins tragiques et romantiques, sans trop savoir où cela nous mènera. Être une grande personne ?

Je réclame à mes yeux de ne pas s'ouvrir mais comment les empêcher d'écouter. Deux infirmières. L'une me plaint, l'autre n'y pense pas.

— La pauvre petite.

— Quand elle découvrira que...

— Chuuut ce n'est pas à nous de lui apprendre.

Aucune des paroles qui sortiront de leur bouche ne me fera du bien. Je voudrais me boucher les oreilles mais elles sauraient que je suis réveillée, je fais comment ?

— Qui va lui dire ?

— Le docteur, je crois. Je n'aimerais pas être à sa place.

— Ça fait un de ces baroufs à Sartène.

— Faut que j'aille voir la maman, elle est dans la chambre à côté. Le docteur Preziosi a insisté pour que la petite ne soit pas seule quand elle se réveillera. Tu restes avec elle ?

— Pfff... franchement... et quand elle me regardera, je souris ou je pleure ?

— Tu sonnes et on viendra. Le docteur trouvera quoi dire.

— Tu crois ?

— Il est avec la mère, ils la mettent sous sédatif. Pas plus mal qu'elle soit dans les vapes, on n'est pas au bout de la journée.

— Dans son malheur, il lui reste une fille. Le père aurait pu les emmener toutes les deux.

L'infirmière qui est restée a dû s'asseoir sur une chaise à côté du lit, sa main tapote le drap, je me dis qu'elle a un geste pour moi, je prends tout ce qui est gentil, supplie... personne... pour qu'aucun docteur ne me parle, et je ne connaîtrais pas la suite qui est la fin de la vie qu'on aurait eue.

Notre mère est bien venue nous chercher à l'heure, elle est même arrivée trop tôt, on était encore à Cala Barbaria avec l'anémone dans le sac à dos de notre père. Le tort – son erreur – a été de dissimuler le fiancé russe, et ce délire de sa ressemblance avec celui qui allait devenir son mari. En s'installant avec nous à Sartène, elle était persuadée que notre père redeviendrait l'homme doux et attentionné qu'elle avait aimé, se l'était répété toute la journée, elle ne nous en séparerait pas. Et elle nous a offertes en pâture à Luiiii. En ne voyant pas nos serviettes sécher sur le fil à linge tendu entre les oliviers, elle a décidé de nous rejoindre à la plage, nager la détendrait. Juste à la sortie de notre maison il y a un croisement, à gauche Tradicettu, à droite Tizzano. Au dernier moment elle a pris à droite jugeant qu'une baignade tous ensemble à Tradicettu serait un triste simulacre. Ils allaient être des parents séparés et nous les enfants d'un couple qui n'arrive plus à s'aimer ; encore quelques heures avec notre père, voilà ce qu'elle a voulu nous donner. Le docteur de l'hôpital de Sartène veut en arriver où ? Il n'y a rien à adoucir. Il ne sait pas qu'on avait la plus belle des mères en maillot de bain. Arrivée à Tizzano, elle a nagé jusque derrière l'horizon, certaine de ne pas le changer. En démarrant sur les chapeaux de roue le matin, elle avait dit adieu à notre famille. J'écoute le docteur, mes paupières me donnent mal au crâne tellement je les serre sur ses mots, je ne veux pas les regarder. « Je vais devoir te laisser. Ta maman est dans la chambre à côté. Il va falloir être très courageuse. Vous êtes toutes les deux maintenant. Tu n'es pas malade tu sais. » Non docteur, je suis irréparable. Heureusement les années suivantes je serai la seule à le croire.

« Raptus anxieux : qui vous fait soudainement passer d'être sociable à... » « un empoisonneur », voilà ce qu'il y avait sur la page de mon écran. À en croire le médecin de notre mère, nous l'avons échappé belle les filles. « Dans son délire, elle aurait pu les tuer avec elle. » Ce qu'il a dit en établissant le certificat de décès, je le fais répéter à mon père, le note scrupuleusement dans le petit carnet. Et moi qui croyais pour Louis m'être inspirée d'un fait divers comme il y en a tant ; survenu à Viggianello à la fin de l'été il y a quatre ans juste après notre retour de vacances. Un bref article relatant le drame m'avait orientée vers celui de Rachel et Paulina mais non, je reformulais l'avis du médecin de notre mère et dans le roman cela devient : *« Dans son malheur, il lui reste une fille. Le père aurait pu les emmener toutes les deux. »*

Le péril qu'incarne Louis dans le roman est à chercher du côté de notre mère. Notre mère suicidaire comme Louis l'est face à Zabé qui lui échappe et il devient un danger pour les filles. Dépassé par sa jalousie, il en est submergé. Louis au bord de l'abîme évidemment c'est elle. Dans la famille réelle je demande la mère. Et les quatre de la bulle ne serons pas trois un soir d'août. Dans la famille de fiction je demande la sœur. Et il n'en restera pas seulement deux à la fin d'un jour d'été. Mon imagination a sévi, je change de victime. Dans ce champ de l'imagination j'ai droit de vie et de mort sur qui je veux, et je sauve la mère.

Après la mort de notre mère, nous courons le dimanche en forêt de Crécy, on fait attention de ne pas se prendre les pieds dans les racines, de ne pas glisser s'il a plu. Aujourd'hui le son des feuilles froissées, écrasées l'hiver sous ma foulée, continue de m'entraîner dans cette forêt. On ne parlait pas, on courait et ce n'était pas grave le silence, il y avait juste à avancer, rester soudés à cette grande masse devant nous qui faisait trembler le sol et dans cette secousse les filles on a continué de grandir. Les jambes de notre père je gagnais quoi à les suivre ? D'être avec lui. Et je le réalise, on ne collait pas uniquement à sa grande carcasse, on collait à ses émotions. Athlétisme, aviron, rugby, notre père y aura excellé. À sa suite, les deux sœurs nous gagnerons quelques courses, et la tête va beaucoup plus loin que la ligne d'arrivée, elle va mieux. La première chose que j'ai voulu pour Louis est qu'il trouve dans la course à pied un calme, un apaisement, le mien, et certainement celui de notre père. Jusqu'où Louis entraînerait Rachel et Paulina ? J'allais les suivre et ils me le diraient. Je retrouverai mes jambes d'enfant qui ne tremblent pas, l'enfantôme a du souffle. Elle a été patiente, elle me soutiendra.

Souvent ce que j'écris je me le formule d'abord en courant, les meilleures intuitions me viennent entre la vingtième et la quarantième minute. J'ai trouvé sur le causse le parcours idéal, une boucle puis une autre, je cours par cœur, arrive à doubler cette hydre, l'angoisse ; elle repousse et pour ne pas me faire bouloter la cervelle, je m'élance. Au bout de quelques kilomètres chaque nouveau mètre parcouru délivre sa dose de légèreté. Davantage qu'une confiance, je talonne en courant une clairvoyance et la journée tient. Suffisamment pour sortir de la peinture de Van Haarlem, un dragon y dévore encore vivant le compagnon de Cadmus, il n'a plus de figure, n'est que les crocs qui le déchiquètent. Si on scrute la dislocation on devine au second plan l'ébauche d'une ligne d'horizon, derrière le noir, il y a d'autres profondeurs dans des bleus, et un homme terrasse le dragon.

Automne 2019. J'entre dans la peau de Louis, demande à mon père s'il est d'accord pour répondre à quelques questions sur la course à pied, ce qu'elle est pour lui, ce sera pour un prochain roman, je le lui indique. Il préfère procéder par mail. *« Objet : en courant, en écrivant. »* Il s'y penche comme il l'a toujours fait, sans détour, cela m'est si précieux. *« Adolescent, longues heures d'entraînement à la limite de la souffrance physique et oublier les affres de la vie. »* Plus loin : *« Ce que l'on recherche dans le sport, c'est aussi oublier les douleurs de l'enfance, montrer qu'on n'est pas un mauvais garçon. Dans les longs parcours de la course à pied, la tête bouillonne en cherchant à chasser le mauvais et à rêver au meilleur. »*

À ma dernière question : *« Qu'est-ce que tu éprouvais quand tu venais nous voir à l'athlétisme à l'entraînement ? Et quand tu venais pour les cross, les compétitions d'athlé, tes émotions ? »*

Il répond, « *Je vous emmenais en forêt parce que j'estimais que le sport et la course en particulier sont une école de vie. Je vous encourageais à courir comme j'avais su me dépasser dans cette discipline. Lorsque vous couriez, c'était un peu de moi, une transmission de témoin, j'étais fier de vous voir pratiquer ce qui m'avait tant apporté. Désormais, ce sont des images souvenirs.* » Et notre père écrit, « *C'est aussi en allant vous conduire au bus pour un cross que j'ai rencontré Françoise la première fois.* » Françoise, sa femme depuis lors.

À sa façon mutique, et à grandes enjambées, il nous aura dit sans nous le dire que notre corps est fort, et bien plus que des muscles. On ne se dégourdissait pas les jambes, on engourdissait le chagrin et ça marche. Pas longtemps mais ça marche. La confiance qu'il nous aura donnée, on veut la mériter et on réussit quelque chose. Il est un père, il nous porte. Il le sait à quel point nous l'aimons ? Oui.

« Depuis quelques jours, le temps était calme, clair, avec un peu de gelée blanche le matin ; c'était ce qu'on appelle l'été des femmes. »

La Méditerranée me saute aux yeux, le trajet Nice-Ajaccio est déjà terminé. L'impatience à débarquer est accentuée par la certitude d'avoir pris le dernier vol avant longtemps. La majorité des passagers est debout, entassés volontaires dans le couloir, tous pressés de retrouver un foyer, l'endroit où l'on veut être quand on n'a plus le droit de bouger. Je suis la dernière à sortir, la dernière à récupérer ma valise, j'attrape un bus direction Sartène, ensuite j'aviserai, taxi ou connaissance je demanderai à descendre à cent mètres de la maison, je ne veux aucun témoin.

Au retour de la plage, on aurait dû déguerpir, fuir, on n'a pas voulu faire de peine à notre père, on a asticoté les fourmis en leur creusant des galeries encore plus souterraines, on avait de la terre plein les ongles, la sueur nous faisait aux poignets des bracelets de poussière. La porte de l'atelier s'est ouverte, on a obéi à la voix mauvaise, on s'est lavé les mains avant de manger. C'est ton estomac, ma sœur, que l'on aurait dû laver quand deux doigts dans la bouche, je défiais Luiiii et je t'ai observée mourir. Quelque chose en mon cœur se révolte, il ne veut plus être en apnée, voir jusqu'où on peut vivre sans respirer. Le tien s'est arrêté, j'étais à quelques centimètres, expirant moi aussi, expulsant l'air continûment, d'infimes saccades, pour ne pas être repérée. Ta sœur c'est celle-là.

J'arrive avec le crépuscule, reconnais tout qui a bien changé, les surgeons au pied des oliviers ont fait de nouvelles branches. MyPrecious a quel âge maintenant en vie de chien ? J'approche.

Que voudront-ils voir mes yeux que nous regardions ensemble ? Demain j'irai courir, chaque arrivée devant la mer sera une seconde sauvage, un après de gagné. Il faudrait inventer un nuancier du souvenir, un bleu très noir ça irait ? Ça ira. Je vivrai sans t'oublier, sans entrave. Prendre de l'avance sur son enfance fait une existence. Nous avons été une maman, un papa et les filles, une famille. De nous quatre, il en reste deux, je suis sauve et n'ai rien sauvé.

Zabé nous le répétait, « En russe le passé se conjugue à un seul temps, il emmène loin. » En russe, je choisis le passé simple.

Les derniers cent mètres et j'entrerai chez nous sans frapper. Elle est où maman ? Ce mot je vais le dire et le redire comme un bonbon que l'on suce, on fait durer. Elle ne dira rien, ne tendra pas les bras, elle pointera son index à hauteur de mon cœur, on se regardera sans oser, empêcher un trop-plein de tout, et même si ce n'est pas la saison on inventera d'admirer une arbouse flamboyante. Chaque soir, elle dessinait dans le noir qui on était sur des seins en devenir, Tolstoï ne décrit pas autrement la gorge de son feu follet et pendant notre sommeil nous étions Natacha dans sa *« robe bleue fameuse pour la joie qu'elle lui confère le matin »*, et c'était l'heure de se réveiller. Elle effleurera une pulsation de mon sang qui est le sien, écrira la première lettre de mon prénom, je creuserai les reins, gagner quelques millimètres, me rapprocher. Elle commencera par une verticalité suivie d'une boucle, je suspendrai son geste, ôterai son index posé sur mon cœur, je presserai fort, très fort ses doigts entre les miens et une quiétude me soufflera de lâcher ta main ma sœur, je sais que tu ne m'en voudras pas. J'apprendrai à n'être que Paulina, apprendrai sans toi Rachel, et c'est la vie qui s'obstine.

J'aime marcher la nuit, l'été. Je prolonge le jour avec ou sans lune, j'avance dans une nature encore sauvage, d'une beauté luxueuse, pleine de buis, de murets de pierre sèche et de petits chênes, je surprends des chevreuils, je ne me perds pas. La terre calcaire du causse est un rivage pâle dans l'obscurité.

L'enfantôme me le souffle chaque matin « Prends un livre, un crayon », et cela va mieux, la certitude que seule la vie est là. Je n'écris pas dans un carnet, sur un écran ou des Post-it, j'écris sur notre mère. Et vois-tu l'enfantôme, je vais tenter un adieu, nous avons bien vécu toutes les deux, nous avons aimé, obtenu de l'être et donné la vie. Si j'arrive à continuer sans toi, tu n'auras pas à vieillir, et qui sait, tu vivras plus longtemps.

À ma sœur, à notre père.
Pour Éric, pour notre fils Cristal.

CET OUVRAGE A ÉTÉ COMPOSÉ PAR PCA
ET ACHEVÉ D'IMPRIMER SUR ROTO-PAGE
PAR L'IMPRIMERIE FLOCH À MAYENNE
POUR LE COMPTE DES ÉDITIONS J.-C. LATTÈS
17, RUE JACOB – 75006 PARIS
EN MAI 2022

PAPIER À BASE DE FIBRES CERTIFIÉES

JC Lattès s'engage pour l'environnement en réduisant l'empreinte carbone de ses livres. Celle de cet exemplaire est de :
600 g éq. CO_2
Rendez-vous sur www.jclattes-durable.fr

N° d'édition : 01 – N° d'impression : 100568
Dépôt légal : août 2022
Imprimé en France